关于西藏的生死回忆
和一场旷世绝恋

荒野尘梦

ས་མཐོའི་རྨི་འཁྲུལ་

陈渠珍/著　　韩敬山/校注

廣東旅游出版社
GUANGDONG TRAVEL & TOURISM PRESS
悦读书·悦旅行·悦享人生
中国·广州

图书在版编目（CIP）数据

艽野尘梦 / 陈渠珍著 ; 韩敬山校注. —广州 : 广东旅游出版社，2016.10（2019.8重印）
ISBN 978-7-5570-0480-4

Ⅰ. ①艽… Ⅱ. ①陈… ②韩… Ⅲ. ①自传体小说－中国－当代 Ⅳ. ①I247.5

中国版本图书馆CIP数据核字(2016)第217497号

出 版 人：刘志松
总 策 划：江丽芝
藏文译者：央 珍
策划编辑：殷如筠
责任编辑：官 顺 林伊晴
封面设计：陈小敏
内文设计：谢晓丹 邓传志
责任技编：冼志良
责任校对：李瑞苑

艽野尘梦
QIU YE CHEN MENG

出版发行：广东旅游出版社
广州市越秀区环市东路338号银政大厦西楼12楼
邮编：510180
邮购电话：020-87348243
深圳市希望印务有限公司印刷
（深圳市坂田吉华路505号大丹工业园A栋二楼）
开本：889毫米×1194毫米 1/32
印张：10.75
字数：250千字
版次：2016年10月第1版
印次：2019年8月第5次印刷
定价：65.00元

目录

陈渠珍其人 01

导言

世乱死生微，尘梦系藏地

——为什么《艽野尘梦》值得一读再读 刘志松 03

自序 陈渠珍 09

总叙 001

01 成都至察木多 011

02 腊左探险 034

03 昌都至江达 052

04 收复工布 074

05 进击波密 104

06 退兵鲁朗及反攻 133

07 波密兵变退江达 163

08 入青海 187

09 过通天河 211

10 遇蒙古喇嘛 226

11 至柴达木 243

12 丹噶尔厅至兰州 264

西原墓志铭 284

附录

序一 曹典球 288

序二 陈继训 292

序三 滕文昭 296

请君为我倾耳听
——十谈陈渠珍及其《艽野尘梦》 韩敬山 300

后记

经世致用益吾智 亦使吾辈可攀岩
——《艽野尘梦》校注后记 韩敬山 318

再后记

一帆归客 一字知音
——《艽野尘梦》校注再后记 韩敬山 326

陈渠珍其人

陈渠珍（1882—1952），原名陈开琼，字仲谋，号玉鍪，今湖南省湘西土家族苗族自治州凤凰县人。

他7岁入读私塾，14岁就读于管理极其严苛的儒家学堂——聂简堂学馆，16岁就读于芷江明山书院，17岁考取秀才。这一年远在西藏的十三世达赖喇嘛已经24岁。

由于甲午海战的惨败，瓜分中华的噪音纷起，陈渠珍痛心国事，因缘际会中投笔从戎，考入湖南武备学堂。人生履历自此开一新天。两年严格的军事训练后，就任湖南新军第一标队官，并加入同盟会。后弃职赴武昌，拜谒赵尔巽。赵尔巽将陈渠珍推荐给自己的弟弟赵尔丰，再入军籍，就任六十五标队官。陈渠珍胸中“深慕古人立功绝域之风，也想到藏有所建树”，于是经常收集西藏史地资料，写就论证充分的西征计划。随协统钟颖军进驻西藏后，陈渠珍展露才华，收复工布，进攻波密，屡立战功。他曾只身带一名藏语翻译，深入敌方侦察情况，经历诸多艰险，凭借机智果敢，终得化险为夷。

陈渠珍

辛亥首义，西藏驻军闻风骚动，驻军统帅罗长裿被部下残杀。历史瞬间将陈渠珍推上了西藏革命军总指挥的高位，但实权却掌控于哥老会手中。面对诡异的时局，陈渠珍决然率领湖南、贵州籍115名将士东归。归途中，队伍误入藏北万里羌塘草原，翻越唐古拉山，过长江之源通天河，再到昆仑山口进入青海，前后长达七个多月，绝粮迷道，九死一生，到兰州时生还者仅有七人。其所娶的西藏林芝藏族女子西原病逝于西安，年仅19岁。陈渠珍埋葬其于大雁塔下后落魄归乡，一度遁入空门。

两年之后的1914年，陈渠珍被认为是杀害罗长裿的凶手之一被押解至京，经过法庭侦讯，最终无罪开释。重新振作起来的陈渠珍于1918年在护法战争中成为代理护法军第一路军总司令。1929年前，陈渠珍“以湘西屯边使和独立第十九师师长掌握着四个团的基本部队，加上招安部队共约一万五六千人枪”[①]。抗日战争开始后，陈渠珍的部队被调出湘西，陈渠珍被“接到长沙，专任省政府委员。割据湘西二十多年的‘湘西王’，不得不暂时离开他的老巢”[②]。1940年代初，陈渠珍被蒋介石任命为军事委员会中将参议，但其自1940年到1948年间却不问政治。

1949年10月率部起义。

新中国成立后，任湖南省人民政府委员，1952年病逝，终年70岁。

---

① 王尚质：《何键解决陈渠珍经过纪略》，中国人民政治协商会议湖南省委员会文史资料研究委员会编：《湖南文史资料（第七辑）》（内部发行），1964年12月，第146页。

② 同上，第154页。

导言

世乱死生微，尘梦系藏地

——为什么《艽野尘梦》值得一读再读

1936年，当军队与权力已被架空，你争我夺、文治武功也已成了过往，赋闲长沙的一代枭雄——54岁的“湘西王”陈渠珍的外部世界突然安静下来了，但是他的内心世界却火山爆发，一个声音在呼喊：写出来写出来吧，为了你二十几年的魂系梦牵，为了那永远不会忘却的纪念，也为了这浑浊世界难得的真善美。当时，在陈渠珍的内心深处，也许痛悟如此：尽管五十几年生涯中也曾出生入死，建功立业，风云驰骋，威名赫赫，并且贵为“湘西王”，但当尘埃落定，一切皆如梦幻泡影，如露亦如电，唯得二十几岁那段西藏生死经历以及于生死经历处开出的一株莲花最为珍贵，值得他一生铭记和世间流传。于是，他将这段经历诉诸笔端，并将近8万字的文字统一冠名为“艽野尘梦”。

“艽野”，荒远之地，语出《诗经•小雅•小明》之“我征徂西，至于艽野”，这里特指西藏和藏地；“尘梦”，即“红尘中的梦想”，这个梦想的名字叫“西原”和“西原之爱”。两词合之，即前文所述，西藏和“西原之爱”是陈渠珍一生尘世梦想所系之地，大有苏轼“料得年年肠断处，明月夜，短松冈”的意思。

陈渠珍是个军人，但其所撰能从《诗经》中取词“艽野”，足见他不是一个“马上军阀”，是一个饱学之士，同是湘西人杰的一代文豪沈从文曾在他身边做书记可见一斑。沈从文成名后自己说过，1922年前的沈从文是流氓、土匪、痞子，甚至什么也不是，只是一个两脚站立没有羽毛的动物。他不读书、看杀人、到野外撒野、打架、弄别人的船，父母根本就管不住。只有到了陈渠珍的身边，才被陈渠珍的阅读习惯和丰富的藏书所改变，以致有人评论道，“沈从文的脚步，一直牵着陈渠珍的影子”。陈渠珍毕业于长沙武备学堂，一生对己甚严，平时极好读书，以老乡曾国藩自许，看书与治事时间几乎各占一半，往往读书至深夜还不睡觉。1909年，当陈渠珍投奔四川赵尔丰后，他观察到英、俄帝国主义随时都有企图吞噬西藏，便收集川藏史地有关资料，写下了一部《西征计划书》呈交钟颖，钟颖如获至宝，而陈也因此官升援藏一标三营的督队官，出征西藏。

和乱世的军人一样，陈渠珍亦心怀“大丈夫生于乱世，当带三尺剑立不世之功”之念。当时，尽管他年轻的妻子一百个不情愿，在清朝最后一个年号的元年（宣统元年，即1909年）的秋天，他还是带着26岁的不羁出发了，其中亦心怀逃避内地如火如荼的革命的浪潮，去民风淳朴的西藏玩乐散心一番的计虑。但乱世何存世外桃源，他想象中的民风淳朴之地事实上正处于乱世的风暴眼中，好在藏地征途一路风光瑰丽，风俗迥异，加之陈渠珍也好学博识，准备充分，在书中，他将藏地的自然风光和民风民俗娓娓道来，既有对雪蛆、雪猪、雪蒿、雪品等世间珍品的简述，也有对麝香的详细描绘，还有野番（白马岗，墨脱）之地的奇花异草、芬芳四溢、莲花大得可以坐人奇妙景观的传说，当然还包括《甘珠尔经》、天葬、水葬、向佛等人文景观的书写。因此，《艽野尘梦》也成为了一本不可多得的“西藏人文地理笔记”，著名藏学家任乃强先生读后说：“但觉其人奇、事奇、文奇，既奇且实，实而复娓娓动人，一切为康藏诸游记最。”

然而，陈渠珍是一个战士，“一个战士，要么战死沙场，要么回到故乡”，等待他的不是闲情逸致，更多是胆略、勇气甚至绝情和九死一生的战场，这个战场，既有来自前线敌我双方的真枪实弹，也有来自后方同僚战友的暗箭难防。在腊左（应为今天的拉贡塘），陈渠珍主动请缨，冒险前往侦察，被藏军拿获。因机智应对，更因其时藏军无意与清廷对抗，大难不死，受统兵僧官、色拉寺堪布礼遇开释。但一波未平，一波又起，他竟然被他最好的上司兼同学林修梅暗害，当一脸威风的赵尔丰要对他军法处置时，陈渠珍也心底无私天地宽地陈述了事实的真正经过，一番波折后，川边大臣赵尔丰兼听则明地提升了他为三营管带（营长），真是塞翁失马，焉知祸福。在战乱年代，最大的敌人不是来自敌方，而是自己内部，后来，无论兵变后的屠杀，还是115人的藏北穿越，都体现了这点——在雪原逃命时，一次断粮，变态的士兵竟然想把藏娃杀了充饥。“兵敲马蹄铃声细，雪压枪头剑气寒”，这个寒气正是人心之寒。

但人间自有真情在。在一次参加彭错家宴时，陈渠珍因为多看了连拔五竿的一名女子一眼，一言之戏，竟结良缘（初见貌虽中姿，而矫健敏捷；二见靓衣明眸，别饶风情）。但是，对于年约十五六的西原来说，陈渠珍就是她的初次和全部，其中有着一个藏族女子与生俱来的虔诚和忠诚。

于此，在不断铺垫之后，本书可谓开始抵达核心主题——旷世之恋。但陈渠珍还是隐忍着，即使在八浪登的战斗中都是她几次救了他的性命，他也对她点到即止，直道当时是平常。但正如他在收复工布后奉命抄了藏王边觉的财产发现的稀世珍宝——《甘珠尔经》所言，“物各有主，非可取而私之，窃宝之罪，决不可为”，真正的爱是挡不住的。当兵变发生后陈渠珍不得不带领湘兵和亲信北归时，本书余下的全是西原的贤惠、坚韧和百分之百的爱。经过十多天黄沙漫漫大雪如刀的苦行后，陈渠珍又冷又饿，脚也冻烂了，是西原每夜将他的烂脚窝在她的怀里，帮他揉搽、按摩，扶着他行走。马匹杀光后断粮了，是西原鼓励大家不要急，她带头打得野骡来充饥。连日冰雪铺地，猎不到野物，他将剩下最后一块干肉，切开一半要西原吃，西原坚决不肯吃，他一定要她吃，她哭着对他说：

“我能耐饥，可数日不食，君不可一日不食。我万里从君，可无我，不可无君……”

这发自肺腑的爱与言，当读者读到这段时，相信没几个人不感动得热泪当雨。然而，西原的爱才刚刚开始，陈渠珍眼睛慢慢被黄沙刺伤后看不清路，行走特别慢，为了不耽误大家，他要士兵们先走，西原扶着他在后面慢慢行，最后走散了。天黑下来不能再走，夫妻二人并肩坐立沟中，描述如下：

“既而狂风怒号，无数野狼，嗥鸣甚急，时远时近……西原握连枪，予持短刀以待之，隐约见群狼十数，嗥鸣而至，相去不过丈许，无何，又越沟去。时予与西原饥疲已极，不知何时竟同入睡乡矣。”

患难与共见真情。但上帝关上一扇门时，不一定就会打开一扇窗。当他们历经劫难和生死终于到达陕西后，当他们长途征行223天，115人仅7人生还后，并没有云开日出，雨后彩虹，上天竟然赐这女子以天花。

天胡不吊，是西原回老家的时候到了。“昨晚梦中至家中,老母食我以杯糖，饮我以白呛（青稞酒），番俗，梦此必死”，“万里从君，相期终始，不图病入膏肓，中道永诀。然君幸获济，我死亦瞑目矣。今家书旦晚可至，愿君归途珍重，幸勿以我为念。”

这是多么伟大的女性，这是西藏天地圣洁的山水哺育的女性，即使永远的告别，也只轻轻道声再见。从此人鬼殊途，或者说人仙殊途。毫无疑问，像西原这样的女子一定上了兜率天，上天不允许在生死之爱后有日常红尘的玷污，不希望她像《飘》中的斯嘉丽那样被生活异化，异化之后再苦苦追寻：“我明天回塔拉再去想吧。那时我就经受得住一切了。明天，我会想出一个办法把他（白瑞德）弄回来。毕竟，明天又是另外的一天呢！”对于陈渠珍来说，已经没有明天了，此生只能与这个始戏终爱的女子梦里相见了，西原终将成为他的红尘长梦。

至此，本书戛然而止，斯人已去、旷世缘尽。“余述至此，肝肠寸断矣。余书亦从此辍笔矣”。这是一本杜鹃泣血的“爱情笔记”，全文用文言文写就，含蓄内敛，但字字珠玑，静中惊雷；这也是一本一个军人的“藏地笔记”，尽管事过二十多年再回忆，因刻骨铭心，亦所记所述基本上真实无误，以致若干年后解放军筹划进藏，贺龙与刘伯承还专门向本书作者询问有关西藏的事，并索要了《艽野尘梦》；这是一个在最美的风景里遭遇最离奇的事、在最好的年龄遇到最好的人、在最乱的年代碰到最真挚的爱的故事，一个只属于枭雄陈渠珍和高高在上之藏地的传奇，对于今天谈论和行走西藏来说，它值得一读再读。

愿天下有爱者都有一块属于自己的艽野和鲁朗小镇，和梦开始的地方，但不要终结！

刘志松

广东旅游出版社社长

自序

大地河山，一虚妄境界耳，非宇宙真实之本体也。虚妄云者，有成与毁也，皆相对者也。惟无成与毁者，乃为绝对，斯即真实本体也。故相对为假，绝对为真，即假即真，即真即假。[①]《庄子》一书，破对待，明本体，即真见假也。孔子删诗订礼，为万世立人极，即假见真也。故假为差别界之假，有凡一切事物之有，形者皆是也。惟圣与哲知其有，知其假，而又知有所由有，假所由假。故因有因假而建立一

① 陈渠珍之所以称其“虚妄”，实采用辩证法的理念：有生就有灭，有成就有毁，万事万物均属相对，今日之我非就昨日之我。生灭之间，亦被陈渠珍认为是虚妄。如果以虚妄为假，本体为真，那么假和真具有同样的意义，假并不是我们常规所理解的假，它是相对于真而言的一种变。陈渠珍的本意是只有破除相对的执着，破除对“假”的执着，才能真正把握住真。陈渠珍把握住庄子认为的“道”是超越时空的无限本体，道生于天地万物之间，而又无所不包，无所不在，表现在一切事物之中。然而它又是自然无为的，在本质上是虚无的。

切法，大而修齐治平之道，小而卜筮[1]星相之术，皆于是乎著焉。

乾父坤母，人身亦一小天地耳。惟能返观内心者，能洞见乎吾身之本原，而一一证之于宇宙之本体，则凡吾身之所有，皆宇宙之所有也。即人心以见天心，因天心以明人心，而天人相与之妙，气机感应之神，皆因真因假而显现焉。卜筮星相者，亦因假以见真者也。惟中人[2]不可以语上，乃设为阴阳五行[3]，杂以方术[4]诀要[5]，又系之以图式，以示其当然之迹。后之人苟能循是以求之，则凡世运之隆替，国家之治乱，以及一家之盛衰，一身之荣辱，一事一物之利害得失，莫不如响斯应，毫厘不爽，非偶然也。

命相之说，世皆以迷信目之。而不知其认科学为真实，斯则迷信之尤者。佛言欲解念定慧，彼西洋哲学，犹止跻[6]于佛家之第二阶段，宫墙外望，安知大道，其科学之浅肤，更

---

① 卜卦之意。

② 普通人。

③ 阴阳，指世界上一切事物中都具有的两种既互相对立又互相联系的力量；五行即由“木、火、土、金、水”五种基本物质的运行和变化所构成，它强调整体概念。

④ 方术指方技和术数。方技在古代指医经、经方、神仙术、法术等；术数指阴阳五行生克制化的数理。

⑤ 秘诀之意。

⑥ 达到之意。

无论矣。予中年后，究心斯道，略有所见，始知命相之说之非虚也。特精此者十不遇一焉。年来习闻长沙吴竟成君精命相，今秋来省，酹酢[①]纷繁，一日，偕老友滕文卿过紫荆街，见东向一宅高悬“吴竟成寓”四字。忽忆旧闻，相偕入访。竟成问庚甲已，手书目注，久之，向予言曰：“怪哉！此命打不死，杀不死，骂不死，穷不死，饿不死，跑不死，累不死，苦不死，气不死。”言不死者九，而无一不中予怀，予命诚苦矣！复谈予四十年之经过，又若身亲而目击焉。竟成操术亦神矣哉！不觉为之竦然[②]。犹忆壮岁从军塞外，入死出生，危于腊左，险于昌都，几败波密，殆死青海，九不死亦居六七矣！往事回溯，痛彻于心。爰[③]追忆西藏、青海野番经

① 交际往来。

② 此处为恭敬之意。

③ 此处为于是之意。

过事迹，费时两月，著为《艽野尘梦》一书，取诗人“我征徂西，至于艽野”之意，亦自伤身世之艰难也。

予尚有《湘局二十五年之一瞥》[①]，尤详于剿匪事实，将继此书而出。则予之九不死，斯尽之矣。嗟呼，风声既济，众窍为虚，兹篇之作，亦自鸣其调调之刁刁者耳。

世有知者，或不笑为小鸟之斗鸣，则幸甚矣！

中华民国丙子年除夕[②]

陈渠珍自序于长沙寥天一庐[③]

---

① 据查，此书从未出版。2008年11月湖南人民出版社出版了由陈渠珍的女儿陈元吉编《陈渠珍遗著》，除了收入《艽野尘梦》之外，还收入篇幅超过《艽野尘梦》的《军人良心论》，并没有收入《湘局二十五年之一瞥》。2003年陈元吉于长沙说：“由于当时多方面原因未能发表，惜已散失。先父写作态度十分严肃认真，写追忆文章能忠于史实，不自我吹嘘。他曾说：‘我宁以诚而失败，不以伪而成功’。”

② 1936年1月24日。

③ 陈渠珍在湖南省长沙市麻园岭寓所。

总叙[1]

西藏黄教之概略 达赖外附 英兵侵略西藏 达赖出亡

西藏，汉为西羌，唐为吐蕃，明为乌斯藏。素奉佛，初崇红教[2]，习符咒及吞刀吐火之术。有宗喀巴者，入大雪山，苦修道成，乃正戒律，排幻术，创立黄教[3]，风行

① 任乃强先生于1940年在《康导月刊》上称“此总叙首则所叙藏事，则十、九皆有错误，盖由未曾深究西藏史地故也”。后学在其基础上再行详述考究，以免谬误播迁。

② 实为藏传佛教宁玛派。之所以称为红教，肇源因其僧侣头戴红色僧帽，身披红色袈裟。“宁玛”的藏语为古旧之意，指本派所持为佛教前弘期莲花生等人所遗留的旧密法。宁玛派所强调的是每一个人都有佛性，不必艰难地追求遥远的、不可获知的未来和彼岸，在今生今世就可以即身成佛。其寺院遍布西藏及四省藏区，最有影响力的是位于西藏自治区山南市扎囊县的敏珠林寺。

③ 实为藏传佛教格鲁派。之所以称之为黄教，肇源因其僧侣头戴黄色尖顶僧帽。“格鲁”的藏语为善律善规之意。宗喀巴（1357—1419）顺应时代，大力提倡出家人要严守清规戒律，倡导宗教改革，确立活佛转世

全藏。红教寖衰。其高足弟子二：长曰达赖，即当时藏王，驻拉萨，握政教权，统治全藏，与罗马教皇同。次曰班禅，驻后藏，仅负教皇虚名而已[①]。

（接上页注）

制度，并在拉萨选址修建甘丹寺，成为宗喀巴正式亮明宗派旗号的标志。格鲁派强调严守戒律。

① 达赖、班禅并不是宗喀巴的首座弟子。宗喀巴的首座弟子是贾曹杰，他被指定为自己的接班人。宗喀巴的二弟子是克主杰，在以后建立格鲁派班禅世系时，克主杰被追认为一世班禅。宗喀巴、贾曹杰、克主杰被称为师徒三尊。如果您到藏区观瞻格鲁派寺院，一定会看到寺院常常将三人塑像并立，中间为宗喀巴，左边为贾曹杰，右边是克主杰。从第三世索南嘉措始有达赖喇嘛的尊号，藏传佛教认为达赖喇嘛是观世音菩萨的化身。根据格鲁派的认定，一世达赖喇嘛、二世达赖喇嘛都是追认，此活佛世系延续至今已有十四世。班禅世系延续至今已有十一世，其系与达赖世系素为蒙、藏人民所崇奉。

藏人屡为边患，叛服无常。清初以兵征服，降号为藩，设驻藏大臣管理监督。[①]因其险远，仅利用宗教羁縻之。既而印度沦英，[②]英之陆军直达喜马拉雅山。回部降俄，俄之势力亦骎骎[③]逾帕米尔高原。于是英人欲得西藏，进窥康蜀，以完成其扬子江[④]势力。俄人亦欲得西藏，拊印度，逾葱岭[⑤]，夺新疆，席卷蒙朔。英人自失北

① 设置大臣驻藏制度始创于清雍正五年（1727年），废止于宣统末年（1911年），并不是陈渠珍所述清代初期即设。驻藏大臣大多由满蒙民族担任，首任驻藏大臣为僧格、马喇。清乾隆时期，平定廓尔喀（今尼泊尔）侵扰西藏后，《钦定藏内善后章程二十九条》出台，驻藏大臣由此真正掌握西藏地方政务。清代中期后，为数不少的驻藏大臣是被贬谪入藏，更有多员由新疆调往，进藏路途艰险，交通不便。最后一任到任的驻藏帮办大臣是温宗尧（1866-1947），而驻藏办事大臣赵尔丰（1846-1911）,因西藏地方政府坚决反对，实未入藏任职。值得一提的是，赵尔丰在辛亥革命爆发后，被“大汉四川军政府”都督尹昌衡处决。温宗尧在辛亥革命爆发后，先后任广东军政府外交部长、汪精卫政权立法院长等职，出卖国家利益。日本投降后，其被判处无期徒刑。次年病亡狱中。

② 18世纪下半叶，英国东印度公司凭借阴谋与武力占领了富庶的孟加拉，逐步确立了对整个印度的殖民统治。

③ 原意为马儿奔跑迅速，寓意为局势变化迅速。

④ 今为长江。

⑤ 今帕米尔高原。中国古代称葱岭，是亚洲多个主要山脉的汇聚处，古丝绸之路经此。

美，视印度为天府，恐俄捷足，[①]因先发制人，利诱达赖，认西藏为独立国，与唐古特[②]政府直接订立英藏新约。钦使某，[③]且为署名签字。[④]自后，清廷遂不能过问藏事矣。[⑤]

---

① 俄国势力浸入西藏初期，西藏地方政府坚决反对俄国间谍进入西藏，亦对通商、通信等一并拒绝。在此情境下，俄国首先将外蒙古地区廓入势力范围，企图使哲布尊丹巴活佛诱骗十三世达赖喇嘛。俄国佯称尊礼虔诚的佛教徒，出资修建寺院，在物质上给予藏传佛教僧侣以好处，以图渐进式控制外蒙古地区，进而谋吞西藏。

② 唐古特又译唐古忒或图伯特，为清代初期对西藏区域的称名。

③ 驻藏大臣有泰。陈渠珍称有泰在此条约上签字不符历史事实。埃德蒙·坎德勒曾任英国《每日邮报》驻印度记者，荣赫鹏率英军侵藏时，他奉令随军，其于1905年即出版《拉萨真面目》一书，文中称："驻藏大臣没有获得签字的授权，因为他要等待北京的'正式批准'……中国也许不会在上面签字"。

④《拉萨条约》的签订与驻藏大臣有泰的怂恿和主导是分不开的。他应英军的要求强令西藏地方政府与英军订约，但西藏地方政府以十三世达赖喇嘛不在拉萨，不敢轻率决定为由拒绝。1996年西藏古籍出版社出版恰白·次旦平措、诺章·吴坚、平措次仁著，陈庆英、格桑益西、何宗英、许德存译的《西藏通史·松石宝串》对此作了描述："驻藏大臣闻之非常恼怒，扬言要告知荣赫鹏。此后尼泊尔驻拉萨代表哈劳、不丹代表乌金旺秋二人也来劝告西藏地方政府，大谈和谈的好处。"

⑤ 陈渠珍所述不准，其所称"英藏新约"实为西藏地方政府在英军软硬兼施的威逼下于1904年9月在拉萨与其签订"拉萨条约"，共计10条，文中并没有中央政府不能过问藏事的字词。

达赖既入英人彀中，[①]驻藏大臣类皆昏庸老朽。清末孱王守位，淫后[②]专权，不知强邻逼处，宜固藩篱。达赖亦渐知英之阴谋，其属下藏王边觉夺吉[③]饶智略[④]，见英人虎视眈眈，乃联俄拒英，藉贺俄皇加冕为名，赴俄京以施其纵横捭阖之术。英闻之，怒遣精兵数千，逾雪岭，入藏问罪。[⑤]

---

① 1910年，川军驰抵拉萨，行至琉璃桥时，藏军见川军人少且押俘虏藏兵十数名，公然抢人，事件造成西藏贵族彭康台吉被川军囚禁。十三世达赖喇嘛深感自身安全无以保障，故而南逃。英国政府借助保护十三世达赖喇嘛之名，大肆策动西藏脱离中国。辛亥首义之后，十三世达赖喇嘛乘机想将西藏从祖国分离出去，从坚决的反英立场蜕变为坚决地依靠英国反对中央政府，从变依靠俄国势力驱逐英军到依靠俄国促进西藏的独立，做了许多不利于国家统一的事情。十三世达赖喇嘛在南京国民政府成立后，曾专门通过文官处赴藏的刘曼卿女士转达其“不亲英人、不背中央”的诺言。中央民族大学喜饶尼玛教授在《论民国时期十三世达赖喇嘛的心理嬗变》一文中分析道：“他对中原大地纷乱的战事、中央政府朝令夕改的变幻尚有疑惑之时，是不可能靠也不敢靠中央政府的，于是便想利用英人来达到自己的目的，也就是维护其封建农奴制社会。为了这个目的的实现，他实际上处在一种内心极度矛盾和行为不断徘徊的状态，加之缺乏政治斗争经验，反而被英人所利用，而自己则被蒙在鼓里，也付出了沉重的代价。”

② 慈禧太后。

③ 即噶伦夏札。

④ 陈渠珍此处之意是其对沙俄心存幻想。

⑤ 英军大规模入侵西藏前后两次，一次为1888年，时任驻藏大臣是升泰。一次为1904年，时任驻藏大臣是有泰。

达赖固以活佛自居，至是亦就其建亭寺[①]护法，跳神[②]问卜[③]，以决和战。护法大言曰：“佛能佑我，敌可虏而收其器械，请决战。”达赖信之，调藏中兵数千，拒英兵于庆喜关外。英人涉险深入，遇伏仓促合战，死亡百余。稍却，复整军进，藏兵悉乌合，[④]卒大败，死千余人，[⑤]遂望风披靡。

---

① 今译为乃琼寺，位于西藏自治区拉萨市北郊。它是西藏宗教中最大的世间护法神——乃穷护法神居住的寺庙。第五世达赖喇嘛阿旺·罗桑嘉措（1617—1682）特指派其为西藏地方政府噶厦的宣谕神。

② 藏传佛教寺院古典宗教舞蹈的专业名词，藏译为羌姆。

③ 用占卜解决疑难。

④ 陈渠珍此处意即藏军缺乏军事训练。

⑤ 1904年3月31日，由廓尔喀连队、锡克轻工兵团、马克沁机枪分队组成的英军出场仅4分钟，在重机枪的密集扫射下，就有七百名衣衫褴褛、装备极差的高原男儿战死在高原上。这一天成为英帝国主义者屠杀藏族人民最多的一天。

达赖知大势已去，乃捕建亭寺护法寸磔[①]之。因其母居于工布之凯浪沟，尽携珠宝珍物数百驮，率千余人出奔至哈喇乌苏[②]。因行甚缓，恐英兵追及，乃封存宝物于其喇嘛寺，留兵守之，仅率百余人入京求援，[③]为慈禧诵皇经祈福。慈禧素佞佛，乃命川督遣混成一协[④]赴援。[⑤]余时任川陆军六十五标队官[⑥]，亦与役入藏焉。

湖南之新军　辞职入川　从军援藏

余自长沙军校毕业后，任湖南新军第一标队官。湖南新军创自湘督端方，以旧有巡防军改编为一二两标。士皆椎愚[⑦]，将校多出身行伍。独余队兵卒，新募自宁乡[⑧]，

---

① 意即千刀万剐。

② 今在西藏自治区那曲市。

③ 十三世达赖喇嘛初欲投奔俄国，清中央政府得知后多方力阻，最后经邀请入京朝觐光绪皇帝和慈禧太后，绝不是陈渠珍所述迳入京求援。

④ 清末新军兵制。

⑤ 十三世达赖喇嘛逃离西藏后，清中央政府命令张荫棠、联豫等先后入藏办理善后，直接掌握西藏政权。驻藏大臣联豫奏请自川调兵一协入藏驻防，以镇慑反侧，并不是清中央政府应十三世达赖喇嘛所请，调兵往援。陈渠珍所述实乃张冠李戴。

⑥ 武官名，为一队之长官。清代末期的兵制，省级驻军为一协，设协统。协辖三标，设标统。标辖三营，设管带。管带类似今天军队中的营职。营辖四连，设队官。连辖九棚，设哨官，每棚有兵勇18名。钟颖协下，设三位标统，一由钟颖自兼，一为刘介堂，一为陈庆。

⑦ 椎为质朴之意。陈渠珍所述椎愚意即具有诚实、质朴、忠诚的品格。

⑧ 今湖南省长沙市西郊区。

皆青年学子及茂才廪膳生[1]。其时，革命思潮已萌芽于内地，湖南民气尤激昂。革命先进，迭遭失败，知非联络军队不足以颠覆满清。乃设同盟会支部于长沙。余鉴于清政不纲，外侮侵陵，方醉心于政治革命。窃幸所部皆青年隽秀，乃于军事训练外，授以国文、史地、测算诸科，期年之后，思想为之一变，且大半加入同盟会，尝秘密集会于天心阁[2]，士气日涨，泛驾跅驰[3]之行，不可复制。余既懔[4]古人勿撄人心[5]之戒，以为从此鼓励激荡，清政可复。然偾骄[6]之祸，收拾綦难[7]，则始于救国者，必终于误国。因是，决计解职归里。越年，同学友约赴鄂谒鄂督赵尔巽[8]。尔巽在清疆吏中最明达，抚湘时，锐意

① 意指科举选拔制度下的秀才们。

② 湖南长沙的名胜，长沙古城的一座城楼。

③ 意指行为上有极大的冲劲。

④ 意指胸怀。

⑤ 意即不可扰乱人心。

⑥ 意指行事张扬。

⑦ 意指极其艰难。

⑧ 赵尔巽（1844—1927），今辽宁铁岭人，中国近代史上的重要人物。先后任安徽、陕西按察使，甘肃、新疆、山西布政使，湖南巡抚、户部尚书、盛京将军、湖广总督、四川总督、东三省总督等要职。民国成立后，任奉天都督。1914年任清史馆总裁，主编《清史稿》。1925年段祺瑞执政期间，任善后会议议长、临时参议院议长。

兴学练兵，余等皆受其陶铸者也。其弟赵尔丰督川，将有川边之行，亟需材。尔巽为资遣余辈入蜀，成都，尔丰疑湘人皆革命党，不即擢用[①]。未几，尔巽移督川，尔丰授川边大臣，始任余为六十五标队官。隶协统钟颖[②]部，旋分防百丈邑[③]。军余多暇，知英人谋藏急，部下有自藏归者，辄从问藏中山川风俗，参以图籍，深悉藏情。适钟颖奉旨援藏。余见猎心喜，上西征计划书，于藏事规划颇详尽。钟颖大加称赏，立召余回成都，委援藏一标三营督队官。余以眷属浮寓成都，留无依，归无资，送无人，力辞不就。管带林修梅[④]力劝不已，钟颖复馈多金，

---

① 意指提拔使用。

② 钟颖（1887—1915），字鼓明，满洲正黄旗人。其父晋昌，为咸丰皇帝的妹夫。官至盛京副都统，以附义和团罪，谴戍西藏军台。行至成都，托病，经四川总督锡良奏留养病，实慈禧太后密旨所令。钟颖与同治皇帝为表兄弟，特别受慈禧太后的宠眷。1905年，其18岁时即奉命于四川凤凰山训练新军，时年22岁即受命为协统，率军入藏。1912年12月12日，钟颖被迫离开拉萨，1913年经印度返回内地。1914年被诱捕入北京，1915年被处以死刑。袁世凯力主判钟颖死罪，有不杀无以对国人交待之意。

③ 陈渠珍所述“百丈邑”实为百丈驿，今属四川省雅安市名山区。

④ 林修梅（1880—1921），湖南常德人，无产阶级革命家、教育家林伯渠堂兄。时任陈庆标下第三营管带。陈渠珍，初任其营督队官，后代林修梅为管带。林修梅随征入藏至昌都，写出《西藏游记》《治藏策》两部书稿，详述其治理西藏、捍卫边疆的思路。中华民国肇建后，与石青阳在广东奔走革命。1921年5月任孙中山大总统府代理参军长，当年不幸患病辞世，终年41岁。北洋政府追赠他为陆军上将，并经国会非常会议决议，为他举行国葬。

优给月廪[②]，余感其意，遂行。

辞家出塞

时革命思潮遍于中国南部。四川僻在边隅，一年之中，捕拿革命党，破获机关之事，时有所闻。青年志士，亦渐染革命思潮，群起作排满运动。余入藏之心虽决，时侄方大病，妻年少，凄凉异地，形影相吊，闻余将出塞，均痛哭牵衣。余至是亦觉儿女情长，英雄气短。顾钟颖遇我厚，又念革命潮流，终难避免。异日茫茫禹域，谁是乐郊？[③]且余在军未尝他务，而川当局犹以革命党目之，久客他乡，殊非长策。西藏地僻远，而俗椎鲁[④]，藉此从戎之机，漫作避秦[⑤]之游，亦计之得也。乃百计安慰家小，摒挡家事，挥泪而行，时宣统元年秋七月既望也。[⑥]

---

② 意指给予优厚的俸禄。

③ 意指苍茫的中华大地，哪里有美好的安居之所？

④ 意指愚钝。此处虽显露陈渠珍内心深处的大汉族主义，显露出其在藏的治边实践具有时代的、个人的局限，但不可否认的是，他的治藏实践始终围绕军人驰骋疆场以捍卫国家主权，实乃中国近代治边史上一份非常重要的历史书写。

⑤ 意指逃避现实。

⑥ 既望为农历十六日。陈渠珍所述入藏时间为公元1909年8月31日。

01 成都至察木多[①]

行军之干扰 炉雅[②]之间气候 凌空飞渡之铁桥

援藏军出师计划，经长时期之筹备，颇极周密。讵[③]一经开拔，障碍横生。尤以逃亡[④]一事，最为骚扰。军行所至，四出拉夫，人民逃避一空。三营殿后，夫役多逃亡，行李沿途遗弃，虽出重资，不能雇一夫。纪律废驰，非复从前节制之师矣。读唐人应役出塞诸诗，苍凉悲壮，非身历其境者，不知其言之酸而词之切也。

---

① 今西藏自治区昌都市，是连接藏、川、青、滇的交通枢纽，历为兵家必争之地，为西藏的东部门户。陈渠珍所在的进藏部队从四川成都出发，经雅安、康定、道孚、炉霍进入西藏昌都，路途50余日。按通常行程，北道按站行，17天就可到达昌都。在甘孜渡雅砻江，在岗拖渡金沙江，两次均用皮筏船。任乃强在1941年出版的《康导月刊》第三卷第四期上说："以各耽延三日计，亦仅二十三四日耳。再以炉霍、甘孜等处勾留一二日估计，三十日必能到达。此云五十余日，或是因故稽延，或是误记。"

② 今四川康定（打箭炉）与雅安。

③ 哪知、不料之意。

④ 陈渠珍此处是指夫役的逃亡。

自成都四日而至雅州[①]，风景与内地同，至是以后，气象迥殊，山岭陡峻，鸟道羊肠，险同剑阁[②]而荒凉过之，沿途居民寥寥。师行七月，时方盛暑，身着单服犹汗流不止。过雅州，则寒似深秋，均着夹衣。愈西愈冷，须着西藏木质[③]衣矣。过大相、小相、乌鸦、飞越诸岭，皆重峰叠嶂，高峻极天，俯视白云，盘旋足下。大小相岭[④]，相传为诸葛武侯所开凿，故名。经虎耳崖陡壁悬崖，危坡一线。俯视河水[⑤]如带，清碧异常，波涛汹涌，骇目惊心。道宽不及三尺，壁如刀削。余所乘马，购自成都，良骥也，至是遍身汗流，鞭策不进。盖内地之马，至

① 今四川省雅安市，为“川西咽喉”“入藏门户”。清雍正七年（1729年），雅州升格为府。雅州当时行政管辖范围南抵大渡河，西至金沙江边的西藏芒康，为全国面积最大的一州。

② 今四川省广元市剑阁县，剑阁山势峥嵘，可谓一夫当关，万夫莫开。

③ 实为“氆子”。西藏民间手工制作的保暖用厚羊毛织物。

④ 位于今四川省雅安市荥经、汉源两县交界，并有部分延伸至洪雅县境。大相岭史称邛笮山，又称泥巴山、大相公岭。《一统志》记载：“相传诸葛公征西南夷经此。上有诸葛庙。” 大相岭虽山势陡峭，崎岖难行，但仍是古代交通要道，南方丝绸之路即取道于此。

⑤ 为大渡河。

此亦不堪矣。行六日至泸定桥[①]，为入藏必经之道，即金沙江[②]下流也。夹岸居民六七百户，河宽七十余丈，下临洪流，其深百丈，奔腾澎湃，声震山谷。以指粗铁链七，凌空架设，上覆薄片[③]，人行其上，咸惴惴焉有戒心。又行二日，至打箭炉[④]。

---

① 位于四川省甘孜藏族自治州泸定县西部的大渡河上。泸定桥又称铁索桥，是中国古代桥梁建筑的杰作。清朝康熙皇帝为加强川藏地区的文化经济交流而御批修建此桥，并在桥头立御牌。

② 实为大渡河。

③ 薄板。

④ 今四川省甘孜藏族自治州康定市。打箭炉是古地名，藏语音译为“打折渚”或“打折多”，实为打曲（今雅拉河）、折多（今折多河）两河交汇处。明代初期即有此译称，该名最早出现在《明史·西域传》中，汉译简称炉城。1908年，清中央政府将打箭炉厅改为康定府，康定之名方见于史册。

果亲王摩崖诗

登大小相岭，相传不能交言，否则神降冰雹。予过大相岭时，竭蹶[①]至山顶，见清果亲王[②]摩崖题碑诗，上[③]为雪所掩，以马挝[④]拨之，有句曰：奉旨抚西戎，冬登丞相岭，古人名不朽，千载如此永。盖景仰先贤，亦自诩也。同辈回顾，予犹未至，大声呼唤，有应声而呼者，众声交作，天陡变，阴云四起，雹落如拳粗，予急奔下山，后来者多为雹伤。盖雾罩山头，阴寒凝聚，一经热气冲动，雹即随之降落，亦物理使然也。

---

① 行路极其艰难、踉踉跄跄之意。

② 爱新觉罗·胤礼（1697—1738），清康熙皇帝第十七子。胤礼九岁后常随康熙远出塞外，雍正元年被封为果郡王，管理藩院事。雍正帝认为他实心报国，操守清廉，遣其于1734年赴泰宁送七世达赖喇嘛阿旺罗桑格桑嘉措回西藏，顺路问视各省驻防八旗及绿营兵。1738年薨，乾隆帝亲临其丧。

③ 上面。

④ 马鞭之意。

打箭炉之酷寒

打箭炉，为川藏交通枢纽地。相传为诸葛武侯南征时，遣郭达于此设炉造箭，故名。[①]其地三面皆山，终日阴云浓雾，狂风怒号，气候冷冽异常，山巅积雪，终年不化。三伏日，亦往往着棉袷[②]焉。驻打箭炉数日，官兵内着皮袄，外着毪子大衣，犹不胜其寒矣。予尝戏谓：内地冬寒，寒由外入，病疟发寒，寒由内出；塞外之寒，寒生肌肤。亦事实也。

一入炉城，即见异言[③]异服之喇嘛，填街塞巷，闻是地有喇嘛寺十二所[④]，喇嘛二千余人。居民种族尤杂，有川人、滇人、陕人、土人、回人。又有英法各国传教士甚

---

① 在藏族的民间传说中，确有郭达其人。他早年打铁，后至西藏学经，修成正果，成为藏传佛教的护法神之一。但其从未有行军征战的记载，更谈不上指挥过千军万马。清代乾隆时期，始有人臆造武侯遣将军郭达造箭于此之说。“郭达停云”还曾为当地十景之一。任乃强对此道：“世多仍之，荒谬之甚矣。”

② 陈渠珍所写“棉袷”有误，应为“棉衿”方妥，意即有衣领的服装。

③ 主要使用的是康巴藏语方言。

④ 康定在清代晚期号称有八大藏传佛教寺院。陈渠珍1909年经此时尚存七座：格鲁派寺院有安觉寺（今炉城镇）、南无寺（今城郊乡）、居里寺（今瓦泽乡）、各日马尼姑寺；噶举派寺院有贡嘎寺（今六巴乡，有老寺和新寺两座）；萨迦派寺院有塔公寺（今拉弄乡）；宁玛派寺院有金

多。[①]土人迷信喇嘛教，家有三男，必以二人为喇嘛，甚或全为喇嘛者。盖喇嘛据有最大势力，能支配一切，一为喇嘛，身价即等于内地之科第，故人人以得喇嘛为荣也。

糌粑酥油茶　腥臭刺鼻之酥油茶

康藏一带，气候酷寒，仅产麦稞。故僧俗皆以糌粑为食，佐以酥茶。富者间食肉脯，以麦粉制为面食者甚少也。糌粑制法，以青稞炒熟，磨为细粉，调和酥茶，以手抟[②]食之。酥茶者，以红茶熬至极浓，倾入长竹筒内，滤其滓，而伴以酥油及食盐少许，用圈头长棍上下搅之，使水乳交融，然后盛以铜壶置火上。食糌粑时，率以此茶调之。且以之为日常饮料。藏民嗜此若命，每饮必尽十余盏。余初闻此茶，觉腥臭刺鼻。同人相戏，盛为酒筵，约

（接上页注）

刚寺（今城郊乡）。僧侣从几十人到几百人不等。清代康熙年间，跑马山还有大白教寺，因作乱被毁，今为南无寺分院，不在八大藏传佛教寺院之列。陈渠珍所述的十二寺，经多方查询相关资料，均无此说。1997年出版的《甘孜州志》记载：1990年，康定县开放的寺院为26座。

① 天主教在康定的落地传播实为法国人苏罗自1865年始。1910年，梵蒂冈以康定为中心成立西康教区，管辖川边、滇边及锡金。基督教在康定的落地传播实为1904年美国籍医生史德文、牧师浩德设立教会。他们主要开设医院和学校，收养孤儿。无论是天主教亦或基督教，传教者中并没有出现英国人的身影。

② 用手卷紧之意。

酥茶者，以红茶熬至极浓，倾入长竹筒内，滤其渣，而拌以酥油及少许食盐，用圈头长棍上下搅之，使水乳交融，然后盛以铜壶，置火上煎

以各饮一盏，不能饮者罚如其数。予勉呷一口，即觉胸膈作逆，气结而不能下，自认罚金，不敢再饮矣。

藏民住宅及服饰

藏民男子，皆衣宽袍大袖之衣，腰系丝带，头戴呢帽，或裹绒巾，足着毪子长靴。女子衣长衫，毪裙，系腰带，头戴八柱[①]，足履蛮项。喇嘛服饰，因阶级而异。上焉者，内着衬衣，外缠红黄色哔叽[②]，帽为桃形，靴为红呢，手捻佛珠，口诵佛号。其下，则粗呢披单，交缚上体而已。藏民住宅，皆为层楼，上中层住人，下层豢养牲畜。屋顶扁平，或上覆泥土，室内及墙壁彩绘山水人物。若喇嘛寺，则楼高有至十层者，金碧辉煌、极为壮丽。

达赖据险阻兵

我军由川出发时，达赖喇嘛[③]适由北京返藏。途次得

① 应为巴珠。西藏及四省藏区的妇女头饰各不相同。康巴藏区的妇女头饰，状如三角形，戴时一角朝前，两角放后。架上缝制红毛呢，上缀绿松石、珊瑚、珍珠等，节日期间女性装饰在发髻之上，多见于贵族妇女。一般妇女仅上缀普通的松石、珊瑚。

② 披单。

③ 十三世达赖喇嘛。此前的1908年9月6日，光绪皇帝和慈禧太后在北京中南海宴请十三世达赖喇嘛，十三世达赖喇嘛向皇帝敬献金制曼札，同时为慈禧太后念长寿永生经。1908年12月21日离开北京。1909年4月自青海塔尔寺启程返藏。

其藏王厦札密报："谓英兵已退，川军大至，恐不利，宜制止之。"达赖既向清廷求援，又不便反复，[①]乃密令厦札发藏兵万人扼要拒之。[②]川边大臣赵尔丰[③]知其谋，乃自率兵八营，由大道进，剿德格[④]叛匪，而令钟颖所率川军由北跟进，会师于昌都。[⑤]

---

① 陈渠珍所称的厦札，实为西藏地方政府的噶伦。误称噶伦为藏王，实因不了解西藏地方政府的行政运作模式。十三世达赖喇嘛此时虽出逃在外，但每事必须请示于其行宫。清中央政府驻藏大臣联豫虽主持藏政，但政令多不畅顺，于是联豫请派兵入藏以镇慑。十三世达赖喇嘛返藏行至青海，闻川军入藏消息，即令噶伦派兵抗阻，因此根本就没有陈渠珍所述"求援"之事，更谈不上"反复"，实属大谬。

② 十三世达赖喇嘛自西藏那曲返拉萨途中调令万名藏军前往堵截，皆部署在南路，因此钟颖的北路行军能直抵昌都而无任阻。

③ 赵尔丰（1845—1911），字季和，今辽宁省辽阳市人，清汉军正蓝旗人。曾任川滇边务大臣，后改任驻藏大臣。1911年，署四川总督，镇压保路运动。武昌起义后，被迫让权于"大汉民国"四川军政府，但仍据总督署企图反攻，军政府擒赵尔丰后，《颁发捕杀赵尔丰奖状文》，称"如山摧卵，如汤沃冰，指顾之间，赵逆就擒"，随即为都督尹昌衡所诛杀。

④ 今四川省甘孜藏族自治州德格县，地处金沙江、雅砻江上游。位居该县的雀儿山山口海拔5050千米，有"川藏第一高险"之称。

⑤ 赵尔丰在四川德格平定降白仁青之乱后，立即开展改土归流，遭到武力抵抗。西藏地方政府命令噶伦派兵阻止新军入藏，赵尔丰充分考虑钟颖军队为新军，士未习战，故令其改由荒僻的北道随边军推进，避免与藏军发生正面冲突，由此可见赵尔丰军事考量的周全。改土归流即中央政府在原设土司统治的地方废除土司制度，改派流官治理，目的是强化中央集权，巩固国家统一。

大军集中打箭炉

全军集中打箭炉待命，约一周，钟统领始至。又准备三日，即出发。由打箭炉出关，即属川边境。其入藏大道，至巴[①]里塘[②]、昌都、恩达[③]、硕板多[④]、丹达、拉里、江达至拉萨。此为川藏驿路，逐站人户甚多。由

① 今四川省甘孜藏族自治州巴塘县。为川、滇、藏三省区结合部。汉代称白狼国，遗址尚存。1646年至1701年，西藏地方政府统治巴塘计55年。1726年巴塘划入四川。1905年，凤全事件发生后，清中央政府派赵尔丰率兵剿办。

② 今四川省甘孜藏族自治州理塘县。“理塘”，藏语意为广阔的坝子有如铜镜般。陈渠珍所说的“里”实为1906年设置的里化县，此后多变，直至1914年方置理化县。1951年更名为理塘县至今。县内有著名的甘孜第一大庙——长青春科尔寺，又称理塘寺，为三世达赖喇嘛索南嘉措创建。寺内活佛为香根，其1907年临终前被十三世达赖喇嘛土登嘉措册封为康南最高活佛。

③ 今西藏自治区昌都市卡若区。1912年，中华民国西藏地方政府改恩达厅置，治所在今西藏自治区昌都市卡若区西南恩达城。

④ 今西藏自治区昌都市洛隆县。“洛隆”藏语意为“南谷”或“南川”，位于念青唐古拉山脉东南端、怒江流域上游，南部与林芝市波密县接壤。

北道出关[①]行一日，由折多塘[②]北向，经长春坝[③]、霍尔章谷[④]、甘孜、曾科[⑤]、岗拖至昌都，或由岗拖直趋类乌齐，三十九族，至拉里，为北路。道路荒僻，尝行一二日无人烟。

---

① 自折多塘至道孚，沿途皆为牧场，惟此与泰宁为农村，故为乌拉替换要地。清末北道乌拉，自折多塘至长坝春为一站，长坝春至上八美为一站，上八美至少乌石为一站，少乌石至道罕可什为一站。1918年后，上下八美、少乌石三村差民逃尽，改由泰宁喇嘛寺支差，差路由此始绕泰宁。

② 今四川省甘孜藏族自治州康定市西南50里处。为川藏要道。塘即温泉。

③ 从陈渠珍所走路线可推测，长春坝位于今四川省甘孜藏族自治州康定市瓦泽乡麦巴村与安良村之间。

④ 今四川省甘孜藏族自治州炉霍县，“炉霍”藏语意为“山岩村”，原霍尔章谷土司驻地。藏语“霍尔”意指蒙古人，“章谷”意为岩石上。清朝光绪初，川督鹿传霖，讨平瞻对之乱，倡议改流。时章谷土司故绝。遂以兵威收抚其地，于1897年置炉霍屯。其后清朝根据民众请求，仍以瞻对（今新龙县）归藏，罢改流议。

⑤ 今属四川省甘孜藏族自治州白玉县赠科乡，其名实因五世达赖喇嘛的弟子霍·曲吉昂翁彭措在此创立第一座格鲁派寺庙而得名。

军队取道北路

藏地行军，动需乌拉[①]驮运。又须二三日一换，故无乌拉即不能行一步。盖弹药粮秣，行李乘骑，每营须牛马二千余头之多，悉取给于沿途藏人。长途行军，决非内地夫役力所能任。即内地之马，一入藏地，亦不堪用矣。赵尔丰以陆军初入藏，情形不熟，恐猝遇战，乌拉不继，故令我军走北路，为策安全也。

出关第一日

我军由炉出发之日，适雨雪交作，寒风刺骨，军队与乌拉，恒混杂而行。此路名虽驿站，半为山径，砂砾遍地，雪风眯目，时登时降，军行甚苦，沿途绝少居民，抵折多塘宿营，已晚七时矣。天黑路滑，部队零落而至。士

① “乌拉”是西藏地方赋税、差役、地租等内容的统称。“乌拉”一词是无偿劳役之意，种类极其繁多，包括劳役、捐税、地租等。此处指用牛马帮助军队从事运输。

兵喧呼声，与牛马嘶鸣声，直至夜半始止。官兵咸缩瑟战慄，不胜其凄楚焉。

我军由炉出发之日，适雨雪交作，寒风刺骨，军队与乌拉，恒混杂而行

雨雪后之晴霁

由折多塘经长春坝、道坞[1]、霍尔章谷，至甘孜一带，沿途均有藏村居民，数十户数百户不等。途中亦时有小村落及喇嘛寺。此二十余日中，天忽晴霁，道途皆沿山腹或山沟行。甚平夷。犹忆第一日由炉出发，官兵饱受风雪之苦，佥以此去苦寒，必更有甚于此者。殊次日，天忽晴霁，沿途风清日暖，细草如茵，两面高峰直耸，[2]山巅积雪，横如匹练。有时出岫白云与摩天积雪共为一色，凝眸远望，奇趣横生，几忘塞外行军之苦。

马术不精之痛苦

余任督队官，每日必于黎明前，率通事藏人及各队设营官兵乘马先行。一日，将抵长坝春时，天和草软，周道

① 今四川省甘孜藏族自治州道孚县，藏语意为“马驹”。

② 陈渠珍所述的沿途高峰实为海子山、折多山、贡嘎山，山峰均在海拔5000米以上。其中贡嘎山海拔7556米，被称为“天府第一峰”。

如砥，一望平原无际。藏人扬鞭策马，疾驰如飞，群马奔逐，勒之不能止。余马术未精，身重腿轻，左右颀簸，几跌下，勉驰至宿营地，已汗流浃背，腿痛不能行矣。

河鱼不可食

一日行抵道坞，天尚早，因偕同人闲步近郊，有民舍十余家，散居疏林间，草美而细，风景如画。林外一沟，宽四五尺，碧水清浅，鱼多而巨，往来游跃。余等正苦无肴，将取而食之。又疑此地居人甚多，岂无网罟①，何鱼之繁殖如是。询之通事，始悉藏人死后，不用棺封土掩。②其上者，延③喇嘛讽经，寸磔其尸，以饲雕鸟，为天

① 捕鱼网。

② 西藏的丧葬主要有塔藏、火葬、天葬、水葬、土葬五种。塔葬为藏族的最高葬仪，如历辈达赖喇嘛、班禅额尔德尼圆寂之后均为塔葬。他们圆寂之后，身体用高级的香料和名贵药品保存，并装殓入用金、银、珍珠、珊瑚、玛瑙、绿松石等装饰而成的宝塔之内，供人观瞻。火葬的对象主要是藏传佛教的喇嘛。天葬为最普遍的葬仪，一般平民用之。水葬是一种比较卑贱的葬仪，多用于夭折的孩童、乞丐和经济地位低下之人。土葬是藏区最为卑贱的葬仪，一般是对有传染病的尸首，以及杀人犯、强盗、被刀砍死的人等，将他们深埋地下，目的是让其绝种灭根。陈渠珍所概括，与事实略有出入。

③ 邀请。

葬。其次，以火焚之，为火葬。下焉者，投尸水滨，任鱼鳖食之，为水葬。故藏人无食鱼者。[①]余等闻之，乃止。

食苦无肴

霍尔章谷居民百余户，已改土归流，[②]设理事官[③]于此，汉人甚多。我军出关后，沿途所见，皆赭面左衽之藏民。所食，则酥油糟粑奶酱。荒山野户，又无蔬菜可购，竟日疲劳不获一饱。出发时，原拟多带食品，因林修梅力言不可，致途次食不甘味，至以为苦。至是始有物可市，共购猪一头，鱿鱼数斤，切碎拌豆豉炒之，分盛两桶，载之以行。修梅犹啧有烦言，余等亦不之顾。然以后每餐，修梅则较他人食为多，其馋酸真可鄙也。

---

① 藏族百姓至今依然忌吃驴肉、马肉、狗肉，认为这些动物的肉极其肮脏，有罪孽，死后不能升天。他们对鸡、鱼、野鸟之类，概不宰杀。藏传佛教教规，凡生命皆不可杀，但藏区粮食匮乏，不得不屠牲畜以维持人之生命。因此戒行僧侣亦吃肉。但绝对不可以亲手屠杀及亲见其死。屠杀之职，由“卑贱之人”作业。屠夫在藏区社会结构中是最低贱之人，俗语称其死后必入地狱。其所屠亦仅限于牛。因杀一牛，可以维持多人生命，故其罪小；若屠杀小生命如鸡、鱼等，则牺牲多数生命，以维持少数生命，其罪更大。至于猎取野兽，捕捞鱼类，则其人之贱且恶，更甚于屠。这就是藏族人不渔不猎、鱼鸟繁盛的缘由。

② “改土归流”是明清时期中央政府对以西南少数民族地区为主的地方行政进行制度上的改革。即废除自元代以来世袭之土官，而代之以流

然以后每餐，修梅则较他人抢食为多，其馋酸真可鄙也

（接上页注）

官的统治，实施和汉族地区相同的政治制度，加强中央对少数民族地区的管理，有利于少数民族地区社会经济的发展，但改制过程中曾对某些地区的土司反抗进行军事镇压，给若干地区的少数民族带来灾难。

③ 炉霍屯至1913年改县，此前仅“设治委员”，未曾设过理事官。陈渠珍所述设理事官实乃误判。

藏民身手敏捷

途次，见乌拉千百成群，尚未注意。至霍尔章谷换乌拉。先日傍晚，尚未齐。夜半，闻四野声喧，视之，乃藏民送乌拉牛马至矣。漫山遍野而来，不下数千。余方虑明晨掉换乌拉，驮装捆载，不知费时几许。迨次晨起视，则一人挟一驼，置牛背上，每驼重逾百斤，竟能举重若轻，约一时许，而二千余驼粮弹捆载已毕，身手敏捷，诚非汉人所及。因见藏民体力之强，不觉健羡无已。无怪唐代屡为边患，郭马名将，尚不敢言战，而言和也。[①]

每日宿营后，牛马拥挤坪中，藏民卸装，更为迅速。驼牛二千余头，不及一小时，即卸毕矣。藏民扬声，驼牛四散，满山满谷，到处龁青。迨黄昏前后，藏民呼哨一声，但见山头群牛攒动，皆争先恐后，戢戢[②]归来，勿烦

① 指郭子仪和马磷。《唐书·吐蕃传》记载，安史之乱未平，吐蕃、回鹘屡次联兵寇扰陇西诸郡，数犯京畿。关陇诸镇，竭全力以备御之。虽屡获捷书，而寇终不可制，不得已而出于和，订立盟约。

② 密集之意。

驱策。藏民即就平地立桩，系长绳，排列为若干行。长绳中系无数短绳，拴于牛蹄。牛倚绳，或立或卧，秩然不乱。犹忆一日中夜起溲[①]，弥望白雪，不见一牛，大异之。询之卫兵，始知牛卧雪中，雪罩牛身，望之似无数雪堆，隐约坪中。非转侧雪落，不知其为牛也。

藏冰敲马蹄铃声细

甘孜，曾科，麦削（宿），岗拖一带，嶂峦横亘，冰雪满山。每从山腹过，山水泻冰，宽恒至十数丈，人马通过，须先凿道敷土，方免倾辖[②]。谷底溪流，亦凝结成冰，牛马数千，踏冰过，冰破碎声闻数里。时已暮秋，天气日加寒冷，大雪纷降，朔风怒号，人马牲畜灿若银装，余有句云：冰敲马蹄铃声细，雪压枪头剑气寒。亦纪实也。

① 小便之意。

② 跌倒之意。

牛皮船 渡河之稽延

自麦削以西，河深流急，无舟楫，无津梁，故军队渡河皆用皮船。船以野藤为干，以牛革为衣，其形椭圆，如半瓜；其行轻捷，似飞燕；凌波一叶，宛转洪涛，浪起如登山丘，浪落如堕深谷。临岸遥观，若将倾覆焉。乃方沉于浪底，又涌现于涛头，俨如飓风时际，立黄鹤楼看轻舟冲浪，同一怵目惊心也。幸河幅不宽，波澜甚小，舟子一人，摆双浆，坐后梢，顺水势乘浪隙，斜行疾驶，瞬息即登。皮船大者，载重四百斤。小者载二百余斤。小船以一革制成，大船则用二革，其结缝处，时时以酥油涂之，以防渗漏。军队渡河时，先渡辎重，再渡官兵。船小而少，每渡一河，须延数日。计余一营人，渡河已费三日之久。沿途河流甚多，故行军稽延甚久也。惟藏地牛马皆能泅水，每渡河时，先纵一牛过河，系于彼岸，然后纵马牛入水，不待驱策，皆攒望彼岸之牛群集焉。

皮船大者，载重四百斤，小者载二百余斤。小船以一革制成，大船则用二革，其结缝处，时时以酥油涂之，以防渗漏。军队渡河时，先渡辎重，再渡官兵。船小而少，每渡一河，须延数日

贝母鸡之美味

余渡岗拖河时，宿江干数日，见山中贝母鸡数十成群，飞行地上。闻味极佳，因约同人携枪入山击之。日必获数头，就江干去皮骨，取肉切为小块，拌胡豆酱炒食之，味鲜美，远非家禽所及也。

雪地帐幕

藏地行军，不苦于行路难，而苦于起床太早。盖自甘孜而后，沿途居民渐少，赵尔丰所定程途，又恒远至百二十里以上，非竟日趱行[①]，即无宿站。无宿站，即无藏官预备燃料，不能炊爨也，故起床不能不早，且行军均自带帐幕，到处架设，出发撤卸。藏地几于无日无雪，一

① 急行军之意。

入夜半，雪满帐幕，次晨早起，须先撤帐去雪以火烘之，方能驼载，最苦者，天犹未明，帐幕已撤，雪风削面，鹄立[1]旷野中，以候烘帐幕，上驼牛，约须一小时半之久，手足僵冻，战慄呻吟，其痛苦诚非语言所能形容也。行五十余日，始至昌都。

① 直立之意。

02 腊左探险[①]

大军集中昌都

昌都，亦名察木多，为打箭炉至拉萨之中心地。有居民六七百户，大小喇嘛寺甚多。汉人居此者亦不少。设有军粮府治理之。我军至此，已困惫不堪矣。是时，赵尔丰驻更庆[②]，侦知厦札遣其堪布某[③]，率藏兵万人，进驻恩

① 任乃强先生在1941年初出版的《康导月刊》第三卷第四期上为此章做过精彩点评：陈渠珍叙述身历，细致翔实，娓娓动人。一气呵成，直书其事，未为伏笔，而首尾因果，竟成伏笔。如腊左所遇老人详告藏情原是实语，亦当见陈、张二人去而对岸突现烛光。当藏兵查户时，亦必以告藏兵。查号藏兵人少，不敢往捕，只能佯作不知，归报藏官。故去若无事，而突然大军分两路搜来，逃避不及也。此等藏兵，系藏中调来，对当地人极其残暴，故当地土人，皆藏匿不敢家居。其对俘虏亦极残暴，张应明能藏语，故受害较轻。陈渠珍不能藏语而态度傲慢，故数濒于死。幸统兵官堪布登珠文明有识，虽奉命阻拦入藏川军而不背叛清廷，乃得生还耳。

② 今四川省甘孜藏族自治州德格县更庆镇，有著名的藏传佛教更庆寺印经院，全名为“德格吉祥聚慧经院”，汉译为德格印经院。因其系德格土司家庙，并不实行活佛转世制度，历来以德格土司任寺主。更庆寺汉译为贡钦、工青、更且、伦珠顶、恩珠顶。此寺珍存藏文《大藏经》版本之一，由德格第四十二代土司登巴泽仁于1729年主持刊刻。该印经院是藏传佛教的印经中心和藏文典籍的刻印中心，历史上收藏印版最多时达30多

达，阻川兵入藏。[①]邀钟颖由甘孜单骑往见。钟不敢往。赵遂令大军暂集中昌都，细侦番情，以待后命。

钟颖既至昌都，号令全军，选将校侦探四名前往侦查。数日无应之者。时尔丰方以援藏军皆学生，不晓军事为言。余甚耻之，因力请行。林修梅亦怂恿之，为咨请于军粮府，给马牌。余乃轻装携通事张应明前往。应明年五十余，四川人，流寓藏土日久，经营商业，熟悉番情。是日，由昌都出发。稍迟，过西藏桥，行三里许，有群鸦千百遮道飞鸣，应明马惊而坠，余亦下马步行，驱散群鸦，牵马而进。初以藏地多鸦，不虞其有他也。

（接上页注）

万块，现今仍存有近22万块。德格版藏文典籍出版品还远销欧美，成为西方藏学界争相购买的文献。

③ 为藏语音译，亦称亲教师。有三层含义：一是传授出家戒或近圆戒的僧侣；二是掌管戒律的僧侣；三是藏传佛教寺院的住持。陈渠珍说的“某”实为西藏三大寺之一的色拉寺堪布登珠。

① 1906年，清中央政府驻藏帮办大臣张荫棠积极推行十九条改革措施，设置财政、交通、工商、学务、农务、巡警等九大机构，任命新的领导，遭到了西藏地方政府的反对。从今人的角度来看，有些治藏举措如《训俗浅言》和《藏俗改良》提出“人死宜用棺木”“喇嘛白昼不必诵经”“不可望人布施”等主张确实脱离西藏实际。1907年后，张荫棠离藏，驻藏大臣联豫继续在西藏推行改革，加剧了西藏地方政府与中央政府之间的矛盾。1909年6月，为维护清中央政府的权威，派遣四川知府钟颖率领三个营共1700余兵士赴藏。当川军抵达昌都恩达时，遭到十三世达赖喇嘛派遣的来自西藏洛隆、边坝等藏军的阻击。

深入探险

行三十里至俄洛桥[①]，驻有边军一哨。哨官邓某，川人，武备生未卒业者，招待极殷勤。因时已薄暮，具餐留宿，余亦欲一询前方情况，遂宿其营。饭后，共话川事，甚欢洽。且知藏兵屯恩达，其先头部队抵林多坝，逻骑出没于距此三十里之腊左塘，戒勿冒险前往。余虽感其意，然以任务所在，不能中道而返。

次晨出发，沿途无居民，亦无人迹。策马行三十里，至腊左塘，即腊左山麓也。是地有塘房一所，设塘兵[②]四人，余抵其地时，塘兵已捆载行李，将回昌都，甚仓皇。见余至，大惊，为言番骑夜夜至此，力请同回。余颇厌之。应明亦言不能再进。余奋然曰：“纵不至腊左，亦宜登山一望”。遂决然上山。

---

① 位于今西藏自治区昌都市俄洛镇，是昌都乃至内地通往拉萨的必经之地，被称为进藏古路第一站。如今的俄洛桥仅仅是川藏公路G317、G214昌都市通往那曲市昌黑公路的一座小桥。

② 哨卡驻防的兵勇。清代称军队驻防区域为汛，驻防官员称之为汛官，汛下设塘。

鼓勇登山

山高十余里，纡曲而上，冰雪载途，人马颠蹶者再。牵马步行，亦屡蹶屡憩。将至山巅，遥望白雾漠蒙，疑为烟尘。至山巅，则空中狂飙怒号，卷雪飞腾，寒风砭[①]肌骨，人马气结不能呼吸，遽昏倒。幸余神志尚清，有顷即醒。强起牵马，再扶应明起。应明愀然[②]曰：“不听吾言，徒自苦耳。果何所见？”余曰：“子勿尔，既至此，必往腊左一观。”因鼓勇下山。应明不得已，随之行。沿途颠蹶，几为马所伤。

① 渗入骨髓如针扎般寒冷。

② 面露不快并带有些无奈。

夜宿腊左

行约八九里，始下至平地，已薄暮矣。幸雪光掩映，尚能辨路。沿小溪行，二三里至腊左，隐约见民舍二十余户，散居两岸，家家闭户，悄无人声。以箠挝[①]门，无应之者。

后至一家楼下，一老人出。问询之，具言："藏兵离此仅十余里，逻骑夜夜至此，居民皆逃避，余病不能行，是以留。"应明问余如何？余指对岸傍山一室可投宿，遂牵马过溪。止宿其家。登楼，推门入。楼高仅齐人。系马楼下，余择楼上较宽一室下榻焉。燃洋烛，略食烧饼。应明劝勿燃烛。因移烛室隅，取板覆之，推窗望月，月色明朗，照耀冰雪，倍觉清寒，因思稍憩后，即登山眺望，且避番骑之来。倘能登高一览前方形势及番兵所在，亦不负此一行。

① 用马鞭敲。

幸雪光掩映，尚能辨路。沿小溪行，二三里至腊左，隐约见民舍二十余户，散居两岸，家家闭户，悄无人声。以箠挝门，无应之者

逻骑突至

正凝思间，忽闻铃声自远来，知番骑已至，急下楼，翻着白羊裘，伏山麓大石后。未几，见番骑数十，从容进至对岸民房，按户以马鞭敲之，操番语问："有汉奸否?勿得藏匿。"未过溪，即向腊左山去。约一时许，仍回，敲门问如前，随即自去。余以为从此无事，入室休息。应明继至，蹙眉而言曰："险哉！几不免矣。"余因戏之曰："尚未，尚未。明日将携汝至前方，一观其究竟。"

逻骑去而复回

语未毕，突闻前方铃声来甚急。灭烛推窗外窥，见番骑百余，张两翼，飞驰而来。距对岸约百步，皆下马拔刀，跳跃而前。是时，欲遁不能，但闻喊杀声，马嘶声，一时并作，震应山谷。余急趋出，见旁一小室，遂避入，暗中摸之，有砖石，似厨非厨，壁有小穴。钻穴外窥，见番兵持刀拥至，刀长四五尺，映月光雪色，森严可畏。已渐近，急扃[①]门，推石撑之。再外窥，则番兵相距仅十余步矣，因转念，门既内扃，安得无人，是不啻示敌以匿迹之所，不若开门以待。门甫开，番兵已至楼下，又念藏身暗室，设番兵持刀斩人，则殆矣。不如出而叱之，或可幸免。

负伤被虏

遂挺身而出，甫出门，番兵已登楼。余厉声叱之，先登者奔向余，猛斫。幸室矮刀长，为檐格，未中。后至者复拥集，刀剑无所施。但觉尾脊受刀伤甚重。一

① 关上之意。

时拳足交加，喊杀活捉之声并作，最后有以刀柄击余右额，觉眼花迸飞，倒地渐昏。似有人摔余至楼口，向下抛掷，遂一痛而绝。

番目横加箠楚

余昏绝后，即为番兵系马背上以行，乘月色行十余里，过并达桥。桥长约十丈，宽丈许，上敷木板，番骑百余蜂拥而过，蹄声杂踏，余始惊醒，知为番人所虏，头腰手皆受重伤，但麻木，尚不甚痛楚耳。此地驻番兵数百，见番众拥余至，皆拍掌呼跃。再沿河进，两面皆有番兵警戒，其法左敲锣，右击鼓，左敲右应，络绎不绝，如刁斗[①]然。

行十余里，至林多坝，时已夜半。番兵牵余上一楼。楼上男女数人，方燃火熬茶，即系余柱上，余倚柱而坐，

① 军事用具。又称为焦斗，为斗形状有长柄，白天用作炊具，夜晚用来巡视击更。

渐觉头腰痛不可支。应明继牵入，已无人色矣。移时，有似番头目者至，持马箠就余诘问。余对以："衔赵大臣命来此。"番目不信，横加箠楚，几又昏绝。

又有顷，复来一人，装束如番官状，盘诘甚详。色稍霁。余仍告以衔命来此。问以文书，曷余曰："文书置鞍囊中。"番官下楼甚久，复回曰："鞍囊无文书，得勿诳耶？"余素稔[①]藏人畏尔丰若天人，乃正色曰："行李文书，尔等尽劫去也。既疑无文书，往昌都赵大臣行辕一询！"番官曰："赵大臣已至昌都乎？"予诳曰："赵大臣率边兵八营，先我一日已至昌都，尔等犹未知耶？"番官沉思良久，复问："赵大臣遣尔来此何意？"余曰："见尔堪布自知，尔勿多问。"番官复详视余伤痕，与一头目细语甚久。又问余现居何秩？余伪以三品对，番官乃偕头目下楼。

① 熟悉，知晓。

释缚后之痛苦

未几，有番兵二人来，释余缚绳，甫释两手，痛彻心脾，昏倒不能起。番兵负余下楼，至一室，较清洁，似为番官住所。番兵进酥茶，余方渴，饮之其甘如饴，神思渐清，倚墙盹睡。忽闻鸡鸣犬吠雀噪声，始惊醒。仰视窗外，天已黎明。

起解恩达

又移时，闻室外人马声嘈杂，番官后至，为余言："堪布有令，约君至恩达一会，请即行。"余闻之，矍然[①]而起。番兵扶余上马，行甚缓。觉腰际创裂，血流不止，痛苦不堪。途中每过溪沟，或登临山坡，前后簸动，痛尤甚。时晨风凛冽，彻骨生寒，触目荒野，倍觉凄怆。

① 精神为之一振。

偶一思及妻侄浮寓成都，千里家山，何以得归，不禁悲从中来。然转念男儿报国，死则死耳，何以妻儿萦念为！又不觉神清而气旺。

堪布执礼甚恭

行二十余里，至恩达，已午前十时矣；即有恩达汛官[①]叶孟林氏，黼黻[②]出迎，执礼甚恭，导余至堪布大营。堪布亦迎至营外，极谦扮。[③]入坐，献茶点。力白未得赵大臣通告，致生误会，逊谢不已。余亦婉辞答之。因言："赵大臣以藏人二百余年恭顺朝廷，前者英兵寇藏，大喇嘛既请兵于先。今英兵甫退，边觉夺吉又复阻兵于后，试问藏兵几何？器械若何？欲与川军边兵较胜负，庸有幸乎？赵大臣恐大军逼近，玉石俱焚，特遣某前来晓谕，限即日撤兵退回，当为奏请朝廷恢复大喇嘛封号。[④]今新军

① 明清时期军队驻防之地的官员，此为对带兵武官的称呼。

② 穿着非常正式的服装。

③ 谦逊，状若谦谦君子。

④ 陈渠珍所述恢复的是十三世达赖喇嘛封号。1910年1月，拉萨正举行传召大法会，35岁的十三世达赖喇嘛在川军初抵拉萨当日，正与其属官员边觉多吉、彭措顿珠、济汝白桑在布达拉宫举行会议。会议正进行时，忽闻川军往上述官员住宅展开搜捕行动，又闻续有川军千人已进入拉萨城，十三世达赖喇嘛及上述官员决定连夜逃离，前往印度噶伦堡投靠英国。上述三名官员是十三世达赖喇嘛未经清政府批准，擅自任命的最重要官员。清朝中央政府立即宣布革去达赖喇嘛的名号，通告全藏。这是十三世达赖喇嘛第二次出走，也是他第二次被中央政府褫夺十三世达赖喇嘛封号。

已由北路出拉里，川边军集中昌都，所以不即前进，亦悯藏民无知，不忍遽以兵临之也。”复详言在腊左经过甚详。

堪布承认撤兵

堪布惶恐谢过，具面食果饼，极殷勤。为言：“我本僧官，藏王督责甚严，不得已统兵出藏。今驻恩达不进，亦待赵大臣之至，敢有异动耶？”又具文呈赵尔丰，请余即日返昌都复命，允以三日为期，撤退藏兵。余以创痛马羸，[1]不能即行。堪布力请不已，始允之。又为施符咒药饵，并选良马及藏佛、藏香、捻珠、奶饼为赠，又派兵四人送余至腊左塘，于是收拾起身，已午后一时矣。堪布等直送至山下始返。

① 瘦弱之意。

堪布惶恐谢过，具面食果饼，极殷勤。为言："我本僧官，藏王督责甚严，不得已统兵出藏。今驻恩达不进，亦待赵大臣之至，敢有异动耶？"又具文呈赵尔丰，请余即日返昌都复命，允以三日为期，撤退藏兵

生还昌都

归途冰雪满山，寒风载道，创痛渐止，符咒之力欤？抑药饵之力欤？余归心似箭，痛苦顿忘。经腊左时，仍门户紧闭，寂无人踪。上腊左山，山高而峻，冰结路滑，番兵牵马扶予，顷刻而上，不似前日下山之苦矣。下山，至腊左塘，塘房已空无一人。从此道路平夷，且极安全，即将护送番兵遣归。予偕应明，略食奶饼，纵马疾驰，更觉毫无痛苦。

至俄洛桥，日色将暝。[①]前驻川军亦开回昌都。应明极，欲就此止宿，明晨再行。余不听，鼓勇前进，天已入夜，冰风拂面，冷洌益甚。幸月色清朗，照耀如白昼，夜行尚不觉其苦。抵昌都，已晚十二时矣。沿途哨兵见余生还，咸欣欣然有喜色。

① 擦黑、黄昏之意。

余不听，鼓勇前进，天已入夜，冰风拂面，冷冽益甚。幸月色清朗，照耀如白昼，夜行尚不觉其苦

悲喜交集

余至营部，同辈多已就寝，惟修梅犹倚案研墨，余笑曰：“诸葛先生归来矣。”盖余素与朋辈戏语，辄以此自命也。一护兵见余归，急入报。修梅惊讶出视。相见之余，悲喜交集。一时同辈皆披衣起身，争询经过。夫役具饼食，余且食且谈，直至四更后始就寝。

行李竟被瓜分

余自被虏后，相传已被杀身死，碎尸投山林中。余初归，与同辈坐谈，时时觉坐垫后蠕蠕有物，初不之异也。谈毕归寝，见坐垫后满堆衣物，亦不之异也。次日，从兵李元超密告曰：“自公凶耗传来，佥谓公必死。公之行李，某某等竟破箱瓜分几尽。及公生还，咸不自安，始暗中退出，置公坐垫后，是宜有以惩之。”余则付之一笑而已。

雷击散能治外创

余外创经七八日后渐愈，惟内伤甚重，肚肠时复作痛。友人送雷击散一瓶，服之大泻两次，下血块甚多，寻亦痊愈。惟雷击散原系暑药，并无治内伤之力，不知当时服之，何以奏效如此，殊不可解也。

03 昌都至江达

赵尔丰至昌都

赵尔丰知藏兵已抵恩达①，乃亲率边军五营，由更庆至昌都。我军齐集四川桥东岸迎迓。边军虽为旧式军队，然随尔丰转战川边极久，勇敢善战，其军官兵体力甚强，日行百二十里以为常。是日，余随队出迎，候甚久，始见大队由对河高山疾驰而下。有指最后一乘马者，衣得胜褂，系紫战裙即是赵尔丰。既过桥，全军敬礼，尔丰飞驰

① 1910年，驻藏大臣兼边务大臣赵尔丰在类乌齐推行“改土归流”，即改土官为流官，设立恩达县。改制的最大成果就是废除一切徭役杂税，取缔寺院干预政治的特权，限制喇嘛在寺的人数，废除农奴制残余，鲜明提出“所有汉藏僧俗，都是中国赤子”的汉藏文告。

而过，略不瞻顾。谛视之，状貌与曩[①]在成都时迥殊。盖尔丰署川督时，须发间白，视之仅五十许人也，今则霜雪盈头，须发皆白矣。官兵守候久，朔风凛冽，犹战慄不可支，尔丰年已七旬，戎装坐马上，寒风吹衣，肌肉毕见，略无缩瑟之状。潞国[②]精神，恐无此矍铄也。[③]

俭人用心之可畏 尔丰之明决

是日晚，钟颖率标统、管带至钦帅行辕[④]参谒，夜分始归。有护目张子青，随修梅往，先驰归告余曰："钦帅以公贪功失机，罪当斩！奈何？"余问："管带如何对答？"子青曰："管带默然不语。"余颇异之。

及修梅归，询之又。但言钦帅明晨传见，而不及其他。于是余始知修梅之用心矣。因念奉命而往，不顾万死，蹇蹇匪躬[⑤]，庸何伤？翌晨往见，甫出门，即有尔丰

① 既往，过去之意。

② 此处指北宋著名的政治家、一代名相文彦博。其出将入相五十余年，受封为潞国公。此外潞国公为中国古代第一等公爵。历朝可考者计十人，最为著名的有侯君集、文彦博。

③ 赵尔丰在陈渠珍笔下的崭新形象，令人过目难忘。显然陈渠珍眼中的赵尔丰是一位精神矍铄、军容威武的戍边大将军。这也是陈渠珍作为边关戍守之人对国家利益至上的自觉认同和真情流露。

④ 清代高级官吏的行馆，亦指在暂驻之地所设的办事处所。民国时期亦为一级机构的名称。

⑤ 为了效忠国家，不惜在艰难困苦中枉顾自己的性命。

武弁[1]持大帅令传余。余甚讶之，随之往，至则钟颖及军粮府刘绍卿[2]，皆立辕下。武弁导余入。尔丰盛怒立帐中，责余贪功冒险，损威辱师之罪，将置余于法。钟颖、刘绍卿亟趋入，力为缓颊。尔丰怒犹未息。余至是，亦不能为修梅讳，乃慷慨陈言曰："某罪自知。但衔命而往，身虽被虏，番人犹能以礼送归，且宣示德威，番兵望风撤退。功罪自不敢言，惟钦帅深察之。"钟颖又力为解释，尔丰意始动。因详诘奉命始末。又问林管带果知尔去否。余具以实对，并言军粮府尚有管带咨文可凭，尔丰一一按问实，又索咨文验讫，乃反诘修梅，修梅不能对。尔丰大怒，立褫[3]其衣刀，就案上手书硃谕，撤修梅职，以余代之。余亦不敢言，叩谢出。

① 下级军官，赵尔丰身边的贴身警卫。

② 为贵州举人，原名刘廷灏，时任昌都军粮府台，以有才干闻名。1912年初离藏入京。1931年日本占领中国东北后，曾出任伪满洲银行总经理。

③ 解下、夺去之意。

转祸为福 张鸿升垂头丧气

昔人谓“塞翁失马，安知非福”。如余以事之转祸为福，诚奇矣。不谓暗幕中拨纵牵引，大有人在，事更有奇于此者。有皖人张鸿升[①]，性诈险，初隶尔丰，任边军管带，后因事被黜回川，投钟颖。钟颖入藏，委以工程营管带，亦虚名而无实兵者。鸿升日思得为步标管带，而苦无机会。会余腊左被虏，凶耗传至昌都。有尔丰随员某，与鸿升善，为言钦帅以陈探修梅，问陈某事如何？修梅无一语，但嗟叹而已。鸿升怂之曰：“钦帅性如烈火，倘有所询，宜伪为不知。钦帅幕中，吾有密友，当为君先容，可勿虑。”修梅信之。及尔丰至，怒余损威辱师，修梅嘿[②]不语。尔丰怒甚。鸿升复见尔丰亲信文案傅华封[③]，为余力辩其诬，而痛诋修梅。意在取修梅而代之，非爱余而憎

① 关于张鸿升，任乃强在1941年出版的《康导月刊》上做出注释：字雁宾，安徽人。随提督马维琪到边任管带。泰宁、巴安、乡城三役均得力。然不学粗鲁，赵尔丰颇抑之，始终不以统领任用。钟颖赴藏，途中谒赵，求最优管带，赵以予之。其弟张惠如亦随军任队官，皆从钟颖入藏。藏事败，又随钟奔后藏依钱锡宾。最后同钟与钱自印度返国。倪嗣冲荐之于张勋，与钟颖属之标统陈庆，同任张勋营长。钟颖被逮，张命其弟惠如率六人赴京申辩。至天津为罗长裿党所杀，七人皆死。张氏指为陈渠珍所为，长久为疑案也。张闻弟死，续自赴京为钟辩抑。至则钟已就戮。张遂弃职为僧。

② “嘿”通默，沉默不语之意。

③ 傅华封（1869—1929），名传山，一名嵩炑，四川古蔺人。入川滇边务大臣赵尔丰幕，平定地方土司叛乱，参与川边藏区改土归流相关事

修梅也。华封为鸿升旧友，遂在尔丰前力诋修梅。至是，尔丰颇滋疑，故传见时，而赦予贪功冒险罪，即欲一穷其实耳。不料按问抵实，修梅褫职，鸿升未及经营，而一纸硃谕，捷如迅雷，鸿升固自垂头丧气，余则死里逃生，转祸为福。险人用心可笑，亦可怜矣。

翌晨，至钦帅行辕，循例谢委，并呈递堪布文书。候甚久，尔丰始出见。诫余曰："汝冒险深入，尚饶胆气，故畀[①]汝要职。今后益当努力，否则吾又能杀汝也。"言次，目炯炯，使人望而生畏。

拟陈两步计划 进攻恩达 一战克敌

赵尔丰以余明晰前方情势，嘱拟进兵计划以进。余商承钟颖，拟定川军先驱，逐恩达之敌，仍取道类乌齐[②]、三十九族，出拉里[③]。边军，则由恩达大道直趋拉里。此

（接上页注）

务。赵尔丰调任四川总督后，傅华封任川滇边务大臣。1912年1月9日，四川民军围攻雅州府，时任代办四川边务大臣傅华封降。

① 给予之意。

② 今西藏自治区昌都市类乌齐县，藏语意为"大山"，其地北与青海省囊谦县相连，西邻西藏丁青县，南与八宿县、洛隆县接壤，东与昌都市卡若区毗邻。县境内有旧密禅寺、德曲颇章神山。陈渠珍所述的类乌齐当时为赵尔丰设置的恩达县一部分。

③ 今西藏自治区那曲市嘉黎县。

第一步计划也。其第二步计划，则候川边两军会师拉里后，视番情再定。并绘图贴说，规划甚详。尔丰韪之[①]，定后日出动。

钟颖令余率部先行，大军继之。计划既定，全军准备一日，余于次日黎明出发。是日宿腊左，居民逃避一空，知尚避匿附近山中，乃令士兵分途搜捕，得番人多名，询之，林多坝仍有番兵，并有一部扼守并达桥，因思："番兵无抵抗之力，堪布亦非统兵之人，今屯军未撤，或钦帅尚未答复，犹存观望耶？抑留此兵力，掩护其大部之退却耶？但距在咫尺，仍当戒备以进。"又按林多坝地势开阔，进攻尚易。惟并达桥岸高河宽，番人扼险而守，则进攻殊难。犹忆前由恩达归时，曾注意观察，桥之上游四五里处，河水结冰，可以徒涉。我军进攻，宜佯攻正面，主力渡河攻下，方易奏效。

---

① 决定之意。

是夜，月明如昼，四鼓出发。佯攻之一队，接近桥边，遥见桥上番兵甚忙乱。余亲率三队，从上游踏冰偷渡。进至番兵右侧，天始黎明，鸣枪突进，番兵遂狼狈败走。我军乘胜追逐，沿途皆不敢回抗。追至林多坝附近，番兵悉出迎战，我军仍分两翼猛攻。战约二小时，我左翼军已占领林多坝后山，前后夹击，番兵又纷纷崩溃，余因此去为番兵大本营所在，地势甚复杂，沿途必有激战，乃集合部队，分段搜索前进。殊将抵恩达，即有恩达汛官叶孟林氏，由山径奔来云："番兵均向南退走，约二小时矣。"遂进至恩达，警戒宿营，以待后命。此役毙番兵四十余人，我军仅伤排长二人，阵亡士兵九人，伤十七人。

乌拉前驱，部队后继，甫登半山，忽群牛斗于山上，狂奔怒吼，往来冲撞，行李纷纷坠落，士兵趋避不及，伤十余人

改道前进　群牛斗于山头

翌日，捷书至昌都：余奉令，俟大军明日到恩达，即照原定计划，改道向类乌齐、三十九族前进。

自恩达北进，已冬月中旬矣，气候愈寒，冰雪愈大，益以山势陡峻，跋涉甚苦。类乌齐居万山之中。山皆导源于铜鼓喇山[①]，自西北蜿蜒而南，山脉横亘，支干纷披[②]。我军前进后，无日不披云蹴山[③]，行冰天雪窟中也。士兵被服单薄，每至夜分，冷极而醒，辗转呻吟，不能成寐。恒[④]中夜起坐，围炉烘火，以待天明。尝一日五更时，乘月色出发，登一山，山高而峻，仰视不见岭顶。乌拉前驱，部队后继，甫登半山，忽群牛斗于山上，狂奔怒吼，往来冲撞，行李纷纷坠落，士兵趋避不及，伤十余人。时余犹在山下，急入民舍避之，幸无恙。

① 今译为唐古拉山。
② 比喻非常多的山岭支脉。
③ 登山之意。
④ 经常、常常之意。

士兵饰病致死

自打箭炉出发时，规定每班预备病兵乘马一匹。入类乌齐后，天寒地冻，乘马稍久，则两足僵冻，痛不可忍，故乘马者，初出发须步行数里，乃乘马；乘一小时，又须下马步行。惟狡黠士兵，恒饰为病重，不能行走，冀获马乘。一上马，虽奇冷亦不肯下，防其他病兵争去也。则自朝至暮乘骑，两足冷极而肿，愈不能下马矣。如是三数日后，足肿溃烂不能行矣。病亦弄假成真矣。途次无医药，又不能休息，因此身死者，比比皆是，亦可悯矣。

一日行甚早，大雪弥漫，冰风削骨，玉昆坐马上，埋头缩颈而行

胡须结冰

沿途乌拉，时有延误，行二十余日，始达三十九族境内。士兵已发长寸许矣，乎思茸茸矣，辫蓬松如麻矣。帕巾长袄，步履蹒跚，已无复人形矣。营部书记官范玉昆，年五十余矣，美须髯，尝购一狐皮围颈。一日行甚早，大雪弥漫，冰风削骨，玉昆坐马上，埋头缩颈而行。中途，番官设有尖站，燃牛粪熬茶为待。余等下马休息，玉昆亦去狐下马，殊呼吸久，二毛已冰结不可解，呼痛不已，见者皆为绝倒。

三十九族

三十九族[①]，纵横千余里，人口数十万，相传为年羹尧征西藏时遗留三十九人之苗裔。但以时间计之，人口生殖，决不如是之繁。意者，唐时吐蕃极盛，文成、金城两公主，先后下嫁，其汉人遗下之种族欤？彼族与藏番，积不相能。惟对汉人则极为亲善，故尔丰为钟部选定此路，免乌拉缺乏也。

雪山出产

三十九族在昌都西北，气候高寒，较类乌齐尤甚。重峦叠嶂，峻极于天，弥望白雪，灿如银堆，平地亦雪深尺许。尝询一喇嘛，此地何时降雪？喇嘛曰："此间七八月

① 又称霍尔三十九族，亦称藏北三十九族，简称"三十九族"。今西藏自治区那曲市东部与昌都市西北部一带三十九个部落的总称。清朝中央政府平定罗卜藏丹津叛乱后，为了分散蒙古诸部在青海一带的实力，加强中央政权的统治，采取分区设置、渐次招抚的办法，将原来青海蒙古七十九族一分为二：青海玉树四十族部落归西宁办事大臣，藏北三十九族部落划归驻藏大臣管理。

高山凝雪，九、十月半山铺雪，冬腊月平地雪深尺许矣。按时而至，不待降落。至山巅之雪，皆亘古不化者。”且多出产，如动物则有雪蛆、雪猪；植物则有雪蒿；矿物则有雪晶。皆稀有之珍品也。

拉里之盛筵

由恩达北行月余，始抵拉里，已腊月二十八日矣，拉里为川藏驿道，旧设有汛官，隶川边，后又设有军粮府。因而居住汉人甚多，异地相逢，备觉亲昵。晤军粮府邓君，谈甚欢。邓君设酒馔为余洗尘，备极丰盛，皆近五十余日中得未曾有者。细问番情，知其大队已过五日矣。惟统兵堪布尚未至。有云其已由南路绕道回藏矣。未知确否？席散辞归，奉钟颖令，速开江达待命。余因准备乌拉，须迟一日方能出发。

番兵固守乌斯江

是日夜半，接协部通知：番兵退至江达后，其先头一部约二千余人，在距拉萨七十里之乌斯江固守。又一部约三千人，已退入工布。其统兵堪布尚在后。令余至江达后，严行戒备云云。余因情势紧张，复催军粮府，务于明日午前将乌拉传齐，以便后日起行。

军粮府神道设教

除夕将近，预购酒肉，遍赏士兵，又备酒食，约各官长早餐。餐毕，清查乌拉犹未至，余甚焦急，亲往军粮府催之。至，则见大厅内数十番人，箕踞[①]坐地上，邓君偕番官立其前。余知其有事，略一周旋，亦立厅上观之。

① 两脚张开，两膝微曲地坐着，形状像箕。这是一种不拘礼节的坐法。

但见番官手持番佛，向众喃喃语甚久，即以番佛一一置众头上。每至一人，则一问一答。一书记秉笔记之，良久始毕。众散去。邓君乃邀余入座，笑谓余曰："顷间之事，君知乎？"余问故，邓君曰："顷即为乌拉事，因各番目以大军通过，供应太多，牛又疲甚，咸推诿不肯缴。乃商之番官，集各头目面诘之，仍狡辩。番人极信佛，遂令其顶佛盟誓，则不敢匿报矣。今幸誓毕，总其数，犹较原派多二百余匹，亦神道设教意耳。"余甚佩邓君操术之神，且知番人信佛，视西人之奉耶稣尤有过之无不及也。

于队官之误死 学生不可用

余自军粮府归，时已不早，即偕营部职员共饮度岁，仿内地吃年饭例也。食甫毕，闻后方枪声甚急。正询问间，复队一传令兵来报："番兵进袭，于队官[①]已率队前

① 于鸿藻，四川资阳秀才，四川弁目学校毕业。任乃强先生的校注是：随陈渠珍自三十九族入拉里。藏军官堪布登珠，至边坝回藏，岁暮于拉里，未知川军在此。与其从人数十骑，纵驰直入。于等新自学校毕业，未经战役，误为敌骑来袭，仓卒备战，秩序混乱，致被后队开枪击毙。已而知来者无敌意，停枪，使番人往来传话，知即恩达引囚为宾之堪布，堪布知陈在此，亦乐依之，遂入住其营中。世传元旦再擒堪布登珠者或由此故。当是时边军及钟颖等已先趋至江达。拒阻番兵，则又先边军溃走过此。其统兵之堪布，反于此时奔至。所传登珠再擒释归之说，可信。

往矣。”余方集合部队。又据报：“番兵已退，于队官受伤阵亡矣。”余甚讶之。后又捕一番兵至，余细询之，始知即恩达统兵堪布也。堪布自恩达脱逃后，即弃军逃走，至是始出，欲绕道回藏。昨闻余驻此，急欲来见，殊哨兵误会开枪。余以堪布为统兵要人，不宜纵之去，急遣人召至。又得知于队官闻警率队出，遥见番人，即散开，乱枪齐发，于犹驱马指挥，马闻枪惊逸，直冲出散兵线；为士兵乱枪误毙，殊可怜也。于学生出身，未经实战，一闻警报，即张惶失措，勿怪尔丰之轻视学生也。移时，堪布至，余殷勤招待之。并密报至藏。又至后队料理于队官装殓事，至晚方毕，余亦疲极就寝矣。

劫后之江达

次日黎明前即起，赁屋安厝[①]于队官灵榇[②]，复率

① 停柩待葬之意。

② 棺椁之意。

队致祭毕。即约堪布一同出发，行两日，至凝多塘，为元旦日[①]，荒村野户，无可借宿。支帐露营而已。万里蛮荒，复逢佳节，回首家山，百感丛生。勉市酒肉约众共饮，亦借酒浇愁耳。翌日诘早出发，午后三时抵江达[②]。有汛官吴保林[③]率塘兵及番官、喇嘛等百余人出迎。

江达为西藏巨镇，人户寺庙，约四五百户，百物咸备，素极繁盛。自藏番出兵，往来蹂躏，市街如洗，极目荒凉。次日，边军亦有三营人开至。余在此一驻兼旬，日与吴保林往还。保林成都人，入藏已二十余年矣。家有八十余岁老母，犹健在，日思归川，苦无机会，乞余便中为谋一差，翼可生入玉门[④]。时屈新年，尝延余至其家，具面食，皆其妻子手自为之。妻年五十余，居藏久，凡面食、蒸馍、薄饼之属，颇优为之。且均咄嗟[⑤]立办，至可感也。

---

① 农历正月初一。

② 今西藏自治区林芝市工布江达县。县域平均海拔3600米，雅鲁藏布江支流尼洋河贯穿全境。太昭古城遗址、阿沛庄园旧址、噶举派寺院巴嘎寺、错高湖位于此地。

③ 吴保林，四川成都人，短小面麻。任乃强先生的校注是：时以把总驻防江达。自边坝所辖甲贡塘凡八站至江达所辖之凝多塘。沿途多荒山，乏庄房。除拉里以粮台所在、有市肆外，极目荒凉，号为穷八站。自凝多塘至拉萨，地势平坦，气候温和，庄房繁密，农田衔连，号为富八站。

④ 意指年老思念故乡，希望自己能在未死前，活着回到家乡赡养母亲。

⑤ 迅速之意。

秘密处决堪布

余抵江达第八日，奉钦帅[①]钉封密谕，迅将堪布暗中处决。遂于是日夜执行之。盖堪布乃藏中二品僧官，达赖甚倚重之。时达赖已出亡大吉岭[②]，依英人。纵之恐为后患。又不能公然处决，恐达赖有所借口也。

我军抵昌都时，达赖已回拉萨，初犹增兵抗拒，且向英人请援。事犹未谐，而我军已出拉里。达赖急约帮办大

---

① 指驻藏大臣联豫。遵照规定，川军进入西藏境内，受其指挥。故陈渠珍擒获西藏地方政府二等官员色拉寺堪布登珠时直接“密报至藏”，而不是密报昌都赵尔丰，由此可知此钉封密谕非为赵尔丰而为联豫钉封。陈渠珍于农历新年正月初一前二日得堪布，农历正月初二至江达。至江达第八天杀堪布，前后用时十一天。重要的细节是公文此时往返拉萨实属可能，往返昌都则万不可能。驻藏大臣联豫素与十三世达赖喇嘛有隙，借此机会作出如此回击，实属情理之中。

② 印度西孟加拉邦的一座小城，位于喜马拉雅山麓南坡，平均海拔2134米。大吉岭的历史与尼泊尔、不丹、锡金和孟加拉国均有纠缠。19世纪初期，大吉岭地区一直轮流由尼泊尔和锡金王国统治。此地盛产大吉岭红茶，为世界三大红茶之一，被誉为“茶中香槟”。大吉岭被藏传佛教信众称为“金刚之洲”。

臣温宗尧会议，宗尧竭力安慰之。达赖终怀疑，[1]潜逃印度，钟颖率大部至江达，其乌斯江之兵亦撤退。惟工布情形不明。相传藏王边觉夺吉，尚拥众千余人，负隅于窝冗噶伽，意图反抗。乃令余率部入工布，相机进击。

① 十三世达赖喇嘛的怀疑或者说恐惧是有一定道理的。因为十三世达赖喇嘛看到阻挡川军难有效果，川军逼近后藏军各自溃散的现实，迫使其主动邀请驻藏帮办大臣温宗尧前往布达拉宫面谈，提出西藏地方政府将各处阻挡清军的藏军武装悉数撤回，并立即恢复对驻藏大臣衙门的供应。驻藏帮办大臣温宗尧则允诺川军到达拉萨后，绝不骚扰地方，绝不侵夺十三世达赖喇嘛的教权及固有地位，诸多事项均采和平处理的方式。但结果却南辕北辙，没有兑现。这有诸多原因，除了钟颖军队纪律差、张狂失度外，与驻藏大臣联豫的纵容心理和报复心态不无关系。

风景宜人之牙披 番人取鱼

余驻江达时，已侦知厦札噶伦，已至后藏。工布已无番兵，及奉令入工布，仍戒备前进。是日天气晴朗，沿途风景宜人。午后一时抵牙披[①]。上一小山，即宿其营官[②]家，层楼广厦，金碧争辉。地板且涂酥油，[③]光滑可鉴。明窗净几，陈设精雅，恍若王侯第宅。后临大河，滩浅水平，中为沙洲，野鸭数十成群，游行水滨，景物不殊内地。时牙披营官入藏未归，其管家出而招待，殷勤备至。见余倚窗眺望，笑谓余曰："河中鱼肥美，可供肴馔。公远行，想久不食此味矣。"即急命仆人入河取鱼。余笑曰："此得勿食水葬者之鱼乎？"管家曰："否，否。公所见者，小溪鱼耳。此则河宽水深，源远流急。幸勿为虑。"余虽不嗜此，然颇喜观人取鱼，姑应之。即见番人

① 今阿丕。距工布江达有45千米，是营官治所。经略使尹昌衡拟设置的太昭就位于此处。

② 1959年3月前西藏地方政府称之为宗本，相当于县级行政机构，管辖区域内全部军政事务。

③ 陈渠珍所述的地板其实是铺抹的"阿嘎土"，但这不是一般的泥土。"阿嘎"属于土石相兼的微晶灰岩，产于西藏一些半土半石的山中。藏区百姓比较喜欢今天西藏自治区山南市出产的"阿嘎土"，称其比例比较合理，用此材料施工后的面层坚固。这类地板的成本和维护费用相当高昂，在旧西藏只有大寺院、大贵族家中方有，其维护方法是用羊羔皮蘸着酥油在地面上擦拭。经此方法擦拭后的阿嘎土地面极其光亮，丝毫不亚于我们今天熟知的打过蜡的木质地板。

数辈，负网入河，布网滩头，未几网起，鱼跃网中，映日有光，谓番人取鱼归矣。余观之，顿觉胸襟为之一爽。

番女制面

余自来塞外，满目荒凉，积雪弥山，坚冰在地，狂风怒吼，惨目伤心。至此，则楼台涌现，景物全非。以风尘之孑身，入庄严之画栋，虽曰爽心适意，翻觉顾影怀惭矣。主人曲尽殷勤，所具山珍海品，皆购自拉萨来者。其面食尤佳，皆以番女为之，艺绝精。凭尺许方板，顷刻而成，非如内地制面，几案横陈，刀棍罗列也。

即见番人数辈，负网入河，布网滩头，未几网起，鱼跃网中，映日有光，谓番人取鱼归矣

长男出赘

此主人之妇，杨柳为腰，芙蓉如面，蛾眉淡扫，一顾倾城。汉代明妃，恐无此美丽。其夫为赘婿[①]，现任牙披营官。数日后始由藏回，衣冠楚楚，皆唐时装束，谈吐极雅，已脱尽番人习气。藏俗恒以长女承祧[②]、操家政，召赘其家。长男则出赘他人为婿焉。

① 男子到女子家结婚并居住称为入赘，意为倒插门。营官在当时养尊处优，生活极其奢华，均属豪门之列。任乃强先生在1940年出版的《康导月刊》上专门注释：此营官之妻绝美，而冶艳。当时年二十余。此妇有一子一女，并韶秀，于时尚在襁褓。其女后长大，赘一婿，即近年主持大白战事之噶伦阿丕也。阿丕大白战役失败，畏罪死于昌都。此女复招一藏军官为外夫，仍留昌都，时与当地军政汉藏官吏周旋，艳名极盛。蒙藏委员会派驻昌都组长唐仲纯曾频见之。藏俗，夫死生子，仍为正祀。故阿丕夫人得明白与其外夫携手酬酢。

② 此处指承继为后嗣之意。

此主人之妇，杨柳为腰，芙蓉如面，蛾眉淡扫，一顾倾城。汉代明妃，恐无此美丽

04 收复工布

余开驻牙披时，沿途僧俗，遮道欢迎，进哈达、酒食。番人呼酒曰“呛呛”[①]，以长竹筒盛之，中系皮带，或背负而行。番人进呛时，先倾掌上自饮，后而敬客，以示无毒也。

① 为藏语音译，青稞酒之意。

番人呼酒曰“呛呛”，以长竹筒盛之，中系皮带，或背负而行

抚循[1]番人

余驻牙披后，即以“厦札远遁，番人无反抗意，请示招抚，以安人心”呈报入藏。旋报可。余乃从事安抚，逐渐向曲巴、增巴、脚木宗推进。每至一处，则召集僧俗，晓以汉藏一家，达赖受英人嗾使[2]，出兵反抗。今达赖远遁，朝廷轸念[3]藏民，不咎既往，各宜安业勿惊。又不时巡视附近村寨，抚问疾苦。其贫无力存活者，又周恤之。且将旧例供应柴草夫役，皆分别给钱。更申明纪律，严禁官兵擅入民房及喇嘛寺。于是番人大悦，远近向化，相率输诚[4]。钦帅[5]亦嘉余深识治体，抚驭有方。历时两月，工布全部遂完全肃清矣。

---

① 抚摩之意。

② 唆使、教唆之意。

③ 真诚地眷念、体念之意。

④ 献出自己的诚心与诚意。这里是归降、臣服之意。

⑤ 驻藏大臣联豫。

工布之形势

工布在江达之西南，纵横八百余里。东接波密，西南接野番[①]。其极西之窝冗噶伽，则为藏王边觉夺吉之衣胞地。民情朴厚，气候温和，物产亦尚丰富。历年在达赖压迫之下，痛苦不堪。此次出兵，亦迫于达赖威力。自余部开入，人民翕翕向化，咸庆来苏矣。[②]

① 今西藏自治区林芝市墨脱县。墨脱藏语是隐秘的莲花之意。莲花生受吐蕃赞普赤松德赞之请遍访仙山圣地，到此后，发现这里地形似一朵盛开的莲花，有圣地之象，遂在此修行弘法，取名白玛岗。此外，墨脱蛇山的规模仅此于辽东半岛渤海湾中的蛇岛，因此在墨脱行路一定要戴帽子、扎裤脚、带木棍，防止毒蛇的侵袭。墨脱石锅是门巴族古老的手工产品，由石质很软的水成岩作为原材料，许多门巴族家里的石锅都沿袭几代人，用此石锅煮熟的食物在几个小时内都不会冷却，具有良好的保温效果。墨脱石锅在今天则成了来藏旅行朋友们收藏的艺术品。

② 藏区百姓非常心悦诚服地归降，都庆幸遭逢美好的时代，使自己从此摆脱先前的一切苦难。

异地之美味

脚木宗[①]居工布之中心，田野肥沃，气候温煦。山上有大喇嘛寺一所，极壮阔，喇嘛三四百人。其呼图克图[②]，亦一年高德劭[③]之喇嘛，和蔼可亲，与余往还甚密。尝就其考问西藏风土，亦言之娓娓可听。一日，设宴邀余游柳林。果饼酒肴，罗列满桌。中一火锅，以鱼翅、海参、鱿鱼、瑶柱、金钩、口蘑、粉条之属，杂拌肉圆、鸡汤，又以腌酸青菜，及酸汤调和之，味鲜美绝伦，内地所未尝有也，不知喇嘛何以办此。[④]余自西藏回，已二十五年矣，亦尝仿此为之，食者莫不称善。可见口之于味，有同嗜焉。

① 为西藏地方政府管辖的塔布工布区十一个宗豁之一，汉译为觉穆宗，陈渠珍音译为脚木宗。

② 蒙语音译，意为圣贤之人。藏语称朱古，意为化身。汉语意译为活佛。史书亦称“呼土克图”，它是清代授予藏族及蒙古族藏传佛教大活佛的称号。凡属此级活佛，均载入中央政府理藩院册籍，每代转世必经中央政府承认和加封。呼图克图有格鲁派活佛，也有其他教派活佛，数量众多。

③ 德高望重之意。

④ 鱼翅、海参、鱿鱼、瑶柱、金钩等均为输入品，非西藏特产，因此藏传佛教的僧侣并不知其均为动物制品，于是亦食。但藏传佛教的僧侣坚决不吃鸡、鱼等小生命。此处所述鸡汤，推测应为与鸡汤极似的松茸汤，陈渠珍实乃误解。

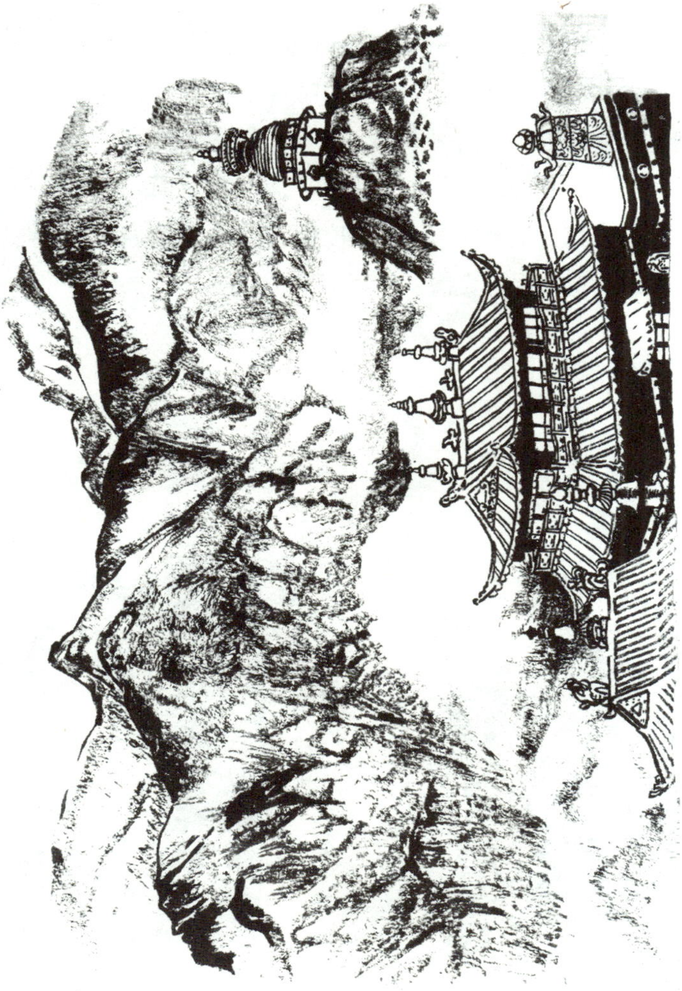

山上有大喇嘛寺一所，极壮阔，喇嘛三四百人

猜拳几生误会

余一日设宴，请呼图克图游柳林，约全营官佐作陪。支帐幕四，每帐设一席，呼图克图欣然至。酒酣，众饮甚欢，猜拳狂呼不已。其随从喇嘛闻喧呼声甚惊，窃往观之，则见奋拳狂呼，如斗殴状。亟奔回，告其众曰：“呼图克图危矣，急往救之。”于是众不及问，随之往。至则猜拳喝呼声方浓。有曾至拉萨，知为猜拳者，为众言之，始一笑而散。余与呼图克图，亦皆笑不可抑。

亟奔回，告其众曰：“呼图克图危矣，急往救之。”

查抄藏王家产

余至脚木宗，驻半月，奉命赴窝冗噶伽，查抄藏王边觉夺吉家产。佘遂率部开往，行四日始至。其地崇山陡峻，小溪回环，居民寥落，极目荒寒。营部设第巴[①]家，房屋虽宽敞，亦极简陋。视脚木宗、牙披，则逊远矣。调查藏王家产，计有庄所三十余处，每庄有牛羊数百或千头。又有仓廒[②]麦稞，各数千克[③]不等。乃分途派员清理，费时两月，始告竣。窝冗噶伽有藏王旧宅数栋，仅数人留守而已。余亲往启钥检查，楼上弓矢、盔铠、铜器、磁器甚多，尘封数寸，盖数百年前物也。有磁碗、高桩碟甚多。第巴云："系唐时物。"余虽不能辨，但其莹洁细润，则确非近代物也。

---

① 藏语音译，亦称"第司""第悉""第斯""牒巴"，部落主或古代统治一个区域的首领。此处陈渠珍所称的"第巴"实为西藏地方政府委派的中下级执事官，因为清道光皇帝曾谕旨，不要向波密各宗直接派官员，波密仅向西藏地方政府缴纳酥油税即可。

② 储存粮食的仓库。

③ 克为西藏传统计算耕地面积的单位。一克地相当于一亩地。陈渠珍此处所述为作为计量谷物的量器，一克约合14公斤。

有磁碗、高桩碟甚多。第巴云："系唐时物。"余虽不能辨，但其莹洁细润，则确非近代物也

宝贵之甘珠尔经 原物封存

余驻此久，闻厦札出亡之先，曾携《甘珠尔经》[①]一部，藏于此间附近密室中，乃藏中之佛宝也。余询之第巴。第巴曰："诚然。今尚藏匿某处。公传某头目至，责令缴出，勿谓我所告发，则幸甚矣。"后如所言追出。则经为一百零八卷，每卷千页，长二尺六寸，宽八寸，字皆藏文赤金所书。底面以薄板护之。板面镌为宽五寸，长二尺，深一尺之长方框，中嵌寸许金佛三。框缘缀以珊瑚珠百余颗，框内环以碧洗玛瑙，及红蓝宝石嵌成花纹。金佛周身，皆极大钻石环绕之，各三十六颗。佛顶圆光，中嵌金光圆润之蚌珠，径约三分许。框面又以五色锦缎交互掩盖之。诚稀世宝物也。

---

① 为藏文《大藏经》的重要组成。藏文《大藏经》分为《甘珠尔》和《丹珠尔》两部，内容由经、律、论三部分组成，共收有典籍5000余部，汇聚众多佛教典籍，是藏学研究中最重要、最基本的藏文文献，其价值为学术界和世人所公认。现存历史最悠久的是明代永乐版，装帧最豪华是清代康熙版，该版每夹扉画均为手工绘制，笔触细腻，颜色鲜丽，亦称北京嵩祝寺版。陈渠珍所见似为清代康熙版，但其所述似较康熙版更为奢华，亦极有可能是学界当下未知之孤立版本。

张司书子青，力怂余尽取其珠宝而后呈报。余因是经，为藏中极宝贵之物，遐迩皆知。解缴入藏，藏人必有质之者，一追索则实惠未至，而先蒙攘窃之罪矣，拒不可。余又恐左右窃取，仍交第巴封存之。其后，波密事起，予进兵半载，旋全藏兵变，余仓卒出江达，亦不能绕道窝冗噶伽矣。物各有主，非可取而私之。既损清廉之身，益遭造物之忌也。

盈盈玉立之新妇

此地荒远幽僻，几同世外桃源。余到此半月后，事简身闲，辄披阅书籍以消寂寞。昼长人倦，赖有第巴时相过从。虽方言各殊，然有舌人[①]通译，余亦略解藏语，日久交欢。第巴有女公子，年方十五，豆蔻初开，盈盈玉立，排长谭鸿勋求婚，第巴欣然许之。结婚之日，鼓乐

① 指翻译。

喧阗[①]。番女十余人，皆少艾[②]也，盛服拥新妇步至婿门，群芳争艳，笑语盈室。新妇落落大方，毫无羞涩状。第巴首作种种笑谑语，以娱来宾，几忘其身为泰岳[③]也。是日闹至更残，始尽欢而散。

野番地产米　深入野番地

我军入工布后，携带粮米渐罄，官兵多食糌粑，余亦渐能食之矣。余驻窝冗噶伽久，米尽，则以面食代之。旋查抄事竣，奉令移德摩。第巴置酒饯别，菜食亦仿汉人为之，尚可口。席终进米饭，虽色黄而粗粝，得之甚惊异。问其所自，则称购自野番。余习知藏南野番殊犷悍。问："此米何以得来?"第巴曰："自脚木宗至此，一带皆大山。山后行六七日至洛渝[④]，俗呼为野番是也。野番分生熟两种。熟番地纵横千余里，再进，则为生番地矣，多旱

① 指非常大的喧闹。

② 指年轻美丽的女子。

③ 旧时指妻子的父亲。

④ 今西藏自治区林芝市墨脱县，为我国珞巴族主要分布的区域。藏语意珞巴为南方之人。陈渠珍所述的珞瑜地区位于喜马拉雅山脉东段，自古以来为中国领土，现正被印度非法侵占。1987年，印度在这一区域成立所谓的"阿鲁纳恰尔邦"。

稻，产米甚多。熟番素与工布通商，半月前即托商人购之，今始得也。”余初以野番地远，亦不置意。今相距匪遥，不觉大喜，亟欲绕道野番地，一觇[①]其情状，广绝域之见闻。第巴曰：“此甚易事。公由此行五日，即南向上大山，山下时有野番在此贸易。”余甚喜。数日后出发，绕行六日即至。乃野番地也。

野人制器　野番地之出产

次日，召至野番二人，年均三十余，披发跣足[②]，无衣裳，上体着领褂，下体以裙二幅前后遮之，皆用竹编成之也，手持烟兜，如西人吸雪茄烟之管，内盛野大黄叶，见人即箕踞坐地上，无礼貌，状谨朴，不脱山野气。询其至藏何事，对以编制竹器藤器。取所制竹藤器观之，亦古朴可爱。又询其家中距此几日？答以六日。询其至生番地

① 侦察、观察之意。

② 赤脚之意。

几日？则以手指指天而口言之，云由其家中至生番地，尚须二十余日也。余因其来久，使回休息，嘱傍晚再来，余尚有所询也。

黄昏后，仍召野番至，问其出产如何？则谓其地出产尚多。除旱稻、竹藤外，尚产肉桂、麝香、鹿茸、野莲，因舌人操番语不甚熟，遂遣其归。

野番之生活

次日晨起，又觅得熟谙番语者为通译，复召野番至，反复诘问生番情形。始悉其地皆重山，少平原。人犹太古，无政府，无宗教，无文字，构木为巢，上覆树皮以蔽风雨。截巨竹留节，作釜甑，一端实稻米为饭，一端实野虫为肴，泥封两端，洒水烘熟，饭熟倾出，以手抟食。地酷热，编竹藤为衣，以障身，非为御寒也。民野朴，安居乐俗，不通庆吊[①]。遍地皆崇山峻岭，道路鲜通。番人往来，则攀藤附葛，超腾上下，捷若猿猴。遇悬崖绝壁，亦结藤梯登，不绕越。亦无市廛[②]。但每年生番、熟番至交界大山上交易一次。熟番以在工布所换之铜、铁、磁、瓦器皿，易其茸、麝、莲、桂。其记帐法，用符号，取巨竹剖开，刺符号于其中缝，刺毕，各执其一，逾年算账，则取筒合之。谈至此，日已晌午矣。余亦疲倦，遂赠以茶壶、小刀、磁碗、手珠、糖饼之属。野番欢悦，起谢而退。余初至塞外，以藏番为野蛮民族。至是，觉藏番与野番，又有文野之分矣。

风景清幽之德摩

次日，余亦率部开赴德摩。行四日始至。德摩，居工布之极东，居民二百余户。有大喇嘛寺一所，第巴住宅极

① 原指庆贺与吊慰。此处为喜事与丧事之意。

② 鳞次栉比的集市之意。

壮丽，足与牙披营官住宅相颉颃。其地为一大平原，屋宇错落，风景清幽，阡陌相连，物产富饶。第巴人亦谨厚，时相过从。余驻此月余，招抚事毕，僧俗尤爱戴不已。暇时，辄与第巴入山射猎。此地野兽，以獐、熊为极贵重，故产麝香、熊胆为多，皆行销内地之珍品也。

余亦疲倦，遂赠以茶壶、小刀、磁碗、手珠、糖饼之属。野番欢悦，起谢而退

入山猎取獐麝 藏麝之多

藏地多獐麝[①]。余尝从番人至山中行猎，始知取麝之法。獐长二三尺，类鹿而无角，毛灰褐色。当春夏之间，辄侧卧山中，脐张开甚腥臭，虫蚁缘附则吸收之，又复张开。久之，脐满，遂成麝矣。麝之最贵者，为“蛇头香”，麝中之宝也。亦蛇闻腥臭附脐上，獐衔其头而去，辗转月余，蛇身腐脱，其头含脐中，久而成麝，重恒一两以上。其他重不过三五钱而已。行猎时，獐行迅捷，犬追之不及。然獐行稍远，又频频伫立回顾，故易获之也。番人得獐，立取其脐，归而悬之室，历数十日始干。再掘土窟置其中，以□□[②]生叶裹之，覆以薄土，火爇[③]其上，去其腥汗，而后芬芳可用也。

① 陈渠珍所述的獐麝，实为今国家一级重点保护动物马麝和林麝。

② 查阅国家图书馆藏陈渠珍1936年自印本《艽野尘梦》，此处文字即为空格。

③ 焚烧之意。

余自出炉关，沿途番人馈赠之麝，不下数十枚。入工布后，馈赠尤多，余又多方收买，总计藏麝二百余枚，重一百一十三两。

行猎时，獐行迅捷，犬追之不及

游贡觉　番女跳歌妆[①]

一日，第巴偕其舅加瓜彭错来见。彭错现为贡觉营官[②]，年六十余，岸然伟丈夫也。貌和蔼，泣诉藏王历年虐待情形。谓："今见汉官威仪，始出水火而登衽席[③]。"余亦抚慰至再。彭错复请曰："此去贡觉不远，草屋数椽，尚堪容膝。老妻颇能治膳，公能枉驾一行乎？"余欣然允之。次日，偕第巴及营部职员同往。行十余里，过一小河，河宽数丈，有舟可渡。舟长二丈许，宽约三尺，刳[④]木为之，不假木工，真似太古时遗物也。平流稳渡，又行二里许，至其家，则一极富丽之巨宅也。彭错夫妇迎至村外，皆六十许人。献家制果饼甚多，极殷勤。

坐移时，彭错笑谓余曰："儿女辈喜跳歌妆，尚优为之，请往一观。公鞅掌[⑤]军事，恐不暇及此也。"引余至

---

① 实为锅庄。藏族的民间舞蹈，常在节日或农闲时舞动，男女围成圆圈，自右而左，边歌边舞。

② 此处的营官并不是传统意义上的营官，而是相当于今天的村官。

③ 意指解救于水火之中，从此进入安全的状态。

④ 挖空之意。

⑤ 辛勤忙碌之意。

一大庭，见艳妆女子十余辈，舞袖蹁跹，歌声抑扬，历半小时始毕。

番女驰马夺球 番女之体力

彭错复约余至园中比射。置弓箭甚多，皆极粗笨。余家世娴弓矢，自火器兴，遂如广陵散[①]矣，今故剑重逢，睹之欣然，遂偕众比射为乐，亦古人投壶[②]之意也。比射毕，彭错又牵良马十余匹至，云："儿女辈能驰怒马，拔地上物。请试观之。"引余至河干。一望平原数里，细草如毡。地上每三四十步，立球竿一，竿高尺许。乘马女子，皆束丝带，袒右臂，鞭策疾驰，其行如飞。每至立竿处，则俯身拔之。以拔竿多少定输赢。中一女子，年约十五六，貌虽中姿，而矫健敏捷，连拔五竿。余皆拔一二竿而已。众皆鼓掌。

① 此处意称事无后继、已成绝响。

② 投壶既是一种礼仪，又是一种游戏。它是从先秦延续至清末的汉民族传统礼仪和宴饮游戏。投壶礼实来源于射礼，因有宾客不会射箭，故而以投壶代替弯弓，以乐嘉宾，以习礼仪。

彭错引余回，复观其楼上大经堂。佛像庄严，陈设雅洁。惟佛前一碗不甚圆，又饰以金花。怪而问之，乃人骨天灵盖所制。遂恶其不脱野蛮气，不欲纵观。闻藏地各喇嘛寺皆如此，殊不可解也。[①]观毕入室坐，进面食。众咸称番女体力之强，马术之精，余亦盛夸乘马女子连拔五竿，虽丈夫不及也。[②]彭错曰："此即侄女西原。"余称不绝口。第巴笑曰："公如属意，即以奉巾栉[③]如何？"众皆大笑，余亦大笑，漫应之。

既而入席，肴馔丰盛，皆其夫人手自调之味，颇适口。余素不能饮，是日亦饮酒不少。最后进腌酸青菜汤煮鱼一盆，尤鲜美无伦。余久食牛羊腥腻之品，即宣威火腿亦厌苦之。至是，始得果腹。一餐之惠，至今不忘。其夫人见余爱此，乃另赠一盂。宴毕辞归，彭错夫妇皆送至河岸。归营，天已薄暮矣。

---

① 陈渠珍所述实为藏传佛教的密宗法器——嘎巴拉碗。嘎巴拉碗是由人的头盖骨做成的一种骷髅碗，又称内供颅器、人头器，是修无上瑜伽密部举行灌顶仪式的法器。制作嘎巴拉碗用的头盖骨，不是普通人的头盖骨，而是修行有成的僧侣的头盖骨，一般多为按照高僧生前的遗嘱，从遗体上取下制成。这种碗大多用金、银、铜等金属包裹，上附着精美图案。盖钮一般为镶嵌宝珠的火焰形，碗盖上錾有四个缠枝莲，包围在盖钮周围。盖上还錾有吉祥八宝纹，寓吉祥如意。密宗举行灌顶仪式时，在灌顶壶内盛圣水，头器内盛酒，师父将圣水洒在修行者头上，并让其喝酒，然后授予密法。按照藏传佛教的转世学说，一旦灵魂随着人死而离开身体，肉身则成为没有生命的物质。藏传佛教的密宗认为，对头盖骨的使用与残忍和野蛮无关。

② 这是陈渠珍笔下的西原首次出现在《艽野尘梦》中，作为行伍出

乘马女子，皆束丝带，袒右臂，鞭策疾驰，其行如飞。每至立竿处，则俯身拔之

（接上页注）

身的陈渠珍，看到如此矫健、身手不凡的藏族女子发自内心的佩服。但此时陈渠珍在成都已有家室，西原的勇敢与高尚加上因缘际会，使两人最终走到一起，演绎了一场刻骨铭心、生死与共的爱情。有关“西原”这个名字，查阅王贵著作《藏族人名研究》后，依然无解。或者可揣测这是陈渠珍在写此著作时精心选择的代称。至于为什么会用生僻的“艽野”，为什么会用非藏族的名字“西原”，经分析发现，两者之间的联系恰巧就是词意相近。

③ 原指伺候洗沐梳发，这里则指充当陈渠珍的妻室。

波密民族之强悍　建议六政要

工布民风纯朴，经余安抚后，人心大定。汉番感情，日增浃洽。番官喇嘛等，不时过谈，藉以考风问俗。佥谓“大军到后，匕鬯不惊，[①]民安生业”。惟波密民族强悍，性残忍，时借通商为名，窥探情形，辄乘虚入境，肆行劫掠。凡接近波密之工布及硕板多至拉里一带，常被蹂躏，工布受祸尤深。唐古特[②]屡次用兵，因其地险兵强，终难征服。防御偶疏，又遭荼毒。人民畏之如虎狼，谈者变色。余意大军入藏后，达赖、厦札相率逃至大吉岭，昵就英人，可忧方大。应乘此全藏底定之际，仿川康例，改土归流，建设行省治理之。不宜再事羁縻，一误再误。乃条陈改省、练兵、筑路、屯垦、兴学、开矿等六事入陈。入藏久不报，及闻僧侣所谈，益知波番强悍可虑。若长此

① 此意指军纪严明、秋毫无犯。

② 西藏地方政府。

不治，祸且蔓延腹地。乃一再考察，知其地西界工布，北界硕板多，至丹达，南与野番接界。其入工布之路，一由冬九入鲁朗，一由白马杠入觉拉沟，皆工布境也。波密地势，万山丛沓，绝少出产，民贫苦而性强悍。其酋长白马青滃，横征暴敛，民不聊生。其出而行劫，亦势使然也。

一言之戏　西原来归

余一日晨起，将赴喇嘛寺一游。途遇第巴，向余笑曰："彭错以公极称西原之能，早欲送来，为公给奔走役[①]。西原亦甚欣喜。因略备衣物，今日彭错夫妇亲送其来，公当不以蠢陋见斥也。"余愕然。乃知一言之戏，竟缔孽缘。因途中不便深谈，乃约同至喇嘛寺。晤呼图克图，第巴以西原事告之。呼图克图笑曰："此事大佳，我即为公证婚如何？闻此女矫健，胜似男子，给役军中，当

① 效劳之意。

不为公累也。”余知不可拒，笑应之。

第巴辞去，余与呼图克图谈西藏古代神话事甚久。忽第巴仓惶入告曰：“波番数百人，昨已窜入觉拉沟矣。”余诘问实，即归营传令，亲率兵两队，疾驰而往。行三十余里始至，则波番竟夜抄掳，天明已饱载而归矣。时人民逃亡一空，仅一老番来见，云波番已沿河退去。

余以波番去不久，令觅一向导随往追之。老番谈虎变色，辞以不能。余因地形不明，无法进追，遂率队回营，时第巴及彭错夫妇，已送西原至矣。范玉昆、张子青等咸集致贺。彭错夫妇导西原来见，靓衣明眸，别饶风致。余亦甚爱之。既而来宾益众，子青料理宾客，督治酒筵，忙乱不已。移时，延宾入座，畅饮甚欢。子青约第巴拇战[①]，第巴屡败，不能饮，子青强灌之，席未终，即颓然醉矣。于是彭错夫妇亦告辞，扶第巴归。

① 猜拳之意。这是汉藏民间饮酒时一种助兴取乐的游戏。其法为两人同时出一手，各猜两人所伸手指合计的数目，以决胜负。

活佛亦朝活佛 活佛高坐莲花中

余昨至觉拉沟，败兴而返。觉招抚事，终无所藉手，因令第巴再传觉拉沟熟习波密情形之人来此，详询之。次日，来一老人，亦语焉不详。余一再嘱其物色一人，携文书赴波密。老人曰："鲁朗结巴与波密冬九营官有旧，可衔命往。"余反复询问甚久，赐其酒食。食已，有醉意。余复问曰："老人如许年龄，又密迩[①]波密，岂彼中情形毫无闻耶？"老人始从容言曰："我二十年前，曾一度随达赖[②]至波密，但行未远即折回耳。"余问故。老人曰："达赖往朝活佛，故随之去。"余甚异之，曰："西藏止有一达赖活佛，岂有活佛尚朝活佛耶？"老人曰："我初亦疑之。因达赖每十二年必亲往一朝，故信之。"[③]余曰："活佛究在何处？"老人曰："彼中活佛，距此

---

① 靠近之意。

② 按照老人所述，20年前，此时应为十三世达赖喇嘛。因为十三世达赖喇嘛出生于1876年，出生地为今天西藏自治区林芝市朗县，当时属于西藏地方政府下塔布地区朗宗。陈渠珍又描述其为老人，盖1910年往前推之60年，老人应该出生于1850年左右，那么老人的记忆一定有误，这里的达赖应该是十二世达赖喇嘛，因为十二世达赖喇嘛出生于1856年。遍查史料后发现，1874年，十二世达赖喇嘛的确出巡，但前往地区似与此无关。由此可知，老人所述记忆有误。

③ 任乃强先生1941年在《康导月刊》上为此注释为："按此老人所言，盖缅甸也。印度被回教徒占领后，佛教摧毁，惟锡兰与缅甸能保持佛教不败。西藏之宗教法物，经典佛像等，多由缅甸输入。常年有人往游缅甸，携入金像之类。东亚未有铁路、轮船以前，藏缅交通实取道工布、波

一万八千里。何国何地，亦不知其名。但经白马杠入野人地，又行数月始至。其地遍地莲花，气候温煦，树木扶疏，山水明秀，奇花异草，芬芳四溢，活佛高居莲花中。莲花大可容人，白昼花开，人坐其上。夜间花合，入寝其中。地下泥土，捻来即是糌粑。枝头垂露，饮之皆成醇呛。人能诚心前去，无不立地成佛。”老人言之，津津有味。余不觉大笑。诘之曰：“老人亦曾一至其地否。”老人曰：“否，否。我至白马杠即折回矣。”余见其所说言殊荒谬，亦不愿再听。遣之归。

（接上页注）
密、白马岗一路。盖唐代吐蕃征服阿萨密（亚山）古道也。达赖十二年一朝缅甸之说，初未尝闻，于理亦不可信。大约达赖之使者往求法耳。野人未知究竟，侈妄言之。然亦非完全凿空，缅甸气候郁热，产大莲花，天产饶足，人不饥寒，良足使藏人羡慕。下文呼图克图亦言达赖十二年一往礼佛，然其事终不可信。”《林芝县志》附《白马冈设治局》亦称“每十二年达赖喇嘛来此讲经一次，如达赖有事，另派大喇嘛代表宣讲”。相信信源非空穴来风。按陈渠珍笔下的老人说曾经随达赖至波密，即其称20年前，大约为1890年，西藏实为十三世达赖喇嘛，当时其为15岁左右，查遍相关记载，均无十三世达赖喇嘛至此出巡。

莲花大可容人，白昼花开，人坐其上。夜间花合，入寝其中。地下泥土，捻来即是糌粑。枝头垂露，饮之皆成醇哈

野人山朝佛 野番百余岁之成案

次日至喇嘛寺，以老人言告之呼图克图。呼图克图曰：“此波密人故神其说，以售其行劫之术耳。八年前，波密曾造此语，哄动工布，于是入野人山朝拜活佛者，相望于道。有广携资财，举家前往者。有抛弃父母妻孥[①]，只身前往者。有扶老携幼，牵牛羊前往者。甫入波密境，即被波番拦劫一空。”至达赖朝佛事，亦实有之。每三年遣呼图克图一往。每十二年达赖亲身一往。尤记五年前，达赖往朝活佛，一行二百余人，由此经过。[②]行至波密，与野番交界大山下，即为野番所阻。盖历年朝佛，道经此山，须赠野人铜铁磁瓦器皿及金银甚多，名曰“买路钱”。例有规定，不增不减。独此次赠品，未能如数，互争不已。野人曰：“吾有成案可稽。”乃负一老野人至，

---

① 妻子和子女的统称。

② 十三世达赖喇嘛由于英军入侵拉萨，于公元1904年7月27日北走库伦，直到公元1909年12月22日方返回西藏，此间并不在拉萨，更无法朝佛。因此呼图克图记忆定误。

置地上，年百余岁矣。头童齿豁，历数历次赠品之数。藏人语塞，悉数补出，始通过。余曰："达赖亦朝活佛，真咄咄怪事！"呼图克图亦唯唯无以自解也。余尝谓中土称灵山为极乐，西方又言五台尽黄金。天下事无独有偶，得此则鼎足而三矣。

八年前，波密曾造此语，哄动工布，于是入野人山朝拜活佛者，相望于道

05 进击波密

耀兵鲁朗

自觉拉沟被劫后，工布人民益惊恐，深虑他日汉兵移动，波番乘势侵入，危害不堪言状。第巴等屡请为策久远。余亦不忍工布被其蹂躏，因详呈波番强暴及边局利害，禀报入藏。旋奉相机剿抚令。余乃决定先抚后剿。拟率兵三队至鲁朗①。意在耀兵绝塞，宣扬德威，使波番知所震慑，易于就抚，初无穷兵黩武意也。

---

① 今西藏自治区林芝市巴宜区所辖镇。鲁朗，藏语意为“龙王谷”，海拔3700米，位于距林芝市八一镇约80千米的川藏公路旁。这是一片典型高原山地草甸狭长地带，长约15千米，宽约1千米。两侧青山由低往高分别由灌木丛和茂密的云杉和松树组成鲁朗林海；中间是整齐划一的草甸，犹如人工修整；草甸中，溪流蜿蜒，泉水潺潺，成千上万种野花盛开，颇具林区特色的木篱笆、木板屋、木头桥及农牧民的村寨星罗棋布，勾勒出一幅恬静、优美的图景。鲁朗素有“天然氧吧”和“东方瑞士”的美誉，因打造国际旅游小镇，吸引着八方的观光客。

德摩山之高峻

德摩至鲁朗，计七十里。经德摩大山，山高十五里。余率队前进，行十余里，即见高峰插天，危崖峻壁，冰雪遍山，道路泞滑，竭蹶而过。经拉佐至鲁朗，再进即波密①境矣。遂就鲁朗宿营。传第巴至，详问波密情形，嘱其明日持文告赴冬九②。第巴有难色。余曰："我当遣一骑同去。勿虑也。"

传骑竟被波番所杀

次日早，遣传骑偕第巴，持文告入冬九，谕其营官冲本，晓以向背祸福，冀其翻然归诚，不烦兵刃也。余亦于是日，率部回德摩。越两日，第巴回。余正嘉其归其

① 今西藏自治区林芝市波密县。藏语意为"祖先"。

② 藏译为苏尔冬城。陈渠珍途经时属波密地域，亦称下波密。1911年清中央政府于此设置冬九县。2000年，东久乡改为林芝县鲁朗镇。2015年，东久乡属西藏自治区林芝市巴宜区鲁朗镇。

速。第巴愁然曰：“传骑已被波番杀矣。我等甫行，至觉泥巴，即为波番所执，与之言，不听。示以文告，亦不理。竟杀传骑，释我归。犹叱之曰：‘后勿再来，自寻死路。’”余初不料波番横暴至此，乃据实入报。

时钦帅联豫[①]，方筹议西藏改建行省，已专摺出奏。因见尔丰已将川边各部落次第收复。亟思收复波密，以为改省之张本。乃决定剿抚方略。[②]令钟颖率步兵一标，炮工各一队，集中工布，筹划进兵，令余整备待命。

大举进剿波密　冬九之形势

余乃厉兵秣马以待，既而钟颖偕统带[③]陈庆，率步工各营队至，详考波密形势、道路。决定：第一步由冬九、纳衣当噶、八浪登至汤买，并肃清两翼；第二步进至卡

① 先后任驻藏帮办大臣和驻藏大臣，满洲正黄旗人，前后在藏近8年。其在藏多有作为：编练新军，改革官制，铸造银元，举办汉藏双语传习所、印书局、初级小学、武备学堂、白话文报馆等。1912年3月，由于驻藏川军与藏军酣战，联豫避居拉萨哲蚌寺，将驻藏大臣印信交予钟颖，6月出藏经印度返京。

② 2014年9月中国藏学出版社出版《波密县志》，其中杨一真撰《波密史料札记》对这一事件做出评判：“联豫见川滇边务大臣赵尔丰剿服川滇边境，‘改土归流’成绩卓著，亦欲邀功异域，恃川军在藏，遂与钟颖密商，令钟颖以阅兵为由，暗窥波密。此即驻藏清军进剿波密的起因。”此观点有史有据，令人信服。

③ 清代末期兵制，统辖一标（团）的最高长官称为统带。

拖、倾多寺[①]，第三步则向其酋长白马青淤[②]所在地进攻。

余率部先行，留西原在家。西原不肯，必欲同行，遂亦听之，第一日宿鲁朗，以第巴为向导。次日四鼓蓐食[③]，疾进至觉泥巴，零落十余户而已。番人尤未及知，留兵一排监视之，仍疾行而进。沿途长林丰草，乱石塞途。过长桥，行里许，即至冬九营官寨。有人户百余家。寨内仅营官冲本住宅十余所。环以土墙，外掘深壕，左山右河，形势险固。番人尤不知大军突至也。良久，其营官冲本来见，貌恭敬，而面目狰狞可畏。余反复晓谕，示以利害，亦唯唯而已。波番身材雄伟，体力强健，又非工布人所及也。

次日钟颖率大军至。乃传檄白马青淤，晓以利害，令于五日内来见。逾期仍无音耗。

---

① 今位于西藏自治区林芝市波密县倾多镇。始建于1454年的倾多寺今称强巴林寺，距波密县城40千米，属藏传佛教格鲁派寺院。

② 实为波密土王白玛次旺，亦有译白玛旺青或白马策翁。

③ 四鼓即四更之鼓，大约凌晨两点前后；蓐食意即早餐时间极早。

白马青瀚之反抗 旱蝗之毒螫

数日后，侦知波番已调兵拒抗。共议波番反状已露，再不进兵，反为所乘。闻前方八浪登一带，山势高峻，道路险阻。遂决定以余全营，偕工程营管带张鸿升部先进。大军则进纳衣当噶，俟先头通过八浪登，再行推进，以完成第一步计划。议决，余乃偕张鸿升由冬九出发。

是日宿营纳衣当噶。有人户三十余家。次日宿甲米青波，则旷野荒山。夹道草深五六尺，草尖遍生旱蝗，细如针，闻人声则昂首蠕蠕动，附着人身，即钻衣入，沾肉吸血，倾刻长寸许矣。行者莫不遭其毒螫。余等将宿营地附近，以火焚之，始得安寝。番人言火焚后，遇雨复活。与内地蚂蝗同，而利喙过之。

夹道草深五六尺，草尖遍生旱蝗，细如针，闻人声则昂首蠕蠕动，附着人身，即钻衣入，沾肉吸血，倾刻长寸许矣

行者莫不遭其毒螫。余等将宿营地附近，以火焚之，始得安寝

波番诱我深入 绷勃[1]飞鸣树梢

次晨前进，行四十里，登大山。山势巍峨，古树参天。行山腹道，历七八里峻坂[2]，乃复下，下而又上。如是者又十余里，忽番兵阻其前，据险开枪。战移时，我以一排兵绕其上，乘高侧射，番兵始退。踵追[3]而进，番兵沿途抛弃衣履，似甚狼狈，盖诱我深入也。又行十余里，至八浪登。番兵稍抵抗，仍退走。八浪登乃一山腹隘口，无人烟，乱石嵯峨[4]，洞穴天然如巨室。下临绝涧，深不可测。俯视河流，一带碧涛银浪，响彻山谷。弥望古树森森，皆三四人合抱者，高数十丈，荫翳蔽天。古藤盘绕，藤粗如臂，叶嫩绿色，应手而断，盖千百年前物也。林中有物，虎头狐身，胁生肉翅，状似飞虎，番人谓之“绷勃”，盖手翼类[5]也。闻枪响声，飞跃树梢，其声呜呜，以数百计。

---

① 蝙蝠。

② 陡坡之意。

③ 后脚跟着前脚，意指距离很短。

④ 坎坷不平之意。

⑤ 亦称翼手类、翼手目。蝙蝠是对翼手目动物的总称。它是哺乳动物中仅次于啮齿目动物的第二大类群，分布于世界各地。翼手目的动物在四肢和尾之间覆盖着薄而坚韧的皮质膜，可以像鸟一样鼓翼飞行，这一点是其他任何哺乳动物所不具备的。

战移时，我以一排兵绕其上，乘高侧射，番兵始退

林中有物，虎头狐身，胁生肉翅，状似飞虎，番人谓之“绷勃”，盖手翼类也

血战八浪登山下　方阵待敌

余以前进山势愈险恶，候鸿升久未至，乃留兵一班守之。仍率队前进，行七八里，渐纡曲下。遥见山下，密菁乱石，荫蔽道路，左为连山，右傍河流，前方四五里处，高山横亘。山下帐幕云屯，多数番兵撤卸帐幕，甚忙乱，似知大军已至者矣。余即停止部队，派侦探一班前进搜索。半里许即下山，忽左侧密林中，火枪土炮，轰然齐发。左山右溪，羊肠一线，士兵鱼贯而进，伤亡颇多，不能再进。乃以一队沿山行，相约进至密林附近，鸣号音，余鸣号以应，双方夹之。既而沿山一队攻至林内。伏兵果败退。李队官负伤。正面之兵，冲锋下山。行里许，则敌石塞道，番兵修石卡数道，高丈许，横亘去路，无可绕越。正踌躇间，正面番众据险轰击。左侧高山伏兵应之。

往来冲荡，皆为石卡所阻，不能进展。

鏖战一时许，双方接近，短兵肉搏。移时，刘队官阵亡。士兵死亡相继，与番兵相距止数武[①]矣。遥见番兵大队复绕山至，瞰射益急。战至日暮，鸿升尤未至。忽番兵数人，傍大石绕出余后，为西原所见，急呼余。余回枪击之，毙其一，余皆退走。余见此地，两面受敌，不如退下河边，乃挥兵徐徐退下。有石坎，高丈许。西原先余纵身跳下，以手接余，余随之下。而对山枪声忽起，向石坎猛击，弹落如雨。继余而下者，死伤七人。司书苏宝林亦死焉。既而士兵均下至河边，伏乱石中，成方阵待之。

渴食野菌

天已昏黑，番兵亦不敢再逼矣。清查人数，仅余六十余人。每枪弹药，平均不及十发。余乃多方安慰士兵，戒

① 半步，在此为距离很近之意。

勿轻动。

夜半，隐约见番兵数十，沿道路回，且行且笑，亦不知其作何语也。移时，月色朦胧。官兵整日作战，饥疲已极，援兵又未至。有伤兵二人，倚余卧岩穴中，呻吟垂毙。西原曰："张营如能援助，今日早至矣。君竟死守不去，试问天明后，番兵知我虚实，庸有幸乎？"官兵咸是其言。余不得已，乃于四更时，率部沿溪蛇行而上。时而攀崖，时而涉水。水深及胸，寒不可禁。余颠碚者再，赖西原扶之行。行数里上山，岩石陡峻，荆棘丛生。攀藤附葛，上至半山，天已微明。渴极，拾山上野菌食之，已惫不能行矣。西原扶余登山，见鸿升警戒哨兵，始入安全境矣。至八浪登，众皆饥疲不堪，鸿升言："昨已天黑，不敢轻进之。"余但颔之，不与较也。清查此役，我军阵亡官兵三十余人，伤二十余人，亦剧战也。

夜半，隐约见番兵数十，沿道路回，且行且笑，亦不知其作何语也

援兵爽约又退回　番兵之夜袭

晚间，与鸿升一再筹商，决定明日两路进攻。鸿升沿大道进至石卡附近停止。余率兵一队，沿左侧连山进。俟将山上伏兵驱逐，乘高下射。然后，张部攻其前，我部冲其右，番兵必弃险而走。计划定，凌晨，余与鸿升分途出发。余仍携西原同行。披荆斩棘，沿山行十余里，及抵石卡，对山中隔一深涧，不能再进，探望鸿升部，竟无一人至。守候良久仍复杳然。孤军突出，恐被包围，惟有徐徐退回。余回至八浪登，鸿升又支吾其词。知已不能再言进攻矣。乃将番兵阻险情形，报请钟颖增兵协助。遂商鸿升，固守待援。而番兵已逼近八浪登，日夜攻扑。虽经我军击退，然番兵退而复进，相持四日。一夜二更时，番兵千余，三路呼啸而至，声震山谷。余亲出督战，至四更，始击退。时月黑风凄，山高夜静，怪鸟悲啼，河水呜咽，用兵绝塞，凄恻心脾。觉古人乐府[①]，犹无此苍凉悲壮也。

退兵纳衣当噶

次日，钟颖遣参军王陵基[②]至，与熟商竟日。陵基力主退兵，云曰："此去山势险阻，我以两营军力，深入敌境，彼竭全波密之力，出而相抗。今粮弹两缺，汲道[③]复梗，波番惯行山地，久之绕出后方，扼险堵截，断我归路，则天堑难飞，欲归不得。计不如退兵纳衣当噶，有险可守，统领尚驻冬九，亦易联络。再请边军由硕板多进攻，以分其势。我军重整师旅，一鼓而进，胜券可操矣。"众韪之，决计退撤。

① 乐府是自秦以来朝廷设立的管理音乐的官署，用来训练乐工、制定乐谱和采集歌词。西汉武帝时期从民间搜集了大量的诗歌，内容极其完整。

② 王陵基（1883—1967），四川乐山人，四川武备堂毕业。1908年任四川陆军军官学速成学堂副官，是四川军阀刘湘的老师。辛亥革命后任川军第二镇标统。后为国民革命军陆军上将衔，是川军中资格最老的将领之一。"七七事变"后，奉命率第三十集团军出川抗战。1948年调任四川省政府主席兼省保安司令。中华人民共和国成立后，其于1950年2月化装潜逃时在四川宜宾江安县被识破逮捕，成为级别最高的国民革命军被押战犯。1964年12月获得特赦，1967年3月因病在北京去世，享年84岁。

③ 水源之道。

扼守石门

是夜，三更时退兵。陵基率一排兵先行，鸿升继进，余断后。途次尚无战事。至夹米青波大休息。抵纳衣当噶，已夜半矣。次日黎明起，侦查地形。寨前三里许，有石门焉，极险隘。左有石墙丈许，即高山绝壁。右有横墙如城堞，然峻坂百余丈，下临河。河宽急流，对河亦高山绝壁。石门宽六七尺。出石门，即斜坡，纡曲而下。相传藏兵屡与波番鏖战于此，乃古战场也。日久城堞虽毁，而遗址犹存，余乃就旧址，亲督官兵日夜修筑，两日即成。且于墙外加掘深壕，即以一队驻石门。石门后半里，有横溪，久涸。驻兵一队，中筑横墙数段，防对山侧射也。又后里许，鸿升驻焉。余率两队驻寨内。

越三日，番兵大至，屡攻扑，均被击退，死伤甚巨。

已停止八日不攻矣。余不时巡视阵地形势，西原均随之往。左面一带高山，皆绝壁，有斜坡数处，可乘险而下。复于横溪左后方，驻兵一队，以备不虞。

日久城堞虽毁，而遗址犹存，余乃就旧址，亲督官兵日夜修筑，两日即成

石门鏖战　死生有数

一日早餐后，余出石门外视查，见傍河一段墙稍低。恐警戒疏忽，番众由此侵入。乃集合官长，指示形势。复令系獒犬[①]数头于墙下。正指划间，忽枪声突起，呼啸大作，西原急牵余退入石门，则番兵已进薄[②]外壕矣。

战移时，番兵伤亡甚巨，始渐退下，然枪声不稍减。时余方踞坐石门左侧岩壁下，令西原回寨制面饼送来。久之枪声寂然。余以为番兵退走矣。忽我军左后方枪声复起。一传令兵急来报告："番兵已由后方高山缒绳[③]下矣。"余急驰回，留黄督队官守石门。黄即就余坐处坐焉。余行不及三十步，忽闻岩石爆裂声。回视，番兵乘高推石下，一石落黄坐处。黄头伤血流，臂断膝脱矣，竟因伤重而死。使余不先离开，亦不免矣，险哉！

① 藏獒。属大型犬，体格高大，性格刚毅，力大勇猛，野性尚存，令人望而生畏。藏獒的典型特征是警觉性高，地域意识极强，对主人极为忠诚，对陌生人极有敌意。

② 逼近之意。

③ 从上方沿绳索而下。

生死固有数也。

既而余驰至后方，我军与鸿升部枪声已息。且将番众悉数扑灭矣。盖我哨兵，初见缒绳下，隐伏不动，迨将下至平地，即排枪急发。番众约百人，伤亡几尽，俘虏十余人，无一生还者。至是番兵不进攻者，十余日矣。时钟颖驻兵冬九，已具报入藏，请边军协剿。但往返数千里，须一月后边军方能进兵，乃令我军严守以待。

番兵绕出后方

一日傍晚，忽对河山上枪声突起，猛向溪内射击。幸为横墙所隔，无损伤士兵，亦不还一枪。未几，石门复发见番兵，蛇行而进。经我守兵力战击退。退移时，复又突至。于是对山枪声亦起，双方激战。至三更后，战事始告终结。自后番兵亦不进攻矣。

越日，时见对山隐约有番兵少数，向冬九方面去。而遣赴冬九投文之传令兵，回至中途，亦见对山有番兵不少。余料石门天险，屡攻不下，番兵必不肯再攻。但我军屯兵日久，形见势绌，波番定绕出冬九攻我，所必救则纳衣当噶之兵，可不战而退。因冬九为我军大本营所在也。乃与众共商，石门虽险，终难久守，不如合兵冬九，尤可团结兵力，固守待援。众皆以为然。遂转报钟颖，钟久不决。余等惟有严加戒备而已。

士兵谈鬼 鬼影之跳跃

我军自防守纳衣当噶以来，先后二十余战，死亡已达百余人，青燐白骨，触目心伤。数日前，巡视防线，闻士兵数人，谈夜见鬼火事。询之，异口同声，余尤斥之。忽一夜，初更将残，一卫士入告曰："对岸鬼火又见矣。"

余急出视，则见对岸果有火光，高十余丈，色黯淡，不甚光明。再进谛视之，相距不过百丈。见火光圆似箕，大亦如之，有无数人影绕火围坐。时西原随后至，余问："有所见否？"西原指火光处言曰："火光中时有一二人跳跃往来，君见之否？"余视之，果然。遂下山迹之。行愈近，光愈低，下至河岸，则光渐灭，一无所见矣。

余生平习闻鬼怪之说，然目所亲见者，止此一次而已。释氏[①]言天堂、地狱，随人心境而异。善则超生天堂，恶则堕入地狱，如磁石引铁然。彼浅儒不察，动持无鬼论以非议之。不知子不语怪力乱神，固自有其神怪在焉，特不轻言之耳。夫芸芸众生，质本凡庸，生前既无建立，死后自然消灭，此理之常也。若夫忠臣孝子，烈士贞女，仓猝遇变，誓死轻生，精灵不昧，遂呈异状，此亦理之正也。况为国捐躯，魂羁异域，依同袍[②]而不散，乘月

① 指佛教的创立者——佛祖释迦牟尼。

② 战友之意。

夜以现形，为余所目睹，而亦理所必然。薪尽火传，安可以怪异目之耶。

退兵冬九

我军防守既久，波番兵已增至万人。其大部则纷纷由对河山后绕出冬九。沿河右岸，处处设伏，以致递送文报之兵，时被对河伏兵射击，死亡不少。至后传递往来，皆须绕山而行。惟牛马驮运粮秣，非遵大道不可。且需兵一队以上护送之。至是，纳衣当噶至冬九之路，已渐梗阻矣。既而番兵大部，逼近冬九，仅隔一河。幸拉萨增加步兵两营，骑兵一营，格林炮①六挺，已到冬九，兵力尚厚。又数日，番兵已出没冬九至鲁朗之间，不时劫夺粮运，后方交通亦梗阻矣，于是钟颖大惧，乃飞调我军，集中冬九。余遂偕鸿升乘夜撤退。行三十余里，天甫晓，番

① 又称加特林炮。它是19世纪末期欧洲各国控制并扩张殖民地的最重要杀手锏。加特林炮把当时枪管旋转的动力来源，由手动改为依靠后座力来驱动枪管旋转。

兵又追至，我军回兵奋战，毙其百余人，始败退。我军即乘胜退回冬九。

幸拉萨增加步兵两营，骑兵一营，格林炮六挺，已到冬九，兵力尚厚

番兵层层包围

我军退至冬九，时方正午。晋谒钟颖后，即偕各管带，登山视察地形。冬九在河之北岸小山上。左为横山，蜿蜒直达波密之汤买，长六百余里。由冬九东行二里许，过长桥，向西行，至鲁朗。向东北行，即纳衣当噶也。过桥后，两面高山矗立，小道中通。桥之西岸，乱石巉岩[①]，波番兵守之。过此约半里，两面高山，亦为波番兵所据，众不下四五千人。至沿河要隘，及横山一带，皆我军守焉。幸河宽水深，波番兵不能徒步，仅隔河开枪射击而已。佥以对岸之敌，不急驱逐，则后方交通一断，粮运不继，危险殊甚，乃连日冲锋出击。虽屡经击退，然波番兵乘高据险，退而复集。我军死亡已达三百余人。[②]冬九左侧大山，又为波番兵占据。

---

① 险峻陡峭的岩石之意。

② 清军将士阵亡后，一部分埋葬在大象山脚下高坡处。此墓地是清军阵亡将士在西藏较大的墓群。据2008年12月中国藏学出版社出版的《工布江达县志》记载："此处残存有坟墓100余座，现存墓碑6通。"

黑夜退兵鲁朗　钟颖卧地不起

又数日，鲁朗运道已梗，存粮仅支三日，波番兵愈集愈众。钟颖乃决计退鲁朗，俟与边军联络再进，免为所困。时四月初旬也。波密气候炎热，乃乘夜全师撤退。令余先以一队出桥，扫清乱石之敌，掩护大军前进。余自率三队断后，并焚毁桥梁，断其追兵。密议定，至夜四更时，我先头一队冲锋出桥，乱枪轰击，大炮同时猛射。大军乘势前进。一时枪炮齐鸣，声震山谷，弹飞如雨，捷若霆电。余即封闭桥门，纵火焚之。

我军且战且行。钟颖体痴肥，不能行。初出桥，见弹火喷飞，光明如昼，惧为枪炮所伤，卧地不起。余选健卒二十余人，更番舁之行。幸是夜番兵猝不及防，火枪土炮，发射迟缓。我军出其不意，以全力猛扑，故不能抵御，渐次引退。其扼守道路之番兵，亦奔避登山，我军始得安全退出。仅受伤兵士二人，亦云幸矣。

行至中途，遇德摩解粮兵一队至。云："出鲁朗十余里，遇番兵百余人，经力战击退，向山上奔逃。粮秣均无恙。"余甚喜，遂同回鲁朗，已午前十时矣。官兵竟夜作战，不得食又行甚急，均饥疲不堪。余勉出部署警戒即回。夫役进面饼，西原炒牛肚一盘至，余持饼倚枕而食。食未竟，即沉沉睡去。醒来，漏已三下，[①]残饼尤在手中，疲劳可知矣。

---

① 漏已三下相当于凌晨三点至五点之间。漏是以滴水为计时，是由四只盛水的铜壶组合，从上而下互相叠放。上三只底下有小孔，最下一只竖放一个箭形浮标，随滴水而水面升高，壶身上有刻度，以为计时。

夫役进面饼，西原炒牛肚一盘至，余持饼倚枕而食

新兵队之补充

我军入藏经年，行军作战，死亡不少。钟颖乃由川募兵补充。有溆浦人陈遐龄，随黄忠浩入川，任工防营管带，所部大半募自湘西。后川军扩编成师，工防营撤并之。适西藏募兵，乃择其愿入藏者，得百六十人，编为新兵一队，送入藏。官兵以余湘西人，咸愿隶余部。时波密之役，余部死亡甚巨。钟颖即以新兵队补充之。于建制四队外，加编新兵一队。

前敌易帅　钟颖之愤骂

我军退鲁朗后，拉萨得报，大震惊。联豫调钟颖回藏，以左参赞罗长裿①出而代之。钟颖得藏友密函，乃大

① 罗长裿（1865—1911），湖南湘潭湘乡人。6岁丧父，10岁丧母，备尝生活艰辛。少时天资聪颖，勤奋好学，18岁中秀才，22岁中举人，29岁中进士，与康有为同榜。1907年，江苏巡抚陈夔龙闻知罗长裿治军有方，特调他任江苏参谋处督办，主持新军训练事宜。赵尔丰督川边军事，罗长裿在其身边出谋划策。1910年任驻藏左参赞，实为掌管西藏驻军指挥权。1911年5月，钟颖率师征波密，屡战屡挫。罗长裿驰往，收复失地。但钟颖仰仗自己是皇亲国戚，加上此前驻藏大臣联豫上奏朝廷以罗长裿易钟颖未果，其又请调钟颖任总参赞，与罗长裿互易又未果，于是钟颖以联豫及罗长裿为仇。而留驻德摩及工布江达等处的士兵，仍听命于钟颖。军队多为哥老会成员，气焰嚣张，罗长裿到后即整军纪，治军方略为哥老会成员所憎恨。辛亥首义，革命风潮波及西藏。正在波密安民善后的罗长裿知在藏军队发生惊变，哗变川军进而侵掠罗长裿私宅，用绳索拴牵羞辱罗长裿。赵尔巽等撰并于1928年出书的《清史稿》中，官方将罗长裿收入列传283卷《忠义（十）》中，称其“偶得脱，自投崖下，未死，复曳之起，卒被戕。”另一说罗长裿被绑于马尾后拖拽勒杀，并无跳崖，尸体焚毁异惨，时年46岁。驻藏大臣联豫任内呈报最后一份给皇帝的奏折，称罗长裿“死事惨烈，虽非临阵捐躯，实属因公遇害”。《清史稿》记述：“长裿之死，钟颖实阴嗾之，后家人愬（注：通“诉”）得实，置钟颖于法。”任乃强先生亦认为：“罗之惨死，钟实授意。”罗长裿之子罗春驭辑《泣血辑存》四卷为父亲伸冤；而钟颖为袁世凯所杀后，其同僚故旧及后代同样反复啼血上书为其伸冤，成《弥天冤案录》。其中声明：“陈渠珍既杀罗长裿，风声颇紧，甚不自安，遂勒捐番民数千元，强掠番民十余处以百驼财物，带湘人百余名，由青海行甘肃而逃、闻至甘被周逊以杀参赞、抢番财等情，在都署控告，陈又逃去，有案可查。陈渠珍与周逊系属同乡，陈若无其事，周逊何能告发？”罗氏之死由此牵出民国成立以来一桩纷扰不止的案中案。

恚[①]，及长衲至，相见无一语。明日封送印册，即匆匆回。钟颖宽厚，得士卒心，濒行，官兵皆泣送之。余与各管带随陈统带送至德摩山下。钟颖召余等入室坐，愤然曰："吾不能臧否[②]人物，而谬托腹心，今竟为所乘矣。"众问故，颖曰："始罗统川边新军，以失机被撤。"钦帅置之幕中，司文案。长衲时出怨言，钦帅益衔[③]之，罗踽踽[④]不自安。适吾赴更庆谒钦帅，罗走送郊外，向吾泣曰："钦帅不见容，弟不一援手，力求联帅调我入藏，[⑤]我无死所矣。吾念在川曾与一度订盟交，遂慨然许之。急为请之联帅，始奏调其入藏焉。今竟乘我之危，多方媒蘖[⑥]，取我代之。此尚有心肝乎。吾认贼作友，吾之过也。"言讫，愤骂不已。久之，始别余等，恨恨而行。

---

① 发怒、怨恨之意。

② 褒贬人物，评论优劣之意。

③ 在此特指怀恨之意。

④ 局促、拘谨之意。

⑤ 任乃强先生在1941年《康导月刊》上的注释是："钟颖以帝戚，少年得志，豪爽任侠。迨革命消息至，波密兵变，杀罗长衲，蜂拥回藏……共戴钟为首。劫运藏饷银，以招兵变。遂逐联豫，据藏。藏局之坏，自是始矣。"

⑥ "蘖"通孽，妖孽、邪恶之意。

06 退兵鲁朗及反攻

人弃我取之三奸

长褀至鲁朗，颇重射击，日引官长至郊外比射，以定升降。又用川人周春林、张鹏九，鄂人方仲孺三人。周随军入藏，任排长。张随运输队入藏，任书记，均被撤，流落拉萨，不能归。方后随新兵营入藏，任书记，亦众所不齿者。不一月，周升预备营管带，张、方皆擢升善后委员，日夕不离左右，长祷颇倚重之。后波密平定，长祷委张为冬九理事官，委方为彝贡[①]理事官。犹记方任事之初，寓书遍告朋辈。书中有“弟以武夫而干文事，不啻汗牛充栋”之语，全藏传为笑柄焉。

前敌易帅，多所更张。又值初秋，气候渐寒，余乃令西原随钟颖一同回德摩，清检寒衣。西原初不肯回，余许以翌日出发再来，始行。

边军会师进攻 尸残原野

余回鲁朗后，搜讨申儆[②]，士气大振。波番兵亦严守冬九，不敢越雷池一步。一住经月，赵钦帅始遣彭日升[③]率边军三营，定期由硕板多经春多山，直捣中波。密令我军同时向冬九攻击前进。长祷奉令，因准备粮秣输运，迟四日，始令余率部先进，附格林炮三挺。余整队出发，沿

① 今西藏自治区林芝市波密县易贡乡。易贡藏语意为“美丽”。2002年，易贡境内批准设立“易贡国家地质公园”。此外，易贡藏刀极其精美，为民间代代相传的手工艺品。值得一提的是，1993年9月17日，在易贡乡若果冰川发现了美军二战时期坠毁的飞机残骸。此架飞机于1944年1月5日将援华物资自印度运抵中国，返航途中遭遇日军飞机袭击，因此改由西藏上空返印度。由于航程增加，燃料耗尽，坠毁于此。中国将五位遇难者遗体悉数交付美国政府，使其魂归故里。

② 训诫并明确奖惩措施之意。

③ 彭日升，生卒不详，今湖南省吉首市花垣县人，随赵尔丰征战川边诸地，勇猛善战，是其手下干将。任乃强先生在1941年出版的《康导月刊》上写道：“清末藏军东犯，彭力战死守、赖以保障全康，以功升标统。民国三年川边镇守使张毅到职，分旧边军为三部，刘端麟统领驻巴

途皆无波番兵。[①]至冬九桥，亦空无一兵。搜索寨内，居民皆已迁徙。余甚诧之。遍搜附近数里，均无人迹。判断边军必已攻入中波密矣。乃急报长褂，请示进止。

余是日，即就桥西平原中，割草莱，张帐幕止宿焉。此地久为波番兵所据，尸骨遍野，壁垒依然。余下马凭吊，尤恍惚如闻当日奋呼杀贼声也。夜半，时闻臭气，不能成寐。秉烛起而迹之，则不少断肢残骸，掩藏土中。余枕畔亦得碎骨数块。盖鏖战久，天又炎热，死亡尸骸不能收殓，以致血化青磷，尸残原野。睹兹遗骸，不禁恻然。

旧垒重经

次日午后，长褂亲率大军至。信宿即进，留余殿后。余迟一日始出发，过纳衣当噶、八浪登时，旧垒重经，遍检遗骸，日久天热，悉化虫沙。仅在八浪登山下，寻获刘

（接上页注）

塘，刘赞廷为分驻江卡，彭日升为标统驻昌都。分段设防抵抗藏兵（时藏军沿澜沧江东侵不已）。彭曾率军进援类乌齐，大败藏军于葱坡埂。进勋五位，其年夏藏军反攻。彭军败退。自是川边军和藏军以瓦合山脉为分界线。至1917年9月，驻类乌齐炮兵连长擒送越界割草之藏兵二名至，彭按处置间谍法斩之。由是藏军复东侵。时藏军得英人接济新式枪弹极犀利。边军戍久师老械窳。被俘入藏，不知所终。其营长兼昌都知事张南山，于缴械日投水死。”2005年1月方志出版社出版的《昌都地区志》记述：“彭日升部缴械后，藏军不履行诺言，反把彭日升连其妻四朗卓玛一起留藏做人质，后彭日升死于拉萨。”2014年9月，中国藏学出版社出版的《波密县志》称，彭日升“1918年在拉萨被杀”。

① 由于波密头目白马青瀚征调当地壮丁强攻冬九，因此陈渠珍率领的军队在晚出发四天的情况下到达波密，城内几成空城。

队官尸身一具，火化裹包，携之以行。余皆残骸满地，碎骨渗沙，无法认识矣。余惟念忠诚正气，亘古常存，固不必辨蒋侯之骨[①]，归穆伯[②]之丧也。因在此停止半日，督令士兵，聚残骸于一处掩埋之，始行。

三山高耸入云　弃材无所用

由八浪登前进，经京中、树枝、央噶三山，皆重岗叠岭，高耸入云，远近众山，一齐俯首。而危岸狭道，陡峻异常。我军穷三日之力，始能通过。每下一山，皆须整日趱行[③]。恒登降于深壑绝涧中。山中皆千年古树，大树十围，高数十丈，直矗霄汉，荫蔽不见天日。此道偶有番商往来，然负重而行，必须六日始能通过。三日宿山上，三日宿谷底。山上无数弓平地可栖止。故番商恒傍大树根，凿穴隐身，以避风雨。久之，穴宽八九尺，深五六尺，人

① 此处为先祖先人的骨殖遗骸之意。

② 此处为遵守隆重的丧葬礼仪之意。

③ 催促、加快之意。

可挺卧其中矣。然凿穴如此之巨，尤未占全树之半。此真大而无所可用者也。余尝谓材虽栋梁，而生非其地。不遇其人，亦终老穷荒，弃如废材。人之怀瑾抱璞[①]而不遇者，亦犹是耳。

又山中秋高叶落，泉水久浸，遂成积潦[②]；水阴寒而含毒汁，番人饮之，颔下生肉瘤，垂五六寸长。波番无论老幼、男女皆有之。[③]下山，地势起伏，行半日至汤买。薄藏布江[④]横其前，宽十余丈，波涛汹涌，有藤桥通之。大军前进后，已被番人斫断[⑤]，乃就河岸宿焉。是日，行进甚速。途中渴燥，汗流不止。入河濯巾[⑥]洗尘，又觉寒透肌骨，不可支。盖波地山高岸陡，溪小水寒，终岁不见天日故也。

---

① 此处为拥有高尚的品德和才华。

② 此处指积水汇聚后形成一个个或大或小的冰碛湖。

③ 此应为碘缺乏病。

④ 此处为雅鲁藏布江支流。

⑤ 砍断之意。

⑥ 洗涤之意。

山上无数弓平地可栖止。故番商恒傍大树根，凿穴隐身，以避风雨

汤买之藤桥

是日，遍寻居民，皆匿不出见。至夜始有一番人至，乃此地小头目也。余悬重赏，募人架桥，诺之。次日凌晨，即引一老人，负藤绳两盘至。沿河上下，呼唤甚久。始见对岸来一番人，手携毛绳。于是彼此各持绳的一端，向上流力抛。忽两绳相交，结成一绳。再系桥绳，引渡而过。两岸原有石墩，高丈许，中埋木柱。拴桥绳于柱上，即成桥梁矣。对河番人，攀缘藤绳而过。余取所携毛绳观之，其一端系有三棱铁钩。又视老人绳端，亦系一铁球，大如卵，始知两绳相交，即钩结为一矣。渡桥法，人依桥柱，背河而立。有曲木，长尺许，如半月形，紧系胸间，桥绳即由此穿过。另一细绳，系人背上。直达彼岸，一人牵引之。凡渡河之人，仰身倒下，手足紧抱桥绳，手攀足送，徐徐而过。对河一人持细绳，亦徐徐牵引之。

木瓜香闻七八里　彝贡复叛

桥既成，官兵陆续渡之。每渡一人，约需十分钟之久。全营三日方渡毕。当我军初渡兵一排时，余即继之渡过。初则顺势下降，甚易。向下视洪涛，不无惴惴[①]耳。迨渡至桥中，绳下坠丈许，距水面亦不过二丈，浪花喷飞，扑面沾衣，不觉惊心动魄，仍竭力攀缘，久之，始达彼岸，已喘汗交作矣。此岸有居民百余户，均已逃避。余驻此两日，俟全营渡毕始行。从此道路稍平，山较少。行河右岸，沙洲七八里，皆木瓜树，郁然成林，树高丈许，结实累累，清香扑鼻。

又行十余里，接长祷令，以彝贡番人复叛，驻军损失颇巨，令余急率部进剿，以清后路。又行数里，遇一司

① 恐惧害怕之意。

书，狼狈至，乃由彝贡逃出者，携之同行。至别夹宿营，询其经过。知大军至汤买时，彝贡喇嘛即来投诚，乃留兵一队驻其地。殊官兵垂涎喇嘛寺财物，肆行掠取，遂激变。复聚众千余，围攻两日，驻军不支，被缴械。[①]死伤尤重，生还者不过四十余人而已。

彝贡之海子

翌日出发，行五十里，沿溪进，途中时见村舍，傍溪右岸。又行十余里，横山阻之。山高而险。山后即波番兵所在也。左为大海子[②]，宽里许，长数十里。对岸即彝贡，人户甚多。闻向导云："二十年前，此为小溪。后因右面高山崩溃，壅塞山谷，遂潴[③]为海子，而右岸亦夷为平原矣。"我军沿海子下流里许，徒涉过水，深尺许，遂宿营彝贡。遥见海子对岸，无数烟堆，番兵往来其间。沿

① 钟颖所率军队占领彝贡之后竟抢掠藏传佛教寺院，造成僧侣和民众激变，军队最终被缴械。1912年3月，驻拉萨川军因色拉寺金灯甚多，且有拉萨贵族官员、富商大贾避难时存入的大批财物，于是攻打拥有5500名僧侣的藏传佛教格鲁派拉萨三大寺之一的色拉寺，企图劫掠寺内巨额财富，造成寺院僧侣和民众顽强抵抗并联合反击。川军私自出兵色拉寺，不仅遭受了军事上的失败，更直接导致了西藏僧侣民众排汉情绪的高涨，为西藏的分裂主义势力挑拨汉藏关系提供了口实。由于钟颖是中华民国政府新任西藏办事长官，西藏地方政府根本无权驱逐，中央民族大学喜饶尼玛教授在《民国初年拉萨动乱及中央与西藏地方的关系》中对此事做了客观分析："迫于形势离开拉萨已是不得已，自然再不敢擅作主张离开西藏。他及时地向北京政府报告藏情，同时，率余部在亚东停留下来，坚持处理

岸登陆处，似均掘有壕堑。余部署甫定，边军彭管带日升开到。日升，永绥狮子桥人，入川二十余年，由夫役积功升管带，为边军骁将也。异域相逢，倍动乡情。日升力白：“愿以全力协助。”余甚感之。约以明日拂晓进攻，彭营由左岸登山，我军由彝贡渡海①，议定，日升辞去。即军于海子下流五里许之村内。

黑夜偷渡海子 两战克敌

收复波密，余实首议。乃以友军不力，致兵败退回。今彝贡小丑，尚烦边军援助，余甚耻之。计非立功自见，不足一雪此恨，乃激励官兵，单独进攻。众咸为感动，愿效死力。乃于上流搜集木船七只，至夜四鼓时，派两队越过对岸大山攻下。余率兵两队，绕至上流四里处，乘船偷渡。时月色昏朦，舟小人多，微波荡漾，左右倾簸，舟不

（接上页注）

西藏事务……但是英帝国主义对中央官员继续留藏横加干涉，指使噶厦发出警告，钟颖如果在十五日之内不走，就要诉诸武力。钟颖部已经不具备与英人支持的藏军对抗的能力，被迫在翌年4月离开亚东，到达印度。”

② 高原民众对高山湖泊的统称。

③ 水聚积的地方。

① 陈渠珍所述的“海”，实为位于波密县易贡乡境内的易贡湖。其海拔2600米，湖面面积20平方千米，湖旁海棠吐艳，树木挺拔苍翠，原始森林尽收眼底。

灭者一指。戒士兵，万一波番兵发觉，开枪宜镇静。一动摇，舟即覆灭矣。幸值昏夜，距敌尚远，平流缓渡，舟行无声。渐近岸，即隐舟芦苇中。

余原与越山进攻两队约，伺其下至半山，鸣枪为号。余即起而应之。但守候甚久，犹未闻枪声，又恐天明为敌觉。余遣出侦探，回报云："番兵数人一组，围火坐，多已盹睡，毫无警戒。"余遂决心出其不意掩袭之。预计接触后，我越山之两队，当亦下山矣。乃舍舟登陆，鼓励士众，两路齐进，直攻其村寨。波番兵闻枪声，始惊醒，稍还枪，即溃不成军矣。我越山两队，已下至半山，适遇被我击溃波番兵数百人，向山上窜匿，乃猛力射击。波番兵不料我军忽又从山而降，退避不及，死亡几尽。一时枪声、喊杀声大作，波番兵遂豕突狼奔，向上流溃走矣。此役毙敌三四百人，我军伤亡四人而已。

波番兵闻枪声，始惊醒，稍还枪，即溃不成军矣

绝荒忽得美味　边军来会师

余集合全营，分三路，沿海子搜索前进。沿岸地势平坦。行十余里，至一大森林，波番兵数百，复阻险开枪。中路接战，约半小时，我左右两路兵抄至，波番兵被我三面夹击，不支，又四散奔溃，我军就此大休息。

约一小时，又行四十余里，皆一带平原细草，风景天然。天已不早，就草原中宿营焉。官兵饥甚，采樵而炊。护兵某，在山后摘回子辣椒甚多。某队在山中搜获牛一头，不及宰杀，即割其腿上肉一方送来。余正苦无肴，得之大喜。乃拌子辣椒炒食之，味绝佳。余生平嗜此味，入藏久不得食矣。今不图于万里绝荒，又值战后饥苦之际得之。是日，噉食[1]之不知几许，但觉腹累累，坐地不能起矣。

① 吞食之意。

是夜，四更造饭。五更又出发。仍沿海子上行，地势起伏，尚无大山，沿途亦无敌踪。行五十里，至一地，忘其名，有居民数十户，但屋宇均极湫隘[1]，远不如工布屋宇之精洁。甫宿营，彭日升率队至，见面致贺，略无愠色。余殊惭负约独进，因约至静室，为述前此战败退兵之耻，欲藉此一盖前愆[2]，非敢争功也，促膝倾谈甚久。日升亦颇谅余之苦衷，复商进兵事。侦知波番兵大部已退至八阶十四村，由此前进不远，即渡小河右行，余自任之。日升则前进二十余里，即海子极端也，沿海岸行，肃清哲多甸彝贡即回。议定，翌日诘早出发，余与日升临歧[3]依依，约以春倾寺[4]再会。时边军均驻春倾寺也。

再渡藤桥

余出发，登山，行数里，一带森林密菁，道路崎岖。

---

① 低洼狭小之意。

② 此前的过失之意。

③ 岔路口之意。古人相送常在岔路口，把临别称为临歧。

④ 今译为倾多寺，为藏传佛教格鲁派寺院，距今已近600年历史。其位于西藏自治区林芝市波密县西北32千米处的倾多镇。

下山即溪河，宽五六丈，岸高略等，藤桥通之。但引渡器具皆无。幸昨夜携来之老番三人为向导，乃为撤驮鞍曲木代之。中一老番，年八十余矣，极矫健，手攀藤绳，悬身并足，顷刻而过。见者皆为惊叹不置。通事曰："波密地多藤桥，故村寨中皆牵绳为桥，高四五尺，密如网，便儿童练习也。番人童而习之，长而娴熟焉。此桥攀渡甚难。中波密山高岸陡，别有所谓鸳鸯桥者，即用藤绳两根，甲绳则系于甲岸高处，徐降至乙岸低处焉。乙绳则系于乙岸高处，而徐降至甲岸低处焉。各悬竹筐，人坐其中，手自引绳，徐徐降下，势等建瓴，往来极便捷也。"

进兵八阶①十四村

我军渡河，又费一日夜之力，全营始渡毕。再沿河进，两岸高山逼狭，时行山腹，时行河岸，军行甚苦。行

① 今西藏自治区林芝市波密县八盖乡。"八盖"藏语意为悬崖上的阶梯。八盖乡位于波密县城西北部，距县城240千米，地处传统的川藏大道上，历史上盗贼经常于此抢劫过往商旅。乡境群山连绵，山高谷深，大量野生动植物生活于此。该乡2009年正式通公路。

七十里，至八阶，忽现平原，纵横里许，有居民数十户，又有小喇嘛寺一所。番妇数人来见，细询之，云：“前日有番兵数十人，由此回家矣。”余曰：“番兵甚多，当不止此数。”番妇曰：“彼等皆由各处征调而来，非一地一村之人，闻战败后，均纷纷由山后逃回家矣。”余将信将疑，仍多方侦探。驻此三日，所得情况亦同，始率队回彝贡。

雪晶　蜜蜡

驻八阶时，余宿喇嘛寺内。官兵半宿营半露营，傍河岸支帐幕焉。士兵掘来雪晶，巨如斛、小如拳者十余方，洁白莹澈，如水晶然，烈火不能化也。又掘得蜜蜡数十块，色金黄，微红，中含蜂蚁甚多，栩栩如生。余复至河岸，掘出甚多，满装两袋，驮之归。次日，一老喇嘛来

行七十里，至八阶，忽现平原，纵横里许，有居民数十户，又有小喇嘛寺一所

见，谈十四村[①]事颇详，盖极荒僻中之野蛮部落也。复询雪晶[②]、蜜蜡[③]所自出。喇嘛曰："此地绝壁千仞，山巅皆万年积雪，亘古不化。历千万年后，冰凌结晶矣，性极寒，凡眼目因热肿痛，以雪晶擦之，痛立止，肿亦消矣。至皮肤病，如疮疥之类，因血热所致者，擦之无不立效。蜜蜡亦蜂巢，削壁上积蜜，久无人取，历千年后，结块如石，遂成蜜蜡，藏人取为捻珠。此二物，皆年久岩石崩落始得之。波密亦惟八阶十四村有之。皆珍品也。"

劝君莫打三春鸟

余抵八阶之次日，喇嘛送牛、酒、糌粑犒师，遂分给官兵食之。是夜，有小牛至屠牛处，宛转悲号，惨不忍闻。次日又如此。余怪而问之。喇嘛曰："凡未离乳之牛，屠其母，血渍地上，百日内，小牛嗅之，尤知为其母

① 十四村的行政范围大致在今西藏自治区林芝市波密县八盖乡所属雄吉、卧普、巴瑞、竹玉、塔鲁、日卡、龙普共7个村民委员会。

② 西藏自治区林芝市波密县域的矿种目前已探明的就有水晶矿、石灰岩等40余种。陈渠珍所言“雪晶”，一说为石灰岩，因其透明状似水晶；另一说为真正水晶石，老喇嘛对陈渠珍所述亦极可能为真正水晶。

③ 实为树木脂液的化石，琥珀的一个品种，它只有在呈不透明状或半不透明状时方被称为蜜蜡。蜜蜡的形成过程须经历数千万年，这使其几乎无一雷同。蜜蜡有的透明晶亮，有的半透明，有的不透明但色纹斑斓。透明的若用光线照射，往往呈现多种色彩。

也，则号泣悲鸣。尝徘徊至数十日不能去。”余闻之，怅然若有所失。昔余过秦陇[1]，见乡村墙壁间，遍贴长条如广告状，词曰：“劝君莫打三春鸟，子在巢中望母归。”可见地无东西，心理则同。人禽虽殊，共此佛性。至若儒家远庖厨[2]，释氏戒杀生，此又仁人之用心也。然则今之手刃父母，而自鸣工作彻底者，其视小牛为何如？吾不禁浩然长叹！

桑田变为沧海

余自八阶整旅还，即沿河而下，不渡藤桥。行五十余里，至海岸。从此沿海岸行二日至彝贡。沿途村落甚多，不似对岸之寥落。余出发时，先遣通事持文告，晓谕各处人民安心回家。余每至一处，必召集人民，多方抚慰，番人大悦。滨海[3]一带，时见水中枯树林立，浮出水面四五

① 陕西、甘肃。

② 陈渠珍所述的儒家即谦谦君子之意。君子远庖厨，说的是不忍杀生的心理状态。不忍心正是儒家仁慈的表现。

③ 从陈渠珍所述上下文判断，滨海应为易贡湖。湖水面积22平方千米，名列西藏自治区东部50余淡水湖之首。该湖1900年因泥石流阻塞河道后还形成一个外流湖，湖面为3平方千米。

丈，其树干犹在水中，不知其高几许也。番人云："二十年前，此地森林甚多。自山崩成海，森林遂大半汩没水中矣。两岸屋宇，沉灭海中者，更不知凡几。"复指海中某处，昔日之村落也。某处，昔之喇嘛寺也。及当日山谷变迁情形，历历言之，[①]如闻长爪仙人，谈东海三扬尘也。[②]

涔蹄之泽育宝马 回军卡拖[③]

余将抵彝贡时，见一大平原，围木栅成椭圆状，马数十成群，驰逐其中。番人告余曰："彝贡产马甚富，此即马场也。"近视之，群马奔驰殊雄壮。一枣骝马，昂首奋鬣，奔蹄疾驰，众马莫能及也。抵彝贡，询诸头目，皆云："此彝贡名马也。彝贡滨海，海龙出水与马交，故生龙驹。"余笑曰："涔蹄[④]之泽，亦生龙蛇而育宝马耶。"因喜其英骏超群，出重金嘱为购置，头目等允为物

---

① 陈渠珍此时与这位藏族民众谈话时间应为1910年后，遵其文中所述大地震应发生在1890年前后。《西藏地震史料汇编》中仅记："1897年6月12日至19日，珞瑜地区发生地震，寺院损失极其严重，西藏地方官员报给十三世达赖喇嘛的报告称'势如手被火烧，难以用口吹气止痛'。"西藏是我国地震活动最强烈的省区之一，其中波密断裂带、林芝断裂带、墨脱断裂带为西藏地震活动最强烈的三角地震断裂带，由此看来，千百年来地震给波密百姓带来一次又一次毁灭性的灾难。山崩成海事实上即山体滑坡，堵塞河道，形成堰塞湖。2018年10月17日凌晨，西藏自治区林芝市米林县派镇加拉村附近雅鲁藏布江峡谷发生巨大山体滑坡，仅48小时，形成的堰塞湖库容已达5.5亿立方米，每小时上涨0.6米。此堰塞湖险情系冰川崩塌夹带冰碛物阻塞雅鲁藏布江所致。雅鲁藏布江大峡谷是地球上最大、

色之。约以五日为期。余授以藏币三百元为订金。是时，长祷驻卡拖。因波酋白马青瀚窜入野人山，长祷调余至卡拖，筹商进剿事。余因连日行军，官兵甚疲劳，遂休息一日，始率部开赴卡拖。行两日始至。

余抵彝贡二日，彝贡头目送枣骝马至，云：“此彝贡名驹也。”余出视之，英骏不似前日所见者。复邀同辈中善相马者，共视良久，亦谓此马鬃尾极粗，恐非良骥。特骨干粗劲，头面雄阔。试乘之，亦了无他异，遂不觉大失所望。

白马青瀚窜野番[1]

我军退鲁朗后，波番倾巢远出，进屯冬九。边军乘其不备，突入倾多寺，冲其腹地。于是波酋白马青瀚大惊，急调冬九大军回救，已无及矣。使钟颖不去，按期早进，

（接上页注）
最深的峡谷。

② 此处指世事沧海桑田，已经彻底改变之意。

③ 今西藏自治区林芝市波密县扎木镇卡达村。扎木镇古为波密地方政权首府，今为波密县人民政府驻地，海拔2700米。历史上扎木人擅长剑术，长刀短刀均不离身。由于波密地僻难至，波密王因此得以长期偏安于此，与吐蕃王朝并存。1927年，西藏地方政府兵分五路围剿波密，最终驱逐了波密王的女婿，波密王割据政权至此覆灭，扎木自此彻底纳入西藏地方政府的管理视阈。

④ 蹄类动物走过留下小坑里的积水，意指水量极小。

① 今西藏自治区林芝市墨脱县。《林芝县志》记述为“不属于人管

则白马青滃可虏而致，波密可完全底定矣。

追我军与边军会师后，白马青滃率残部数百，越野人山，至白马杠[①]。其极有权势之奢可削（番官女婿之称）林噶，节节顽抗，经边军三战三败，亦窜野人山下之格布沟。余抵卡拖，长椅以余克复彝贡，不假边军之力，欣然嘉慰不已。复商进军格布沟。余以其地荒远，用兵不易，力主招抚，长椅亦同意。于是遣排长王孚，偕一番官前往。

卑词谒见奢可削

据王孚言："沿途皆悬崖绝涧，历藤桥七处，始至格布沟。其地三面绝壁，河流环绕，后依白马杠大山岭，岸高流急，无路可通，仅藤桥一线，恃为津梁耳。林噶率侍卫百余人，住山上喇嘛寺，山下有百余人护藤桥。番官往

（接上页注）

之野番"。之所以称为野番，《林芝县志》解释道："其俗半为裸体，无文字，弗知礼节。凡女子至十五岁就于酋长，欲后自配，生儿不知其父也，崇拜鬼神，有病无药，祈祝天母，死后凌迟喂犬，或掷于水中喂鱼，诚为野番。"

① 白马冈，藏译老卡止。《林芝县志》称这里是"西藏僧俗罪过十年者，皆留军于此，经酋长分配乡间，囚于树上，其囚粮由土人供济，期满放回。如有窃逃者，被土人拿获，格杀勿论，受剥皮、剁手之刑。"

余抵彝贡二日，彝贡头目送枣骝马至，云：“此彝贡名驹也。”

沿途皆悬崖绝涧，历藤桥七处，始至格布沟

返过桥，述明来意。候一日，始准过桥。”王孚等至喇嘛寺，林噶踞高座见之，傲不为礼。王孚等伏谒甚恭。前致词曰：“大军之来，因冬九人民屡为工布患。及奢可削不察问罪之由，误启衅端。今幸天讨已申，波密底定。边军即日撤回昌都。我军因波地无主，静待奢可削早回镇抚，即便撤回。参赞特派某等前来奉迎，请即命驾同回。”反复陈说甚久，林噶犹未深信。又住两日，百计安慰，始率众来降。

尽杀招降番官

经过仁进邦，我军驻兵一营，乃止其随从，告以边军驻卡拖甚多，恐生误会。至卡拖，馆于喇嘛寺，备陈水陆，极尽优渥[①]。但密派士兵监守之，不令出入耳。次日，余往会之，颇疑惧，问参赞何在。余曰：“已赴昌都

① 优待之意。

谒赵帅，明日即回。”始安之。长裿因各处招降番官均解至，乃决定一并诛之。

翌晨，长裿至郊外刑场，升坐，解林噶及招降番官至，数其罪，咸就缚焉。惟林噶体貌雄伟，年二十余，见长裿升座，知有变，怒目咆哮，不肯就缚。健卒十余人，反接其手，以毛绳紧缚之。犹狂跳奔逃，毛绳尽断。余急夺卫士刀，自后斫之，始扑地就戮。

昌都喇嘛[①]之献计　白马青翁授首

林噶及各番官骈诛后，遂不能再以计诱白马青翁矣。白马青翁远窜野人山，又无法用兵。于是长裿乃赴昌都，谒赵帅请示方略。赵为悬重赏，通令各理事官番官，募能生致白马青翁者。适有新任昌都理事官朱慎，晤昌都喇嘛寺管事喇嘛，偶谈通缉白马青翁事。喇嘛曰：“余昔游野

① 诺那（1856—1936），西藏昌都地区著名的宁玛派活佛。1909年其作为三十九族民众代表在昌都拜谒赵尔丰。随后擒斩白马青翁立下头功，被授予大总管。1915年，他与十三世达赖喇嘛发生冲突，1918年被捕，囚禁于拉萨。1923年逃脱后辗转泰国、香港，于1924年抵北京。1920年代后期，其在内地主持的宗教仪式更接近清代宫廷举行的宗教仪式。他把藏传佛教的传统仪轨和现代实践有机结合起来，并且通过举办大规模的法会使自己名声大震。尤其是诺那精心培育汉传佛教的弟子，其所为引起南京中央政府的青睐，旋于1929年被任命为蒙藏委员会委员。又由于身为西康藏传佛教的僧侣，因此他还被任命为西康建省委员会委员。1935年底返回西康后，在道孚、炉霍、甘孜率部阻击红军，企图阻止红军长征，后被红军俘获。1936年5月5日，诺那患病发烧，红军医务人员在当时医药物资极端

番地三载，为野人诵经，颇识各处酋长，不知渠辈今尚在否？”朱慎亟怂之曰：“曷往一游。万一有成，以赵帅之力，为子谋一大喇嘛寺呼图克图，不难也。”①

喇嘛大喜，赢粮②而往。至野番地，晤昔时所识酋长，扬言大军数万，已平定波密，现闻白马青瀚逃匿至此，将移师压境，宜早为之谋。野酋大惊，求计于喇嘛。喇嘛曰：“白马青瀚现在何处？”野酋曰：“前已入境，吾等尚拒之，不使过夥惹桥。”喇嘛曰：“何不诱而杀之，函首送汉军，可免祸矣。”野酋踌躇良久，曰：“万一波番报复，奈何？”喇嘛曰：“汝既拒其入境，彼含恨已深，今不杀之，能保其将来不图报复？祸在眉睫而不顾，遑计③后事耶。”野酋大悟，急召各山酋长共谋。数日，乃决定从喇嘛议。竟诱白马青瀚过桥，执而杀之。复以强弩守其桥岸。波番见酋长已死，又为弩箭射死十

（接上页注）

困难之下，尽心竭力为诺那治病。5月12日，诺那因病医治无效圆寂，遗体采用佛教仪式火化。诺那圆寂后，国民政府撤销西康宣慰使公署。后追赠诺那为普佑护国禅师，骨灰在江西庐山小天池塔葬。

① 藏传佛教的大活佛，只有得到清代中央政府的册封和承认，才能称为呼图克图。高级活佛的授予都要在清代专门管理少数民族地区事务的理藩院正式注册后，由中央政府发给印信后方算完成程序。赵尔丰作为地方大员根本无权给授，这一点赵尔丰心知肚明。

② 携带粮食之意。

③ 还考虑什么之意。

余人，悉散去。喇嘛乃偕野酋，函白马青淪首，绕道送至卡拖。长祷重赏野酋而去。又送其首入拉萨献功。赵帅以昌都喇嘛功尤伟，遂升为硕板多呼图克图。[①]此役不烦一兵，不费一弹，而能收此全功，诚有天幸，非人力也。

神造之藤桥 藤桥之构成

波密入野番，中界白马杠大山。过山行十余里，雅鲁藏布江横其前。江面宽七十丈余，有藤桥通焉。两岸绝壁百丈，遍生野藤，粗如刀柄。桥宽丈许，高亦如之，皆野藤自然结合而成，不假人工。形如长龙，中空如竹枝，叶繁茂，坚牢异常。人行其中，如入隧道。野人呼为夥惹藤桥[②]。“夥惹”，番语为神造，即神造藤桥意也。[③]野人迷信神权，语涉荒唐，原不足据。究之，此桥如何结合而成？河幅宽至六七十丈，岸高亦近百丈，此决非人力所能

---

① 对于声名赫赫的赵尔丰授予的呼图克图名号，诺那并不知悉其并没有真正拥有此权力，因此于1924年到达内地之后，依旧自称呼图克图。任乃强先生称：“汉官曾许其假用此种名号，或当时姑妄给札以娱有功，庸亦事之所有”。此种解释属合情合理。

② 这类藤桥主要位于喜马拉雅山南麓的崇山峻岭之间，数百条江河水流湍急，落差极大，两岸陡峭。藤索桥没有桥墩，没有木板，通过时需要顺着它的起伏而抬脚或落脚，否则无法越步。藤网桥则是用森林里生长的一种韧性很强的白藤数根绞合成一股，凌空平行，拉两股在江的两岸，然后绑扎直径约150厘米的藤圈数十个，再用藤条纵横缠绕，呈管状悬空，就像钻进一个圆形的管道，与陈渠珍当时所见极似。整个桥由于底部藤条近似密封，可行走其上。

牵引而成者。意者，陵谷[①]变迁，匪可思议。安知今日之大江，非太古时之溪流也。今日之高岸绝壁，非太古时之沟渠浅濑[②]也。山溪既生野藤，则当日结合自易，稍加人力，遂成小桥。迨经千万年后，浅流变为巨浸矣，小溪变为大江矣。水力既猛，冲刷日甚，故河身愈久而愈深，河岸亦愈冲而愈阔，而短桥之藤，亦愈延而愈长矣。虽其构成之经过，不可得见，然以理推断，其所由来者渐矣，非一朝一夕之故也。

石队官一去不还　银古塔　波番之劫营

白马青滃与林噶先后就戮，各处投降番官亦诛戮几尽。于是波人震恐，无所逃死，复有倾多寺呼图克图，及营官觉罗涅巴等，聚众数千于八噶山，声言报仇。其地距春多八百余里，中隔金珠山，皆荒徼[③]不毛之地也。终

(接上页注)

③杨辉麟著《西藏东南角》（1993年10月西藏人民出版社出版）中记述："说起藤网桥，德兴村门巴老人告诉我一个古老的传说。相传，很早以前，达东和亚乃相恋以来，天天隔江倾诉爱情。一天，亚乃在香蕉树下睡着了，梦中一个老人叫她打鱼可以获得爱情。她醒后便约达东射鱼。翌日，达东和亚乃手持弓箭分别来到江边，每次射中的鱼都挣脱箭头游走，他俩扫兴而归。晚上，还是那个老人在梦中对亚乃讲'射鱼时，在箭尾拴一根细藤……'第二天，达东和亚乃的箭尾都拴上细藤，尽力向鱼射去，刹那射中了红尾巴鱼，鱼在江中打滚把两根细藤绞成了一股，达东和亚乃惊喜万分，终于突破天险结成美满姻缘。"

① 意指大自然的世事巨变。

② 沙石上流过的水。

③ 荒凉遥远之意。

年积雪，仅每年夏秋可行，余时大雪封山矣。长裿恐其窜入，乃派兵一队，驻金珠山防之。余以地势荒远，雪山甚大，谏阻。不听，竟派支队官石姓，山东人也。后驻波军队哗变回藏，此队因大雪封山，不能归，尽为波番杀之。又有谓已逃至三十九族，被藏番所歼。未知孰是？[①]

长裿以波密全境平定，乃筹划善后，分全波密为三县，仿川边例，设理事官治理之。又取中波密喇嘛寺银骨塔解京，献于贝勒载涛[②]，藉以表彰平定波密之功绩。此塔以银制成，上嵌珠宝甚多，为呼图克图示寂[③]后，焚尸装置之所。各地喇嘛寺皆有之。后闻此塔解至雅州，内地已反正，遂不知流落何处矣。

时边军已撤回两营，彭日升尚率一营驻春多，日与官夫役作牧猪奴戏，毫无警戒，亦边军积习使然也。此军

① 陈渠珍所听闻的两个版本均不是事实。真实的史实是波密失陷后，墨脱“有川军一连于此驻防，因道路梗断，不能回藏，与酋长交涉全体缴械，由妥坝经察隅回川，有不愿回家者，配以夷女，安家乐业者数十人。是此野番之天真纯朴，大有太古之风”。1912年波密失陷，有川军排长李成芝被俘，被囚于墨脱，至1918年中央政府与西藏地方政府交涉后始放回。

② 爱新觉罗·载涛（1887—1970），光绪皇帝的胞弟、宣统皇帝的叔父。曾留学法国索米骑兵学校，专修骑兵作战科目。新中国成立后，被毛泽东主席任命为中国人民解放军炮兵司令部马政局顾问。其一生爱马，善画马。

③ 佛教语。称佛菩萨及高僧逝世。寂即梵文“涅槃”的意译。言其寂灭乃是一种示现，并非真灭。赵朴初《菩萨蛮》序：1960年春又访缅，师已示寂，赋此志悼。

随赵尔丰在藏久，颇能野战。然平时无教育，无训练。驻军时，但于营内设更鼓焉。一夕，官兵聚赌楼上，正呼雉喝卢[①]间，忽番兵百余人，持利刃潜入营，巡更兵方起如厕，番兵突入喊杀。幸楼上官兵闻警，开枪堵击，毙十余人，始遁去。边军亦死伤数人。亦云险矣。

---

① 陈渠珍所述"呼雉喝卢"实为"呼卢喝雉"，它是古代的一种赌博游戏。直到今天，许多地方的人们将掷骰子之类的赌博依然称为呼卢。

此塔以银制成，上嵌珠宝甚多，为呼图克图示寂后，焚尸装置之所

07 波密兵变退江达

哥老会[1]之势力　排长长跪　捕杀会首十三人

边军彭营，不久亦回昌都。罗长裿移住春多寺。余仍留卡拖。时周春林在长裿左右，屡言："哥老会势力，已布满全藏，军队尤甚。前此败退鲁朗，乃军队不服从官长命令，而惟彼中会首[2]意旨是从，致有此失。今兵气益嚣张，官长拥虚名而已。我军远屯塞外，脱有事变，危险

① 四川方言称为袍哥，它是近代中国活跃于长江流域影响最大的秘密结社组织。哥老会在川军和湘军中影响巨大，对清朝末年的革命产生过巨大的影响。

② 此处指哥老会的头目。

不可言矣。”罗长裿在拉萨，即习闻哥老会之名，而深恶之。至波密后，春林又屡以为言。长裿遂思乘此波密平定之时，严加整顿，以除后患。适驻春多排长王雨膏，因处罚兵士稍失当，哥老会即在郊外“传堂”[①]罚之跪。其执行首领，一正目[②]也。长裿自喇嘛寺楼上瞥见，而不解其何故，使春林查之。春林以哥老会规告。长裿大怒曰：“排长处罚一兵卒，而正目挟哥老会之力，竟可使排长长跪，尚成何军队耶！”乃严核哥老会组织及其首领姓名。乃知官兵入会者，已占全军百分之九十五。其总公口[③]为“聚集同”，分仁、义、礼、智、信五堂，归川人刘辉武、甘敬臣等为首领，即彼中正龙头也。本营军需张子青副之，其重要首领共十三人。其时甘、张等六人驻德摩，余七人驻波密。长裿乃遣马弁持密札往德摩，令管带保林，执甘、张等六人杀之。驻波密首领七人，则密令春林

① 哥老会的规矩之一，召集全部成员进行公开奖惩。

② 相当于今天军营中的班长，位列排长下，列兵上。陈渠珍所见班长处罚排长之事非常吃惊，因为完全不合军营常规。其通过排查，方知军队私下已被哥老会暗中统领。《元以来西藏地方与中央政府关系档案史料汇编》第六册中记述：“时有士兵为龙头，排长、队官犯规，喝之跪不敢不跪，喝之起不敢不起，喝之认罚不敢不遵罚者”。于是哥老会规大行其道，军法松弛不虞。

③ 此处指联络指挥的中枢。

五日后捕杀之。此十月二十七日事也。

革命之先声 波密驻军之哗变

既而武昌起义消息，由《太晤士报》[①]传至拉萨。钦署洋文翻译某，乃长褂所推荐者，急由驿传快马，密缄告长褂，长褂惶急。急召余至春多寺，引至内室，出示拉萨密缄，谓余曰："大局已生剧变，三数日后，消息传遍全藏，军队恐生动摇。奈何？"余踌躇久之，乃言曰："塞外吏士，原非孝子顺孙，公所知也。此信传出，兵心必变。彼等皆川人，哥老会势力之大，亦公所知也。不如委而去之，[②]径出昌都，以观其变。"长褂默然，约余出大厅中餐。因密言："兹事决难成功。吾辈皆有官守，何可轻易言去。纵军队有变，传大臣[③]必进兵镇压，决不听若辈横行。不如暂至江达，再决进退。"余因武昌情势不甚

① 今译为《泰晤士报》（*The Times*），该报创刊于1785年。它是英国全国发行的综合性日报，同时也是对全世界政治、经济、文化发挥着重要影响力的报纸。

② 放弃、离开之意。

③ 驻藏大臣联豫。

明晰，不敢如何主张，唯唯而已。长琦嘱余迅返卡拖，密为准备。俟约陈统带来此商定，再告。余遂匆匆而返。

是夜，即见士兵窃窃偶语，似已知拉萨消息。时新兵队驻彭褚，相距四十里，乃星夜调其回。司书①杨兴武，永顺王村人，年四十余，颇谨厚。余以实告之，嘱为刺探川人行动。兴武曰：“事已至此，不敢诳公。我队亦早有组织，归我掌事，团结甚坚，请勿虑。”余闻之，甚慰。次日午刻，炮队队官湛某，亦四川驻防旗人②也，忽被士兵杀之。继而官长被杀戮，被殴辱，被驱逐者踵相接。盖今晨已得拉萨密信，各部纷纷扰动。兴武多方为我周旋，幸余素得兵心，数月战役，甘苦与共。又有新兵多湘西子弟，故军队虽变，犹莫敢侮余也。

---

① 官职名，掌管收支等账目。

② 清代八旗中人，主要用于驻防或征战。清朝建立八旗常备兵制和兵饷制度，是以满洲八旗为基干，采取世袭兵制，坐领朝廷饷银米粮。值得一提的是，八旗驻防旗人远离京城，携亲带眷驻守于全国大小200余处驻防点，虽然只能在旗人内部通婚，但其生活实已融入当地社会。

参赞狐裘不可保

次日晨起，长禧尚无函来。甫传餐，则报罗参赞至矣。余下楼迎入，则只身狼狈不堪。见余，泪潸潸下，无一语。余甚讶之。后一护兵，为长禧携一狐裘至。兵士某，即前夺之，曰："我辈寒甚，参赞无需此矣。"长禧入室，余见其身着毪子风衣。内止一袷服。问之，为述："昨夜二更时，兵变围喇嘛寺。我幸事先得信，不及披衣，即只身逃出。瞑行十余里，始来一护兵扶我。行数里，在路旁番人家，得牡马[①]一匹，乘之至此。"言讫，泣下不止。余急取衣请其更之。忽报陈统带[②]来，延之入，状尤狼狈。见长禧，叹曰："参赞不肯出昌都，今如何矣？"相对咨嗟[③]而已。

未几，春多寺之兵纷纷至。见新兵队戒备甚严，未入

---

① 雄性的马。

② 陈庆。

③ 叹息之意。

昨夜二更时，兵变围喇嘛寺。我幸事先得信，不及披衣，即只身逃出

犯。休息半小时，即前进。本营亦有二百余人随之去。盖此时各以字号相号召，非复从前建制矣。余原有前、左、右、后四队。所存者止八十余人，皆对余爱戴极深者。是夜，陈庆仍力主出昌都。[①]余曰："军队驻春多时，大局未变，出昌都甚易。今番人知我军已变，再由春多出昌都，害莫大焉。"长褀曰："玉鍪言是矣。"遂商明日即回德摩。迟恐波番有变，则难出险矣。长褀曰："吾惩办哥老会首密札，已落兵士手，恐至德摩，川人不能容。闻德摩山有小道通拉里，吾至德摩山，即从此道出川边，亦甚易也。"余正虑大军在德摩集合，长褀去不利。如能取道小路，出昌都，则大佳。遂力赞其说。

① 任乃强曾经查阅过赵尔丰和赵尔巽往来的信函，对陈庆的印象"甚诋其庸"。但陈庆劝说罗长裿自昌都离藏，从后来的形势发展看，陈庆的预见是准确的。任乃强的解释令人信服："波番新定，悍首尽诛，土人仓卒未知革命及兵变消息，安能集合武力截阻归路乎。当时藏兵充塞卡拖至德摩以及工布江达一带。挟诛哥老会首领之愿，随时欲得罗长裿而甘心之。罗不图与变兵异道东走，乃反从之而西，可谓自投死地也。陈渠珍才能功勋，昭然在变兵耳目中，态度超然，对各方无怨。又兼尚有湘黔子弟百余自卫，皆能战之兵。其取大道，从乱兵西旋，自无不可。若罗长裿者，安可与比哉。然罗之必欲西旋者，亦自有故。彼自诩清室忠臣之后，憎恶革命，实畏东归。兼持联豫知遇，又与陈为乡人，思得其用，而素憎边军，不欲再入其境。此所以不听皖人陈庆之言也。其后陈庆竟得生还，而罗死于德摩。其侍从周逊，同罗稚子，上书为罗讼冤，牵连于陈。盖痛其误于陈渠珍卡拖之言耶？"

陈庆独还昌都

次日出发。

行两日，至汤买。入夜，陈庆犹未至，有知之者曰：“陈统带今晨黎明时，率十余骑回向硕板多去矣。”盖其主张出昌都最力，此行如能安全到达，固善。但虑其从兵不多，途中遇险耳。后陈庆竟安全到达昌都，又由昌都而川，而皖。陈庆，安徽人也。民四[①]洪宪之役[②]，复在张敬尧[③]部任营长，驻长沙甚久，闻余在湘西，曾一度通讯焉。前年，有友人自北平来，偶问及陈庆事。友人曰：

① 公元1915年。

② 反对袁世凯复辟帝制的运动。1915年12月25日，袁世凯宣布改国号为“中华帝国”，以1916年为“洪宪”元年。1916年3月22日被迫取消帝制。6月6日，袁世凯病死，复辟终结。

③ 张敬尧（1881—1933），安徽省霍邱县人，北洋皖系军阀骨干。1896年投身行伍，1906年入保定军官学校第一期，毕业后在北洋军中任职。1932年与板垣征四郎勾结，参加伪满洲国政府，策应日本关东军进占平津。1933年5月7日，戴笠派蓝衣社锄奸，在今天北京东城区正义路南口的东交民巷六国饭店将其刺杀。

“陈自洪宪失败北旋。未几，任袁项城[①]陵墓守护队。后因袁墓被掘，陈竟被戮。”未知确否？[②]

不忘麦饭豆粥

晨早，由汤买出发。候长褂，久未至。余亲往催之。长褂密语曰：“余随大队行，使人刺目。吾将后子一日行。吾声言已同陈统带出昌都。子若为弗知也者。吾自有出险之法。”因顿足叹曰：“悔不听吾子与陈统带之言，早出硕板多，即无此厄[③]矣。”长叹者再。余至是，亦不敢强之行。乃以所余大米一袋，留供长褂。余则自食糌

---

① 袁世凯因其是河南项城人，故被称为袁项城。北洋军阀领袖袁世凯（1859—1916）的墓地位于河南省安阳市太平庄，墓园建筑“仿明陵而略小”。墓园最大的特点是中西合璧，堂院前部是明清皇陵风格，堂院后部则具西洋建筑特色。

② 实为谣传，陈庆实未被戮，1936年还在今天的重庆北碚居住，因为当时四川将领中，多为其入藏时的部属。任乃强述其北碚之住宅与生活费用，均由各将领供给。

③ 困境之意。

粑。亦造次颠沛之中，不敢忘麦饭豆粥也。又由其亲信同乡周逊，为选兵士一班随之。余遂告辞启行。

回军德摩 张子青掉头自去

郁郁行六日，至德摩。西原迎余于德摩山下，言笑如常。余抚今思昔，悲怅欲泣。西原惊而问之曰："君得勿有恙耶，何若是不然？"余乃强颜为笑以解之。抵德摩，仍下榻于第巴家中。时军队解体，哥匪横恣，三五成群在余室内，亦明目张胆对识叙礼，其首领，即贱如夫役，亦庞然自大。众起立，余亦起立。众敬礼，余亦敬礼。号令无所施，权谋无所用，听其叫嚣，天日为暗。

时甘敬良、张子青等先两日已赴拉萨，将谋大举。张子青者，贵州印江人，性机警，有才辩，壮游川、滇，结识哥老会，众咸推重焉。复随余入藏，由护目而

其首领，即贱如夫役，亦庞然自大

司书，而军需。平时对余甚殷勤，故余待之亦甚厚。波密之役，留其在德摩，掌粮秣输运事。时伤兵皆送德摩疗治，子青请优待之，余慨然许其便宜处理。德摩为工布至波密通衢[①]，凡官长兵夫过往者，子青遍交欢之，挥金如土，供应极丰。于是藏军识与不识，皆慕其名，士兵尤倾向之。遂一跃而为哥老会中之副首领焉。波密兵变后，子青竟不顾余而去。及余民二[②]回家再治乡兵，子青又来依附。余不咎既往，任以指挥，畀以重权。乃矜骄性成[③]，卒为部下田义卿刺杀于辰阳[④]。惜哉!

罗长裿之惨死

时大军聚集德摩未动。余颇疑之，密询兴武，亦不知其何意。但闻拉萨来人甚多，不时秘密会议，内容无从刺探。终日乱兵呼朋引类而至。余虽深恶痛恨之，亦不可

① 交通要道。

② 公元1913年。

③ 骄傲专横，傲慢无礼，自尊自大，自以为是之意。

④ 今湖南省怀化市辰溪县。

如何也。乃偕西原，去其家以避之。甫出门，即见兴武疾驰而来。问其故，则请入室谈。因密告曰：“参赞已被义号[①]赵本立、陈英等勒死于山下喇嘛寺矣。”余惊惧不知所为。兴武曰：“公宜戒备。”我即将队伍密为部署，以防意外，乃匆匆下楼去。西原问故。余曰：“此非汝所知也。”因促其先回，余事毕即来。

移时，陈英偕兵士数人汹汹至。入门即大言曰：“罗长椅阻挠革命，已杀之矣。”[②]余一时不能答。坐移时，始从容言曰：“近闻番人颇动摇，此耗传出，恐于我军不利。”陈英曰：“我等与长椅同命。彼不死，我等首领不能保。公勿虑。”余默然。又移时，士兵来益众，一兵士问陈英曰：“事毕矣。明日可请管带一同至拉萨。”陈英复向余曰：“江达某某等有信来，革命事，众推公出而领

---

① 合乎正义之意。

② 罗长椅的死因有多个版本。官方认为其是被缢亡。中国第二历史档案馆全宗号1045第328号《北京政府蒙藏院档案》中记述：“1912年2月6日，在溃退途中缢杀罗于工布德木之鹿马岭……三营管带陈渠珍参与其事”。亲历者刘燮丞回忆说：“哥老会首领寻到罗长椅，以绳缚之，系马尾后，鞭马曳行。凡数十里，至喇嘛寺，罗已气绝矣。时罗年五十余岁。其死惨酷，绝不仅勒毙。”十分器重罗长椅的驻藏大臣联豫闻讯于1912年2月13日写有奏稿，称罗“为乱兵所害，遗骸经寺内喇嘛焚化”。由是，罗长椅的长子上书刚刚成立的民国政府为父讼冤，指控钟颖、陈渠珍等。任乃强述：“时燮丞方在北平，住赵尔巽家，悉期控案原尾，所传当实。”但陈渠珍在此著《艽野尘梦》中专辟段落百般解释，称罗死与其毫无关系，实属冤案。

至西原家，倚垫而卧。默念参赞被杀，余日与豺虎为伍，能幸免乎，不觉泪下

导，请明日即行。”余唯唯应之而已。时西原已遣人来催，余即乘机出。

豺虎不可为伍 退兵江达

至西原家，倚垫而卧。默念参赞被杀，余日与豺虎为伍，能幸免乎，不觉泪下。西原问不已，余始为言之。西原大惊曰：“似此将奈何？”余曰：“明日到江达，再看情形。”西原大哭，留余勿行。余曰：“军队已变，无可收拾。达赖虎视境上，必乘机而入。汉番仇恨已深，后患犹堪问乎。覆巢之下无完卵，留此，不独我不能存，即汝亦不可保。幸彼辈虽横，对我犹善。是前进犹可望生，留此终必一死。汝必同我去，勿以家人为念。万一藏事可为，吾虽去，不久仍回工布也。”言次，西原哭不已。其母至，又牵衣大哭，母亦哭。余亦哽咽不能成声矣。乃百计安慰之，始止。

未几，兴武寻余至，为言："彼等明日开拔，标部周书记官、二营胡督队官等，均在江达。主张革命，驱逐联豫，钟颖组织军政府，推公出而主持，细探此间众意，亦多赞同。因协部有人在此，不便明言。公明日能否同去？"余叹曰："此事谈何容易，但我不去，安所归耶。明日仍同至江达再议，子宜密探彼辈意志如何。第求免祸，勿问其他。"兴武又曰："参赞尸身，已火化包裹，周逊愿负之行。"余极嘉之。移时，进面食。食已，即偕西原回。而坐客已满。余亦强颜为笑，竭力应付之。至二更后始散。

西原痛哭别母

次日，黎明起，西原母即来送行。因出珊瑚山[①]一座为赠。高约八寸许，玲珑可爱。谓余曰："西原随本布[②]远行，谨以此不腆[③]之物，永留纪念。"因顾西原言曰："汝若随本布出川，则天涯地角，相见无日，汝其谨护此物，异日见此物，如见吾面也。"言讫，声泪俱下，西原亦泣不可抑。余一再慰之曰："此行但赴拉萨，相见有日也。"第巴及各喇嘛均来送行。余一一周旋已，即作辞起身。时部队均已出发，仅新兵队随余而行。

黯然销魂之离别 范玉昆留恋忘返

自德摩行两日，至脚木宗宿焉。喇嘛寺呼图克图，及

① 珊瑚在藏族人民的宗教信仰中扮演着重要的角色。在佛教教义中，珊瑚是如来佛祖的化身，因此藏传佛教教徒把珊瑚当作一种神圣的象征。

② 藏语"官员"一词的音译。

③ 口述其是不值钱的物件，实为最珍贵的物件，此处话语为自谦之词。

西原母即来送行。因出珊瑚山一座为赠。高约八寸许，玲珑可爱

加瓜营官彭错夫妇，均来此送行。聚谈至初更始回。次日晨早出发，呼图克图感余德惠，执手依依，不忍离别。彭错与余尤契好，见余远去，皇皇[①]如有所失，敬献酒呛，情致殷拳[②]。余虽不能饮，亦勉尽三杯。彭错率其夫人双拜马前，泣曰："彭错老矣，无能为役。本布此去，重会何年？"泣不已。复执西原手泣曰："汝其善事本布。"赠藏佛捻珠各一。余与西原亦含泪而别，后闻达赖返拉萨，按治交欢汉官者，皆杀之，彭错夫妇竟寸磔而死。亦惨矣哉！[③]

是日宿甑巴，范玉昆住此。玉昆娶甑巴番女，生一子，[④]甫百日。余约其同行。玉昆因怜爱幼子，恐不胜塞外风寒，迟疑不决。余劝之曰："雪地冰天，携幼子远征绝塞，谁复堪此。但恐大军一去，藏番皆敌人，子身且不能保，又能保全幼子耶？"筹商半夜，不能决。翌晨出

---

① 心神不安之意。

② 诚挚、诚恳之意。

③ 1913年1月，十三世达赖喇嘛返回拉萨后，向民众发布驱逐川军的布告，认为拉萨色拉寺与清军作战功绩卓著，赐给拉基为当雄八部总指挥，"奖赏与汉军作战的寺院和有功人员"。这场争战，亲汉势力遭受重创，第穆寺喇嘛由于支持川军，被十三世达赖喇嘛下令将该寺院"尽行捣毁""夷为平地"，九世第穆活佛被捕入狱。据中国第二历史档案馆全宗号141第2340号《国民政府蒙藏委员会档案》中记述，十三世达赖喇嘛"嗣犹以为不足，该达赖又派武装军队包围哲蚌寺，强迫捕去援助中国军队之首领数人，科以援助汉军之罪，施以最残酷之刑"；全宗号2第2510号《国民政府行政院档案》称十三世达赖喇嘛返藏后"第穆寺全部被毁，喇嘛五百人尽遭屠杀，哲蚌寺堪布二十余人凌迟处死。嗣后陆续就死者复有

发，余再催之。玉昆曰：“公先行。公在江达必有数日勾留，我即携眷同来。”遂怅惘而别。

余住江达三日，玉昆犹未至。两函促之，初犹复函，支吾其词。后一函，则杳如黄鹤矣。玉昆，贵阳人，家寒微，有老母妻室，一子年十四岁。玉昆初以府经历分发成都，适我军入藏，玉昆乃慨然从军，为营部书记，亦欲资此为终南捷径也。与余交甚笃。因年老惮行役，每遇战事，皆留其在后。余则亲治军书焉。后子青由藏归，询玉昆踪迹。云自余去后两月，即为番人所杀。所娶番女及幼子，同时遇害。余年来与黔人往还甚密，每从问玉昆家属，有云其子曾毕业云南测绘学校，后亦不知所往。悲哉！良朋不可见，其遗孤亦不知矣。不禁凄绝。

（接上页注）

三十八人”。彭错夫妇就是在这种时局下受到戕害。

④ 清代中后期，川藏大道上重要的驿站均驻扎军队，此地藏汉民族交融居住，军人与当地人通婚极为常见。《工布江达县志》记载：“至今此地仍留有汉族人后裔”。

兵变后之纷扰 决计退出昌都

余抵江达时，各部尚未开动，终日纷扰不堪。拉萨来人甚多。密探渠辈[①]意志，有主张革命者，皆官长职员及少数部队。有拥护钟颖者，皆哥老会之流。其时联豫方由川领回军饷三十万，钟颖挟其撤职之恨，嗾使士兵拦劫于乌斯江，即拥此巨资，号召哥老会人，且劫钦署，幽联豫。[②]子青入藏又久，无只字见告，余尤愤甚，虽革命派拥余甚力，然势力远不及哥老会之盛。况钟已劫联，而以哥老会相号召，余又有革命之嫌，去则徒滋扰乱，予藏人以可乘之隙，有百害而无一利。乃决心出昌都，但秘密准备，不使川人知之。

---

① 他们之意。

② 当时的背景是罗长裿被捕杀，军中希望陈渠珍出任首领，而川军中的哥老会成员则发心爱戴钟颖，不乐附湘人陈渠珍。故西进之际，行动思想，极其混乱。钟颖当时尚有西藏统领名衔，劫掠饷款后，乱军纷往依附，而主张革命的少数官兵，因陈渠珍的突然离藏，群龙无首，最终无奈投靠钟颖。其后因钟颖军到达拉萨后，劫掠淫杀，激成在藏僧侣民众愤怒反抗，而遭受哥老会追杀的罗长裿属下谢国梁（1868-1930），因坚决维护西藏地方政府的合法权利，率藏军将钟颖军围困于拉萨，并利用双方休战之机，拜谒十三世达赖喇嘛，解释双方冲突咎在少数军官，力劝其派员觐见中央政府，筹商善后。值得一提的是，国民政府派谢国梁赴藏处理尼泊尔侵藏事件，因劳顿异常，病逝于拉萨曲水。十三世达赖喇嘛受其精神感动，以汉制衣棺，饬令筹备葬礼。并率众高僧亲为诵经，扶榇，安葬在拉萨罗布林卡附近。中央民族大学喜饶尼玛教授在《清末拉萨动乱性质分析讲课手稿》中写道：这场“汉藏冲突这一定性实在欠妥，称其为在英国人挑动下驻藏陆军与西藏民军间的混战更符合历史事实。同样，将民初十三世达赖喇嘛驱逐中央政府驻藏陆军官员和士兵的举动称为‘驱汉’亦不准确”。

一笑释怨

余初抵江达之日，江达理事官石敏斋设宴为余洗尘，意极殷勤。席间向余长跪请罪。余愕然，不解其意，疾扶之起。乃自述前过，亦文字之误，非有意中伤。余始忆及前在工布清剿时，文牍往返，石恒掣肘。且于联帅处多所指摘。查抄厦札一案，石竟谓余受贿少报。余愤极，曾向其科员痛骂之。乃当前一语，事后辄忘。今石见藏局糜烂，余拥兵至，恐余未能释憾，故恐怖若此。余乃温语慰之曰："前者之事，兄惑于人言，若以我为不可友也，而弃之。今吾释怨言好，相见以心，兄其许我为友矣。"遂一笑而罢。

改道出青海 充分准备出藏

余驻江达三日，见大势已去，无法挽救。乃决计回川。因约孟林君至郊外，班荆而坐，[①]密询前进状况。孟林曰：“昨晚赵帅来札，以藏军叛变，已派兵三营来此防堵。公若出昌都，则误会滋大。宜熟筹之。”余亦颇以为虑。然进既不可，退又不能。再四磋商，惟有走青海，出甘肃，一路较为安全。但此路孟林亦不甚悉。闻有三路可至甘肃。其东西两路，沿边境行，人户不少。但道路纡远，须行三四月方到。惟中路一带，平原沙漠，沓无人迹。青、藏商人，恒往来于此。计程六十马站。行四十日到柴达木，即有人户，有蒙古包。由此经青海入甘肃境，不过十余日，沿途人烟更多。

① 亦称班荆道故，为友朋相遇畅叙谈心之意。

余乃归，与兴武密商。兴武力主出青海。因言我军由波密出发，一人一骑，随军驼牛尚有百余头，兼程而进，月余即到柴达木，不宜迂道费时。余因边军将至，进退皆不可。遂决定遵此道而行。密嘱兴武清查人员粮秣，迅速准备，明日即行。

入夜，兴武来见。密报湘西籍及滇黔籍兵士共一百一十五人。其余川人，可临时遣回拉萨。牛马皆齐备。仅糌粑止余四十余驼，以六十日计算，欠缺尚多。今晚恐筹办不及矣。余计算粮食勉足一月。此去哈喇乌苏，沿途皆可增购，殊不足虑。遂决定明日诘早即行。令兴武密将此意告知随行士兵，严守秘密。

08 入青海

川人叩马相留

次日黎明前即起，整队出发。甫过桥，川人始有知之者，群集桥边叩马相留，余反复陈述不能留藏之苦衷，众犹强留不已。余即告辞，匆匆而去，盖恐久留生变也。沿途景物不殊，而今昔异势。回忆波密之役，我死亡将士遗骸未收，魂羁异域。孰无父母，孰无妻子。读古人“可怜无定河边骨，犹是春闺梦里人”[①]之句，不禁恻然心痛，

① 这是唐代陈陶《陇西行四首·其二》中的一句。前两句是：“誓扫匈奴不顾身，五千貂锦丧胡尘。”陈渠珍此处引用此诗实乃有感而发，将士们的白骨堆积在无定河边，而他们远方的妻子，依然坚信自己的丈夫还活着，依然在梦中深情地呼唤着他们，盼望着有朝一日他们返家白头偕老，相依相伴。

泪潸潸下也。

是日宿凝多[1]。清查人员共官兵一百一十一人，皆一人一骑。余乘枣骝马，西原乘黑骡，随余左右者，仅马夫张敏，亦汉父藏母所生。藏人称为“采革娃”[2]是也。藏娃一，为已杀波番招降营官[3]贡噪之子，皆各乘一马，共一百一十五人。又驼牛一百二十余头，分驼粮食行李。

多财贾祸　黄雀螳螂同尽

余入藏两年，薪俸所入，积有藏币六千余元，皆分给士兵携之，亦虑多财贾祸也。有麝香一百七十两，满装一背囊，令护兵刘金声负之随行。金声，成都人，年十七岁，在川即相随，又不愿入藏，故可信其无他也，殊余出江达之初日，宿凝多，竟未至，亦不知其何时窃负而逃矣。后张子青回家，言此子死也。初为乌拉番人[4]所知，

① 今西藏自治区那曲市嘉黎县绒多乡。

② 意即血统中有一半藏族一半汉族。

③ 相当于今天俗称的村长。

④ 藏语乌拉为无偿劳役之意。番人是以中原为中心对周边少数民族的称呼，有一定的贬义。这里指依靠牦牛驮运货物的西藏民众。

有麝香一百七十两，满装一背囊，令护兵刘金声负之随行

追金声，杀而取之。黑夜过江达，为士兵管带谢营兵士所知，又截杀取之。后又为谢管带所知，派兵一排追及，夺回，杀十余人。最后谢兵败，复落于藏人之手。藏人因争夺此物，互相杀戮，至数十人之多。黄雀螳螂，同归于尽，亦可慨矣。

由凝多改道北进，沿途居民甚多，牛毛帐房相望于道。每帐房，牛羊数百成群。小山起伏，道路平夷，接近沙漠①。时大雪纷飞，寒冷特甚。幸官兵皆乘马，日行七八十里，尚不觉苦耳。兴武以哥老会之力，颇能约束兵士。途中秋毫无犯，所至尚能相安。余每宿营一地，即召地方耆老②，询问青海道路。佥③以此路往来人少，多不熟悉，仅能知其概略，与孟林所言相同。行七日，即至哈喇乌苏④。

① 实为极其干旱的草地。陈渠珍经过此地时为冬天，一片枯黄，状极荒凉，远望似沙漠。

② 德行高尚、受人尊敬的老人。

③ 全、都之意。

④ 清代作哈拉乌苏或喀拉乌苏，为那曲这一藏语地名的蒙语译名，位于西藏自治区那曲市。清代西藏被蒙古固始汗世系统治始自1642年，到1717年统治终结于拉藏汗，时长达75年。随后，清朝中央政府根据那曲所处的战略地位，决定在那曲建立坎囊宗，隶属西藏地方政府噶厦管辖，是藏北高原第一个宗，班禅堪布会议厅在那曲管辖达木萨迦宗。

哈喇乌苏河

哈喇乌苏有河流，导源于卫藏布喀集[①]、达喀噶[②]诸池[③]，东流会索克河[④]。番人呼黑为哈，呼山为喇或腊，呼河为乌苏。布、喀诸池，水皆黑，又多流沙。其《禹贡》[⑤]所云“流沙黑水”欤。二流来会，群山鼎峙，故以义名其水，即以水名其地。旧为达赖食采地，设有营官治理之。赋税所入，悉归私囊，而唐古忒政府不能过问。其地北为黑番，南为三十九族。西藏区域，至此为止。青、藏游牧，过此则然。盖蒙古、青海、新疆、关陇[⑥]入藏之总会处也。[⑦]

① 今译为班戈错，位于西藏自治区那曲市班戈县。

② 今译为达则错，位于西藏自治区那曲市尼玛县。

③ 陈渠珍所述的池应为湖之意。

④ 今西藏自治区那曲市比如县姐曲河。

⑤《禹贡》是战国时魏国人托名大禹之著，为中国古代文献中最古老和最有系统性地理观念的著作，被称作中国历史地理学的源头。1934年，顾颉刚和谭其骧两位学者在北平创办《禹贡》半月刊，筹建禹贡学会。

⑥ 陕西关中和甘肃陇山（今六盘山），意指陕西关中和甘肃东部广大区域。

⑦ 位于青海省海西蒙古族藏族自治州茫崖镇，地处青海湖以西。

番兵阵势之森严 番骑踵追不已

余将抵哈喇乌苏时，遥见大平原中，有人户六七百家，市井殷系，俨然一巨镇也。又有大喇嘛寺一所，华丽庄严。余窃喜此地人户繁盛，可以休息、补充（粮食），再赋长征。殊行渐近，见有番兵数百人，恃刀枪夹道而立，阵势森严。余甚异之，乃停止队伍，遣舌人前往探询，并告知来意。良久，偕一喇嘛至，挥令我军速去，不许停留。时日色西沉，又无篷帐。计无复之，力白假道之意，往复磋商至再，方许一宿即行。指小屋三间栖止之。番兵愈来愈众，四面围绕，禁止出入。复与磋商，乃许夫役四人出外取汲。然牛马饥不得食，聊以糌粑饲之。又出重价购糌粑一百包，彻夜戒备。

天明，知不可留，乃收拾起程。幸昨夜取水兵士，觅得一年老喇嘛为向导，遂携之行。行约十余里，忽见番骑千余人，张两翼踵至。余行则行，余止则止。众愤甚，请战。余止之曰："既已通过，何必轻起衅端，妨我行进也。又行十余里，番骑踵行如故。余乃择地停止。番骑亦停止。因聚众谋之曰："番人果有异图，昨夜何以不发。今我既前进，何以又复踵追。然番人狡诈难测，意者，我军猝至，调兵未齐，且惧我械利，故隐忍未发耳。今晨大兵毕集，始悉众来追。但相随二十余里，又未逼近者，是必别有企图，欲乘夜袭我。我不及时击破之，一入黑夜，四面包围，则吾侪无噍类[1]矣。"遂决计先发以制之。

为自卫而战　番骑狼狈奔逃

余乃分部队为三队，兴武率一队攻其前，余自率一

① 活着的或活下来的人。

队攻其左，余一队守护行李辎重，兼为援应[1]。时右侧大平原中，帐房甚多，番骑皆下马，入帐房中休息。兴武直前攻入，番众出，倚矮墙迎战。我军且战且进，逼进墙边，番众仍顽强抵抗。余乃绕出番兵左侧猛攻之。番众不支，始上马奔逃。我两路猛追，乱枪扫射，番人纷纷落马死。追逐三里许，番骑去远，不敢深追，始收队回。番兵死伤三百余人，我军均无伤亡。搜索帐房，已空无一人。惟余粮食甚多。余急驱驼牛至，尽量捆载。整旅急行，不敢久留。

行四十余里，天将暮，至一地，帐幕零落十余处，有小喇嘛寺一所，遂止宿焉。晤一老喇嘛，与之语，甚谨厚。余因叩以番人见拒之意。喇嘛曰："是必以君等为拉萨叛兵也。活佛[2]前过哈喇乌苏时，曾封存宝物甚多。恐君等劫之，故调兵严防耳。"余曰："彼果防我，则我既

① 声援接应之意。

② 十三世达赖喇嘛。由于英军进逼拉萨，十三世达赖喇嘛于1904年6月15日逃离拉萨，路经此地。

去，又何必追踵至数十里。恐意犹不止此也。”喇嘛笑曰：“是或有之。彼等见君等畏惧而去，或更得寸进尺，欲乘夜相图，亦未可知也。”

磨牛[①]重践五十年

又询前进道路。喇嘛曰：“此去行三日，即入酱通沙漠[②]，无人烟也。”余复问：“闻此去月余，即达甘肃，信否？”喇嘛曰：“此路行人甚少，但闻程途[③]甚远，非一月可能到达。”余颇讶之。

归而细询向导喇嘛，喇嘛曰：“我九岁入甘肃塔尔寺[④]披剃，[⑤]十八岁随商人入西藏。今磨牛重践，已五十年矣。前途茫茫，不能细忆。尤记曩随[⑥]商人行，两月余方到哈喇乌苏。然尔时正值初夏，气候温和，旅行尚易。今

① 转磨之牛。此处为愚鲁之意。

② 今译为羌塘草原，中国五大牧场之一。羌塘，藏语意为“北方高地”，平均海拔5000米以上，被称为“世界屋脊的屋脊”。羌塘草原北部的大片地区高寒缺氧，人类无法适应。羌塘草原的湖泊是世界上湖泊数量最多、湖面最高的高原湖区，总面积超过25,000平方千米，是中国湖泊总面积的25%。

③ 路途之意。

④ 今为青海塔尔寺。位于青海省西宁市湟中县鲁沙尔镇，是中国西北地区藏传佛教的活动中心，也是藏传佛教格鲁派六大寺院之一。

⑤ 佛教戒律中僧侣需身披袈裟、剃除须发。此处为出家之意。

⑥ 紧紧跟随之意。

则天寒地冻，行期恐难预定矣。”余闻之，爽然[①]如失。但既已至此，又幸官兵乘马行，较步行为速。至多亦不出两月，定可到达。复令兴武清算粮食，每人尚有糌粑一百三十斤，可供九十日之食。遂安心前进。从此行三日，均无人烟。仅第二日途次，见右侧山沟中，有帐房三四处。其余一带黄沙，四顾荒寂而已。

鸠居鹊巢

第三日，至一处，天已不早。见山谷中有帐房十余处，因向其借住，坚拒不纳。士兵强入，彼辈不许，竟持刀扑杀。士兵大怒，毙其一，余始逃去。余闻枪声，止之无及矣。因戒士兵后勿复尔，恐激怒番人，祸不浅矣。于是鸠居鹊巢，聊避风雪。

① 茫然之意。

从此行三日，均无人烟。仅第二日途次，见右侧山沟中，有帐房三四处。其余一带黄沙，四顾荒寂而已

入酱通大沙漠

翌晨出发，喇嘛曰：“从此入酱通大沙漠矣。”弥望黄沙猎猎，风雪扑面，四野荒凉，草木不生。时见沙丘高一二丈，近在前面，倏而风起，卷沙腾空，隐约不可见。逾十余分钟，则空际尘沙，盘旋下降，又成小山。余等初颇惊骇。喇嘛曰：“旋风甚缓，马行迅捷，可以趋避也。”沿途无水，取雪饮濯。马龁[1]枯草，人卧沙场，风餐露宿，朝行暮止。南北不分，东西莫辨。惟喇嘛马首是瞻而已。行十余日，大雪纷降，平地雪深尺许矣。牛马饿疲难行。士兵恒以糌粑饲之。清查驮粮，原可支持三月，今已消耗过半。因力戒士兵勿再以糌粑饲牛马。终不可止。

① 啃咬之意。

超群之龙驹

余所购彝贡枣骝马，自卡拖出发，即乘之行。经过树枝、央噶、京中三大山。他马则行行复止，鞭策不前。惟此马健行异常，每勒之稍息，亦不可。余始异之。及由江达出青海，余仍乘此马。西原则乘余之大黑骡。入酱通大沙漠后，无水草，众马皆疲惫。每登一小山，亦须下马牵之行。独此马登山时，昂首疾行，不可勒止。众咸异之。乃知波番称为龙驹，确非虚语也。

千百成群之野牛　孤行之牛可畏

一日途次，见沙碛[①]中尘沙蔽天，远远而至。[②]众颇骇然，停止不敢进。有顷，行渐近，隐若有物，长驱而

① 实亦羌塘草原中干燥之地，并不是真正的沙丘。

② 尘沙蔽天，非沙漠之旋风，实乃由庞大牛群快速奔跑所致，真正的沙漠绝对没有野牛群。

来。喇嘛曰："此野牛[①]也，千百成群，游行大漠。大者重至八百余斤，小者亦三四百斤，每群有一牛前导，众随之行。此牛东，群亦东。此牛西，群亦西。遇悬崖，此牛坠，群牛尽坠，无反顾，无乱群。大漠中野牛甚多，再进则日有所见矣。但性驯善，不伤人，见者无害。惟遇孤行之牛，性凶猛，宜远避之。"众曰："若遇孤行之牛，我有利枪，何畏焉！"喇嘛曰："牛革厚而坚韧，除两胁及腹部外，恐非君等枪弹所能洞穿也。"言次，群牛横余等奔驰而过，相距仅二里许。行十余分钟始尽，视之不觉悚然。

马入骡群

入酱通大沙漠后，终日狂风怒号，冰雪益盛。士兵多沾寒成疾，或脚冻肿裂。因粮食日少，相戒不许再以粮

---

① 野牛产于青藏高原，食草饮水，群集驰走。其体大力猛，角短而螺曲，鼻长而狭，鼻准下偃如鹰嘴，行居恒避他物。其物不轻斗，斗则无敌，虽狮虎亦畏之。

食饲牛马。每宿营时，牛马皆纵之郊外，以毛绳拴其后，两足相距六七寸，听其跛行龁草，防远逸也。一日晨起收马，则余枣骝马竟不知何往矣。一望平沙无垠，踪迹杳然。士兵侦寻甚远，皆无所见，曷胜[①]叹息。西原乃以所乘黑骡给余乘之，自乘一劣马以行。经六七日后，途遇野骡数百成群，余枣骝马亦在焉，余见而大喜。野骡见人不避，且行且前，或也疑为其同类也。士兵连发数十枪，毙野骡五。余枣骝马遂随群骡奔逃，顷刻即杳。马入骡群，优游自在，诚得其所。余则孤凄一身，踽踽[②]独行，诚马之不若矣。怅望久之，神为之伤。

喇嘛歧路兴嗟 想象中之冈天削[③]

余等初入酱通大沙漠，喇嘛犹能隐约指示道路。有时风沙迷道，则望日，向西北行。既而冰雪益大，天益

① 用反问语气表示不胜之意。

② 此处为孤苦无依之意。

③ 巴颜喀喇山脉中的昆仑山口。

晦冥[①]，遂不辨东西南北矣。士兵不时呵责喇嘛，余屡戒之，恐喇嘛一去，更无处问津。然每至迷途处，部队停止以待，喇嘛登高，眺望良久，始导之行。行不远，道路复迷。初向东行者，旋又转而向北。喇嘛亦歧路兴嗟，无可如何。于是士兵益怒，呵责之不已，竟以枪击之，或饱以老拳[②]，余亦无法制止矣。

一日宿营后，余从容问喇嘛曰："平沙漠漠，何处是道？子既经过此地，必有山水可为标识者。子其细忆之。"喇嘛沉思良久，曰："由此过通天河，再行数日，即有孤山突起于平原中，地名'冈天削'。我曾在此休息二日。山高不过十余丈，有小河绕其前。又有杂树甚多。沿河行八九日，[③]渐有蒙可罗[④]（番人毛毡帐幕）。再行十余日，即至西宁。沿途'蒙可罗'更多。"余乃多方安慰喇嘛。又婉言劝戒士兵。

---

① 昏暗之意。

② 结实有力的拳头。

③ 陈渠珍实际上行走于柴达木盆地内。柴达木盆地为蒙古族游牧之地。

④ 蒙古包。藏族的帐篷均以黑牦牛毛织就，称"黑帐篷"。发源于巴颜喀喇山脉的长江上游及黄河上游的藏族均住黑帐篷。与藏族帐篷不同的是，蒙古族帐篷有支架，圆而尖顶。此述显示陈渠珍的队伍已经正式进入青海南部。

粮尽杀马焚装　雪地之睡眠

次日，仍随喇嘛前进。复行甚久，前路仍复渺茫。[①]粮食已罄尽矣。日猎野骡野牛，或宰杀驼牛以为食。然大雪时降，沙为雪掩，野兽皆避入山谷中矣。众议休息一日，共商后事。

商之至再，令兴武清查人员牛马，计士兵死亡外，尚有七十三人。牛马不时宰杀，及夜间逸失，只余牛马各五十余头。日需三头，只可供半月之粮。众以粮食告匮，惟宰杀牛马代之。凡行李非随身所需，则并焚之，于是尽聚行李于一处焚之，余与西原，仅留搭袋一，薄被一，皮褥一。西原将其母所赠珊瑚什袭[②]珍藏，自负以行。于是左负搭袋，右负薄被，腰系连枪。余则负皮褥，佩短刀而已。从此昼行雪地，夜卧雪中。又无水洗濯，囚首垢面，

① 陈渠珍的队伍，此时正行走在羌塘草原青海玉树无人区的最高处。

② 把物品一层又一层地包裹起来，以示珍贵。

无复人形矣。每夜寝时，先合衣偃卧地上，以左肘紧压衣缘，再转身仰卧。蒙首衣中，一任雪溅风吹。次晨早起，雪罩周身，厚恒数寸。亦先转身偃伏，猛伸而起，使衣上之雪尽落，以免粘着皮肤，致起肿裂。幸沙漠中积雪虽深，然雪一去，则地上枯草如毡，且极干燥。

生肉无盐亦可食[①]

粮食将罄，食盐亦已断绝。淡食既久，亦渐安之。缘大沙漠中，几无日无冰雪，寒冷既甚。凡野肉割下，经十分钟即结冰成块矣，质细脆，以刀削之，如去浮木。久之淡食，亦甘不思盐食矣。非如内地生肉腥血淋漓也。

---

① 任乃强先生在《康藏青高原历险记——艽野尘梦》中加一段落：自江达出发时共一百一十五人，牛马二百四十余头。此时已死去四十二人，亡失及屠杀牛马一百九十头矣。

分组四出觅食

自焚装杀马后，道路迷离，终日冥行。无里程，无地名，无山川风物可记。但满天黄沙，遍地冰雪而已。每日午后三时，即止宿焉。分士兵为六组：以一组敲冰溶水；一组拾牛马粪供燃料；一组寻石架灶；一组平雪地，供寝卧；一组发火；一组猎野兽为食。盖大漠中雪含尘沙，不可饮用，须敲冰溶化为水。冰坚，厚一二尺，取之甚难。每组七八人，敲甚久，始得一二袋回。则满盛锣锅中，用干粪烧溶，化为冷水饮之。燃料纯恃干粪，幸所在皆是，为雪掩盖。掘雪尺许，即得之，每日约须十余袋。沙地无石，又非石不能架灶，须傍山边觅之。得拳石六七块，费时甚久。遍地雪深尺许，先揉雪成小团，多人辗转推移之，愈裹愈大，往复数次，则雪尽而平地见矣。雪下之地颇干燥，人即栖宿其上。野牛数十成群者甚多，射杀之甚易。野骡尤驯善易得。有一日得数头者，有间一获者。众既恃以为养命之资，故一宿营，即派多人出猎，以供餐食。此组人员，均选体力强健，枪法娴熟者，擎枪佩刀而往。

火种渐绝 发火之不易①

初入大漠时，均携有火柴。因沿途消耗甚多，及粮尽杀牛马时，火柴仅存二十余枝矣。众大惧，交余妥为保存之。每发火时先取干骡粪，搓揉成细末，再撕贴身衣上之布，卷成小条。八九人顺风向，排列成两行而立，相去一二尺，头相交，衣相接，不使透风。一人居中，兢兢然括火柴，燃布条。然后开其当风一面，使微风吹入，以助火势。布条着火后，置地上，覆以骡粪细末。须臾，火燃

① 任乃强先生在1941年出版的《康导月刊》第三卷第八九期合刊上对这一章节作出评价："此段写开始陷入艰难之际，情景逼真，如读影画……也正如身历其境，遭此艰难也。"陈渠珍如此细致，如此动人的描写，尤其是取火一节的描述，非亲临其境，绝对无法书写出来。

烟起，人渐离开。风愈大，火愈炽，急堆砌牛粪，高至三四尺，火遂大燃，不可向迩矣。于是众乃围火坐，煮冰以代茶，燔[①]肉以为食。食已，火渐尽，以其余灰布满地上。俟热度已减，众即寝卧其上。既能去湿，又可取暖也。

对僵尸一叹

行雪地久，士兵沾寒，肿足，不能行，日有死亡。初犹掘土掩埋，率众致祭。继则疾病日多，死亡日众。死者已矣，生者亦不自保。每见僵尸道旁，惟有相对一叹而已。

① 烧烤。

士兵死亡日众

余等由江达出发时，皆着短袄、裘帽、大皮衫，足穿藏靴，内着毛袜。行沙漠久，藏靴破烂，则以毛毡裹足而行。行之久，毛毡又复破烂。于是皮肉一沾冰雪，初则肿痛，继则溃烂，遂一步不能行。牛马杀以供粮，无可代步。途中无医药，众各寻路逃命，无法携之俱行，则视其僵卧地上，辗转呻吟而死，亦无可如何矣。余过雪沟时，稍不慎，右足亦沾雪肿矣。西原恒以牛油烘热熨之，数日后，竟完好如初。计焚装杀马后，又病死十三人。足痛死者十五人。轻病随军跛行者，尚有六七人。

通天河之界碑

又行数日，至一处，日已暮。忽见大河[①]。喇嘛曰：“此通天河也。”时已腊月三十日，众大喜，以为此去“冈天削”不远矣。共议明日为元旦。在此休息一日，杀马为食，兼猎野兽，遂就河岸止宿。次晨早起，见河宽二十余丈，无竹木可结舟筏，无桥梁可为津渡[②]。幸时已岁暮[③]，河水结冰，乃踏冰过河。岸旁立有界碑，高约三尺，宽尺许，上刊驻藏办事大臣、青海办事大臣划界处。[④]喇嘛曰：“大漠无石可采，此石乃取自江达，用两牛运负而来，费金数百。过哈喇乌苏时，我曾亲见之。”

---

① 通天河，即金沙江的最上游。

② 渡口或渡河。

③ 此处为寒冬之意。

④ 1725年，清中央政府在西宁设立青海办事大臣，亦称西宁办事大臣。两年后的1727年，清中央政府在拉萨正式设立驻藏办事大臣。

在此休息一日，杀马为食，兼猎野兽，遂就河岸止宿

09 过通天河

分组探路　向导喇嘛又失踪

通天河，一名穆鲁乌斯河，为扬子江[①]上游，导源于巴颜喀喇山，素称青海要津。今则一片黄沙，渺无人迹。是日，复询喇嘛："此去冈天削，尚需几日？"喇嘛初言，止须十日，复又言需时半月。众以其语言矛盾，责之，喇嘛默然。兴武曰："此去冈天削，料亦不远。但牛已杀尽，马亦只能供数日之食。疾病又多，徒步蹒跚，再

① 长江的旧称。由于来华的西方传教士最先接触的是扬子江这段长江（从南京以下至入海口），由此西方把中国长江通称为扬子江。

入歧途，即无生理[1]矣。不如先选强健者数人前进侦查，余皆留此出猎，多储野肉，以为行粮，不犹愈乎。”众咸韪[2]之。乃决定兴武选十人前发，余留后以待。约十日为期，即行回报。

议定，是夜兴武以糌粑一杯馈余，重约二两。余即煮水二锅，邀众分饮之，藉以度岁[3]。呼喇嘛久不至，初不疑其有他也。次晨，兴武等出发，再寻喇嘛不知所在。始知昨夜已亡去矣。极目平原，绝难远窜。意者，畏士兵之暴虐，乘夜逃走。荒郊多狼，喇嘛年老独行，定果群狼之腹矣，为之感叹者再。余等既处绝地，复失导师，惟有静待兴武佳音之至而已。

---

① 此处为生存的希望之意。

② 此处为同意、无异议之意。

③ 欢度农历新年。

意者，畏士兵之暴虐，乘夜逃走。荒郊多狼，喇嘛年老独行，定果群狼之腹矣

西原之勇健

到通天河时，死亡又约十余人。兴武既去，所余仅三十余人。乃逐日分班，派出行猎。西原强欲随行，冀有所获，以延残喘，余亦听之。至晚，妙手而回，一无所得，西原曰："连日大雪，野兽定匿谷中，我明日再往，必有所获。"余急止之曰："可以休矣，士兵分途而出，如有所获，我可分食，何苦冒险如是。"西原泣曰："士兵所分几许，命在旦夕，尚何所惧。君如肯行，明日偕往如何？"余见其意甚坚，乃许之。次晨，士兵犹未起，西原即呼余同出。斜行约二里，入山谷。西原行甚速。闻砰然一声，余前视之，竟毙一野骡。西原方取刀割其腿上肉。余止之曰："割肉几何，不如取其两腿曳之归。"西原极称是，乃截其两腿，以带系之，牵曳回。中途来士兵数人，令急往山谷取其余肉，免为狼噬。

既归，西原已汗涔涔下矣。嘱余小心看守，复匆匆去。负牛粪一包至。操刀割肉，为多数方块，以通条[①]穿之，燃之烘熟。谓余曰："有如许干肉，可供十日食矣。"是日，士兵亦获野骡、野羊、山兔甚多。皆仿西原法烘干之。

烘肉可为行粮　西原泣不肯食

次日，复降大雪，士兵连日出猎，皆无获。从此雪益大，深二尺许，所存野肉，行将告罄，士兵日有死亡。转瞬十日矣。兴武尚无音耗。越日，雪住，天忽开霁。余曰："前途佳音，恐不可望。久守何益，不如前进。"众以为然。次日复行，沿途野兽匿迹，终日无所遇。仅不少野兔，挺而走原，[②]费弹甚多，仅获四五头，亦杯水车薪

① 陈渠珍所带领的队伍持有枪械，因此"通条"一词可以判定是军事专业词汇，是用以清理随身携带机枪枪膛的黄铜细杆。

② 铤而走险，此处为冒死出来觅食之意。

也。断食已两日矣，饿甚，所储干肉，仅余一小块。啖其半，分西原食之，西原坚不肯食，强之再，则泣曰：“我能耐饥，可数日不食之，君不可一日不食。且万里从君，可无我，不可无君。君而殍[1]，我安所逃死耶。”余亦泣下，天下可无洪，不可无公[2]之语，不图于藏族女子中再见之。痛哉！士兵亦饥火中烧，惫不能行，复商休息一日。

争食死尸而斗　蛮娃[3]将饱众腹

次日午，闻士兵喧哗声，余往观之。则士兵杨某，昨晚死于道旁。今日，众饥不可耐，乃寻其遗骸食之。殊昨晚已为狼吞噬几尽，仅余两手一足，众取回燔之，因争食，詈骂[4]也。余闻而泣下，婉劝不止，乃诳以前方已获一野骡，何争此多少为。言未竟，果来一士兵报，射得三

---

① 饥饿而死。

② 三国时期曹洪所言。此处意指在危险的状态下，舍己为人。

③ 陈渠珍对藏族孩童的蔑称。

④ 互相用恶语侮辱人。

牛。时众皆饥饿，奄奄一息，至是精神焕发，皆跃起随之往。至则群狼方争噬，几去其半矣，众急开枪，毙一狼，并畀之归。众皆饱餐，犹有余肉，分携之，以为次日之需。

众得野牛饱餐后，复前进，又行二日，未遇野物。前日所携野肉已尽，众复恐慌。午后止宿，得一野羊。众分食之，尚难半饱。有刘某，年五十余，湖南籍，任江达军粮府书记，仓猝追随返川，后亦附余行。时冰雪凛冽日甚，士兵绝食两日，四出行猎，皆空手回。饥甚，无可为计，乃密议欲杀余随身藏娃，以延残喘，托刘一言。余曰："杀一人以救众人，我何恤焉。藏娃肉尽骨立，烹之难分一杯羹，徒伤同伴，奚益于死。"乃止。

荒漠与众相失 孤宿沙碛[1]遇狼

入夜，众复乘月色，擎枪入山行猎。深夜始归，获野羊四，野兔七，分肉生食，始稍果腹。

次日复行，除沿途死亡，仅存二十余人矣。复疲惫不堪。双目又为风沙所吹，多赤肿，视物不明，[2]日行三十余里即宿焉。昨晚猎归，已夜深，故晨起甚迟。出发时，余因事令众先行，余行稍后。初犹见士兵远远前行，转过山阜[3]，即人影依稀。又行十余里，踪迹遂杳。即张敏及藏娃亦前进无踪，仅西原一人随余，踽踽而行。再行七八里，天已昏暮，四顾苍茫，不能再进。遂就沟中宿焉。既而狂风怒号，无数野狼，嗥鸣甚急，时远时近。西原战栗欲泣，力请趋避。余至是，亦以必死自期。因极力慰之曰："黑夜迷离，道路不辨，将何之。恐一行动，狼见人

---

① 浅水中的沙石。

② 雪盲症。陈渠珍所述的症状赤肿，实为眼睑红肿、结膜充血水肿，伴有剧烈的异物感和疼痛，怕光、流泪和睁不开眼，发病期间视物模糊。

③ 山岭之意。

影，群集扑噬，即死在目前矣。不如静卧沟中，狼未必即至。倘此身应饱狼腹，又岂孑身所能避耶。”乃布褥地上，与西原同坐。覆以薄被。西原握连枪，余持短刀以待之，因戒西原曰：“狼不近十步，慎勿开枪。”既而风号狼嗥益急，隐约见群狼十数，嗥鸣而至，相去不过丈许，无何，又越沟去。时余与西原饿疲已极，不知何时，竟同入睡乡矣。

凌晨，西原呼余醒，天已微明。幸刀枪尤在手中，余笑曰：“险哉，此一夕也！”西原曰：“我夜梦在家中后山，为狼所逐。足折，老母负我奔。骇极而醒，亦胜似此一夕惊也。”余曰：“此疑心致梦也。”遂同起，收拾被褥。

苍茫之前路　马夫张敏　悲喜交集之重会

出沟，循原来道路行。但见前途苍茫无际，不知何处是道，行行复止。默念："兴武一去不回，今又与众相失。独余与西原孑身行，连枪短刀之外无长物。幸而遇野兽，既非孱力[①]所能猎取，不幸再延一日不得食，又不与众遇，亦饥卧荒漠，有死而已。"西原知余意，亦长叹曰："从此愈行愈远，茫茫前路，吾侪无葬身所矣。"余曰："昨日众行未远，不难寻获，汝勿忧。"言次，忽见道旁有子弹一枚，已沾泥沙，似久遗之物。因拾告西原曰："杨兴武必从此道行，否则无此物也。"

西原亦喜，复前行里许，西原时时回顾，若不忍去，忽大呼曰："后面有人来矣！"余回视之，因目眊，无所见。伫视久之，果见一人，缓步来，渐行渐近，乃马夫张

① 弱小的力量。

敏也，余不禁狂喜。张敏提一布袋，见余大哭曰：“我等中途遇骡百余头，驱入山沟。久候公不至，众数派人出寻，均未见。我今晨黎明前，即来寻公。”言已哽咽不成声。手探布袋，出熟肉一块，重约二三斤，云：“公速食此，即始同回。”问：“众在何处？”张敏遥指左翼山沟中，微烟起处。曰：“即此是矣。”余细观之，相去不过三里而已。余正饥苦，得肉，即与西原分食之，立尽。乃偕其同归。至，则众方切肉炒食，见余至，悲喜交集。余见地上陈野肉甚多，询知昨日得野骡七头，足供十日之粮。乃与众会商：“如许骡肉，既难负之以行。不如尽一日休息，烘成干肉。则一人可负数日之食，仍沿途行猎。如能日有所获，则留此以备不时之需，更佳矣。”众皆以为然，遂四出搬取牛粪，烘骡肉以为行粮。次日，休息一日。晚间清查，每人约有干肉十斤，遂决定明日续行进前，一夜安息。翌日，诘早出发。饱食之后，复得休息，众皆精神复振，不似前此之颓丧矣。

灵山缥缈不可见

冥行七八日，干肉将尽，又不遇一兽。于是众又大起恐慌。因忆喇嘛言，过通天河，行十余日，即至冈天削。”遂日日悬殊诸念中。见一小阜，以为至矣。近视则非。见一小山，以为至矣。近之又非。日复一日，望眼为穿。在内地几无处无山阜，一入大漠，求一山一阜，亦渺如蓬莱三岛[①]、印度灵山[②]，可想象而不可企及矣。伤哉！

火柴止存一枚

又行两日，忽见一山，高十余丈，形如掌。下有清

① 位于安徽黄山。每当云雾缭绕，峰尖微露，似海中岛屿，因此人们又将其喻为神话中的蓬莱仙境。

② 灵鹫山之简称。又称灵鹫峰、灵鹫台、灵岳、鹫岳。山形似鹫，名又以山上鹫鸟多，故名。灵鹫山在古印度摩揭陀国王舍城东北部，相传释迦牟尼曾在此居住与说法多年，因此成为佛教圣地。

原中，颇疑之。急下山，令众往寻之。皆惫极不欲往。余强之行，彳亍[1]至其地，则庞然久僵之野牛头也。高约五尺，大亦如之。其死也，亦不知历时几千百年。大漠奇寒，久而不腐。风吹日炙，遂自僵枯。狼牙虽利，终不能损此金刚不坏之躯壳，故巍然独存。殆将留此，以供余等穷途之大嚼也。然头笨重，摇撼不易。仓促间又无法支解。乃竭十余人之力，推挽至山下，堆积柴薪燔之。且频频浇水。经三小时，唇皮离骨寸许，他处仍不可拔。又以数人更番敲剥，得八九块，巨如掌。以大火煨之，经两昼夜，如稍柔软，可施刀斧。皮厚二寸许矣，作金黄色，饥不择食，味较鲜肉尤佳。幸此三日来，又获野牛、马各一。众已饱餐，犹有余肉，即将煨熟唇肉留之，以为行粮。翌日晨，仍向前进。

① 慢步缓缓行进。陈渠珍此处因极度疲惫只能小步慢走、时走时歇。

10 遇蒙古喇嘛

少所见之骆驼 仙佛慈悲之喇嘛

又行三日，携带之粮又尽。众饥甚，途次获野羊一头，去皮生啖之。竭蹶行十余里，突见人马甚多，从后至。众颇惊疑，伫视久之，则喇嘛七人，策骑款段而来。又有驼兽四头，高大异常牛，无识之者。喇嘛忽见余等，亦颇骇异。近前询之，皆下马，操蒙古语。初不解，乃以唐古特语相问答，始知喇嘛皆蒙古人，久住拉萨奢色寺[①]，近以藏中

① 今译为色拉寺。有译为奢拉贡巴或金山寺，藏语意为野玫瑰生长的地方，位于今西藏自治区拉萨市北郊山下，藏传佛教格鲁派拉萨三大寺之一。该寺建于1419年，清代定额为5500人。1940年约5400人，其中汉蒙民族在此学经约300人。值得一提的是，陈渠珍在《西藏见闻杂俎》中称色拉“寺内产金极旺，金苗粗者如粟米，遍地皆是。光彩耀目，以铁槛围之”，忧患余生在《藏乱始末见闻》中亦称“色拉寺金灯甚多”。种种错误的信息使以钟颖、陈渠珍为代表的进藏川军大多认为色拉寺为拉萨最为富有的寺院。于是，驻拉萨川军以该寺应担负差役遭拒为由攻打色拉寺，提出索要银饷的要求，遭到色拉寺僧众强烈反击，川军大败逃遁。驻藏军队兵营和驻藏大臣官署随即遭到焚烧，西藏政局出现重大变化，中央治藏权力和固有地位受到严重损害。

兵变，达赖调兵围攻，[①]战争即在目前，故弃藏而归。遂同行，十余里即宿焉，喇嘛携有帐幕，到地即架设。且赠余等帐房二。约余至其帐内坐谈。询知余等皆西藏陆军，携有利械，又为避乱而出，极为尊崇，出面食果饼款余，赠余细糌粑一小袋，白糖一包，骆驼二头。又许赠士兵糌粑两包。余既得饱餐，又有骆驼代步，穷途拯救，仙佛慈悲，垂死鲋鱼[②]，或不至再困涸辙矣。众以死里得生，咸狂喜，请休息两日再行。余商之喇嘛，亦同意。

喇嘛细谈前途

次日，喇嘛过余帐中坐谈。余询以此行，同至何处即分道矣。喇嘛曰："与君同行四日，即分别矣，[③]君由此前进，约月余至盐海[④]。过盐海，沿途渐有蒙古堡。又行七八日，至柴达木，乃塞外一巨镇也。由柴达木至西宁，

① 1912年3月，十三世达赖喇嘛的内侍擦绒·达桑占堆向驻藏清军发起攻势，随后又包围日喀则的驻藏清军，强迫中央驻藏军人交出武器弹药。十三世达赖喇嘛面对如此利好形势，遂决定以色拉寺僧兵为主力，数万藏军配合向驻拉萨清军开战。围城拉萨之际，城中的食物和牛马驴骡全部食尽，人心恐慌，最终川军落败，分数批离开西藏，这就是民国初年所谓的"驱逐汉军事件"。

② 即鲫鱼，陈渠珍意指自己面临的周遭处境。

③ 陈渠珍确切得知这一行来自拉萨色拉寺的喇嘛是蒙古喇嘛，其取道路径应与陈渠珍一致，实乃因蒙古僧侣、客商往来拉萨皆须经西宁。退一步讲，即使是青海的喇嘛，亦应同行至柴达木盆地，绝对不会有同行四日而分别的情况。陈渠珍此前与喇嘛的闲聊中，喇嘛得知陈渠珍的队伍携

不过十余日，沿途蒙古堡甚多，且汉人在此贸易者亦甚夥。”余曰：“前方是否沙漠地？有无道路？”喇嘛曰：“前方皆平原草地，时有山岗起伏，非如前此之一片黄沙也。但君宜谨记，如遇歧路，宜向西北走，勿向东行，自无舛误。我十年前，曾一度赴西宁塔尔寺，沿途停住，为番人讽经[①]，故于此道尚能记忆也。”余极表感谢。

白骆驼不常有

余生长泽国[②]，虽耳闻骆驼之名，究不识骆驼为何物。至此，方知喇嘛所乘，即骆驼也。昔读唐史，见哥舒翰[③]开府西陲，扬威北塞。尝遣人奏事，乘白骆驼行，从西域至长安，万里之遥，兼旬[④]即至。询之喇嘛，喇嘛曰：“白骆驼不常有，惟灰色者遍地皆是。凡行沙漠地，非此不可。以其足宽如掌，踏地不陷落，能负重五六百

（接上页注）

带枪械，加上陈渠珍的队伍都知道这批喇嘛来自色拉寺，色拉寺被驻藏川军视为最有钱的寺院，谢海舞于是判断这批喇嘛同样携带大量钱财，于是心生歹意。任乃强所述：“大抵喇嘛在拉萨时已曾见汉军放肆抢劫蹂躏佛教之状，迄兹所遇又系携有利械饥困已久之边军，惧因同行遭祸，故为托词别道，藉以避祸耳。”

④ 盐湖。青海有大小盐湖近百个，陈渠珍所说的盐湖似为柴达木盆地中南部的察尔汗盐湖。

① 诵经。

② 湖南河网密布，流长5千米以上的河流5341条，因此陈渠珍誉家乡为泽国。

斤，又能耐久，能耐渴。沙漠恒缺水，则杀之取其胃中藏水以度命。君等行近盐海边，即非骆驼不能行也，”

同类之相残

喇嘛回蒙，余等度陇，一东一西，分道扬镳。然前进月余，始有人烟，则茫茫前途，覆辙重蹈，颇为忧惧。乃商之喇嘛，约其同行至盐海，再分道回蒙。喇嘛曰：“我仓卒出藏，携粮无多，今又分赠君等不少，倘迂道太远，中途无可采购，则殆矣。”余终以前进尚远，恐又迷道。复与喇嘛计议，忽闻邻帐枪响。喇嘛大惊，问余何故。余亦惊惧，不道所为。答以勿虑，勿虑！急出帐视之，乃兵士严少武，为同伴谢海舞枪毙矣。余亦不敢穷诘，但委婉向众言曰：“吾侪万死一生，甫逢喇嘛，道无迷失，众获安饱。倘因细故自相残杀，使喇嘛惊惧，弃我而去，则

（接上页注）

③ 唐代名将。西突厥哥舒部落人，屡破吐蕃，功勋卓著。757年，其在安史之乱中被叛军杀害。

④ 两个十天，即二十天。

盲人瞎马，不啻[1]自寻死路。”言已，不觉泣下，众皆无语，复至喇嘛帐内，饰词告之曰：“适间士兵擦枪，不慎致伤一人，幸伤甚轻微，已为敷药，当不致死也。”喇嘛始安，[2]复谈移时，告别回帐。

阴谋之可畏

忽谢海舞汹汹至，挟其枪杀严少武之余威，密谓余曰：“我等行囊仅藏币六百余元。纵达西宁，而乡关万里，旅行何资？喇嘛携资甚富，不如劫而杀之，留其一仆为向导。行则资其骆驼，归则资斧[3]无忧，公以为然乎？”余闻谢言，如晴天霹雳，气结不能语。久之，始诡辞答之曰：“子所虑甚是。但喇嘛一行七八人，皆体力健壮，吾侪人数虽倍之，而羸弱至此。贸然行之，非徒无益，而害莫大焉。至而后资斧，到达西宁后，我可力为筹

---

① 不异于之意。

② 陈渠珍所述“喇嘛始安”是其自己的看法。当喇嘛突闻枪声大惊之刻，陈渠珍的脸上同样写满了惊恐，如此表情都会被喇嘛收进眼底。当陈渠珍疾行帐外一探究竟之时，看到九死一生的战友相残，尸体倒地，当众止不住涕泪双流。他无法尽情抒发自己的痛苦，因为喇嘛依然在帐内等待他报告开枪的原因。稍微平复心境的陈渠珍硬着头皮返回帐内全然是为了队伍能顺利前进这个大局，只好掩饰真正发生的事情，以期大事化小。但细心的喇嘛一定看出了陈渠珍内心发生的变化，只是没有点破而已。这件事使同行的喇嘛看清了陈渠珍并不能真正束缚这批荷枪实弹的北归战士，于是加速为下一步摆脱陈渠珍这支队伍寻找理由。

③ 原为利斧，陈渠珍此处为旅费、盘缠之意。

措，不足虑也。”谢默然退。余至是，坐卧不安。复密召纪秉钺至，以谢言告之曰：“子知其事否？”秉钺曰：“此事毫无所闻。”子叹曰：“喇嘛生死人而肉白骨，[①]我负心劫杀之，世有鬼神，岂能容？世无鬼神，亦安忍？子宜劝戒诸人，慎勿为此。”秉钺去，久不回。余忐忑不能睡，步出帐外，闻士兵喁喁语甚急。余又虑其反戈相向，乃入帐持短刀，拥被而坐。久之，语声寂然，余亦倦极而睡矣。

负心劫杀喇嘛　杀人适以自杀

次日，拔幕行。众无一语。方幸劝告有效，众已不作是想矣。殊行约三四里，忽谢海舞等六人向山边飞奔，依土坎开枪，向喇嘛猛射。继而后方枪声亦起。时喇嘛乘骆驼前行，余与西原在最后，兵士居中，喇嘛闻枪声，回首

① 陈渠珍此处想表达对喇嘛的忠心谢意，喇嘛给了他们再造之恩。

厉声问余何故。余惊惧不能答。喇嘛即就鞍上，取出十三响枪，向山边回射。其随从亦各出步手枪射之，枪皆实弹，似早已有备者。[①]一时枪声大作，喇嘛中两枪倒地而毙。又毙其随从二，余四人策骆驼飞奔而逸，顷刻即杳，其余骆驼，亦随之奔去。仅余与西原所乘骆驼犹在。喇嘛行李财物，既随骆驼飞去，即许赠糌粑二包，亦口惠而实不至，至可痛心也。

是役仅获十三响枪一枝。谢海舞等六人，则负重伤，卧地呻吟。于是众皆坐地，相觑无一语。余愤然曰："何不前追。"众默然，垂头咨嗟，计无复之，因就山边止宿焉。余责秉钺不能制止，演此惨剧，何所得耶？盖自兴武去后，公口均由秉钺负责也。秉钺曰："众意已决，不敢深言，故亦不便复命。"然详询受伤之人，皆昨夜主张最烈之人，天眼恢恢，真疏而不漏矣。

① 谢海舞等图谋喇嘛，事实上已被喇嘛敏感地预测到，并进行相应的高度防备。从双方交战的事实上看，喇嘛所携带的枪支皆为提前准备好的实弹。这场袭击，造成同行喇嘛的队伍死亡过半，令陈渠珍内疚万分，却又无可阻止。

喇嘛中两枪倒地而毙。又毙其随从二，余四人策骆驼飞奔而逃，顷刻即杳，其余骆驼，亦随之奔去

生存止七人 求死不可得

是日无粮，乃杀西原所乘骆驼为食。余肉堆积山沟，入夜又为群狼曳去。但闻伤兵终夜呻吟叫苦。又闻呼救声甚急，众皆颓卧不起。次晨起视，则伤兵二人，夜为狼噬，仅余残骸而已。计自江达出发，共一百一十五人，除沿途死亡，及兴武等十人前进无踪，今生存者：耒阳人纪秉钺，云南人赵廷芳，贵州人滕学清，龙山人胡玉林，溆浦人陈学文、舒百川，乾城人曾纪仲，共七人而已。众议仍前进。濒行，伤兵四人，其一伤稍轻，扶杖而行，余二人已奄奄垂毙。独谢海舞宛转地上，号泣曰："众弃我去，忍令就死耶。"余等行不顾。复大声呼曰："君等既不相救，我亦不堪其痛苦，曷以一弹饮我，以速我死。"曾纪仲怜而应之曰："诺。"余急喝之曰："杨兴武等已前进，安知其不具粮食乘马来迎。况患难相从至此，忍自相残杀耶。”盖余虽幸其不即死，亦深幸其不速死也。时众亦恶其祸首，咸揶揄[①]之曰：“君稍待，即有乘骑来迎。”遂行。行数里，犹闻其号泣呼救声也。

粮尽又迷道 饥不择食粪亦甘

自劫杀蒙古喇嘛后，粮食已绝，道路复迷。人少，行道益艰。蹭蹬[②]道上，互相怨怼[③]，日行三四十里即宿。行七八日，沿途皆草地，又多小山，时获野羊、野兔以充饥腹。一日，马夫张敏在道旁获死羊一头，盖狼食之余也，仅余头颈一截，众分啖之，味亦甚佳。时久晴无雪，渴则敲冰嚼之。又行数日，遇野羊一头，跛行沟中，众追杀之。即止宿沟中，共啖之，亦十余日来，始获此一饱也。西原取所弃肠肚暗怀[④]之归，去其秽，细嚼之，以告余

① 陈渠珍表达的是讽刺之意。

② 险阻难行，困顿不堪之意。

③ 埋怨之意。

④ 羊肠羊肚中的消化物，陈渠珍此处是吃羊肠中的粪便。

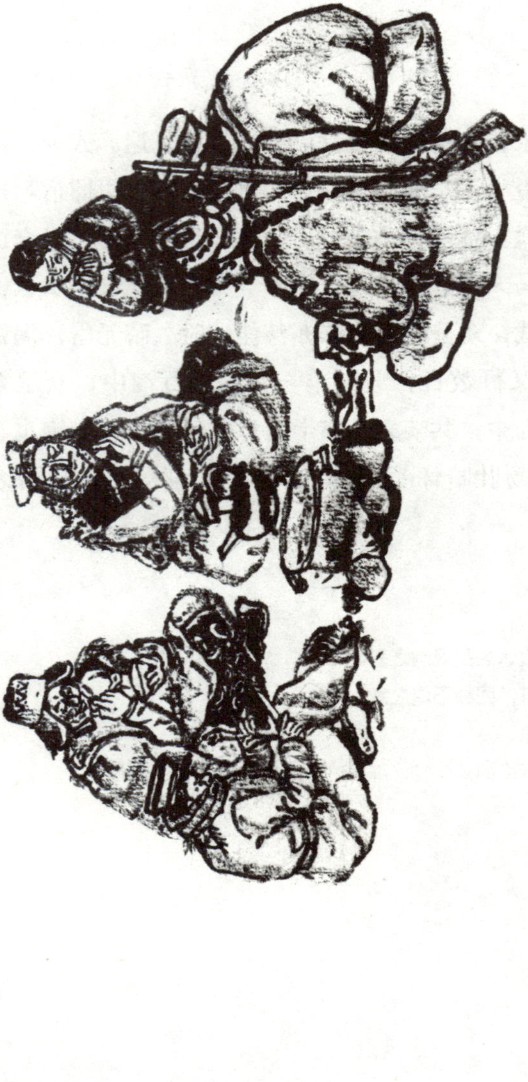

又行数日，遇野羊一头，跛行沟中，众追杀之。即止宿沟中，共啖之，亦十余日来，始获此一饱也

曰："此味殊佳，可食也。"余试之，甘脆异常，共食几尽。晚间饥甚，又嚼其余，已而满口沾滞，抹之则肠中余粪未尽也。

众与狼争食

又行二日，忽天降大雪，冰风刺骨，众益惫。不独野牛、野骡无所遇，即野兔亦潜伏土窟不出矣。勉行二十余日，有小山，略可避风，遂傍山边止宿焉。众饥不可忍，乃杀余所乘骆驼食之。余肉甚多，乃派六人更番守之，以防野狼。至夜，竟为群狼曳去两腿。守兵趋前夺之，狼亦不缓颊，互争甚久。众闻呼唤声，群集，开枪吓之，犹衔其一腿去。少顷，复来狼十余头。众已持枪戒备，众枪齐鸣，群狼始缓步而去。去数武[①]，犹立山头回顾，众惫甚，亦不能追也。

① 不远处。

防狼如防敌　可爱之山水

一夜，余登山溲便，距宿地仅一二十步。西原持枪伴余出，忽见黑影蠕蠕而动，谛视之，狼也。西原叱之不动，开枪击之，始反奔去。住此七日，狼日夜伺其旁，众亦日夜严防之，如临大敌，不敢稍懈。时连日大雪，众亦不能出猎，存肉亦无多，众议困守无益，决于明日冒雪前进。翌日晨起，雪住天霁。众鼓勇而行。余休息久，亦健步如常矣。

行两日，转过山沟，忽见前面地势开朗，一望无际，行里许，即迤衍[①]而下。时见地上隐约有牛马蹄痕，余颇异之，止众细视良久。时晴日当空，见前进向东北行，蹄痕甚多。折而西北行，亦隐约有路。余忆蒙古喇嘛言，乃决向西北行。众亦以为然。行七八里，前方忽见小坪，细草蒙茸，苍翠可爱。旁有小山，山前一湾流水，活泼

① 此处为地势斜延而平坦广阔之意。

清浅，濈濈[①]有声。溪宽二丈，水深二三尺。对岸矮树成荫，高与人齐。亦入沙漠来，所仅见也。坪内有石堆数处，皆为烟薰，似曾用以架灶者。众咸欢跃，知离居人不远矣。遂就草坪止宿，时方午后二时。

胡玉林失踪

是地，山水明秀，非复沙漠地之一片荒凉。众亦乘此天色晴和，抖擞精神，入山行猎。去不久，即获野羊二头归，颇肥壮，共饱餐之。日将西沉，胡玉林犹未至，佥谓玉林素强健，又未病足，何迟迟不至，颇以为念。玉林性淳厚，尤勤敏耐劳苦。余等自入广漠，凡凿冰、觅石、取粪、宰割等事，皆力任其劳，数月如一日，众无不爱之。不忍中道相弃，约以明日住此一日寻之。次日，众分途寻觅甚久，皆不遇而归。佥疑只身野宿，必饱狼腹，相与嗟叹不置。

---

① 水流动所发出的声响之意。

以求无慊[1]于心

次日早起，众议此去居人不远，宜速行。余默念玉林虽失踪，未必即死，倘我一去，虽生亦犹死也。怅怅不忍遽去，而又无以为计。正踌躇间，众复催行。余忽忆前日在分路处，犹仿佛见玉林在后，相距不及二三里。或误向东北行，以致相左。昨日众虽四处寻觅，然疲惫之余，恐行亦不远，故未能相遇。是玉林虽失道，去此或亦非遥。此地既有小山，倘于山头鸣枪，枪声可达一二十里外。玉林闻枪声，知余所在必出。出则山头可以远望而见之。万一鸣枪，久仍不出，则彼必真饱狼腹矣。然后委而去之，亦无慊于心矣。乃以此意告众，且约以各发十枪，一小时再不至，即行，众勉从之。

① 遗憾之意。

死里复生遇猎番 一念恻隐之奇遇

持枪登山，余随之往，一时众枪齐鸣。未几，枪停，众四处眺望。逾十余分钟，果见有人策骑疾驰而来。近视之，则一番人，抱玉林坐马上至矣。众跳跃欢呼。玉林亦笑语相答。下马，互相慰问。玉林曰："我前日因足痛，行稍缓。初犹见君等前行，力疾而进，终不可及。渐行渐远，遂不见君等踪迹矣。又向前行甚远，忽见山边烟起，以为君等在此。竭蹶至其地，见猎番四人，坐帐幕熬茶。我一时大惊，认为蒙古喇嘛之随从在此，自念命合休矣。猎人初见我，亦甚惊讶。继见孑身至此，乃延入帐幕坐。彼此言语不通，以手示意而已。猎番知余穷途饥甚，款以面食牛羊肉，已饱食三餐矣。但不审君等何往，又不敢贸然而行。适闻枪声甚急，猎番颇惊疑。我知为君等行猎至此，以手语示意，始同其乘马出。果与君等遇矣。”言讫，众既幸玉林克庆生还，复得猎番，可为向导，皆喜不自胜。忆自蒙古喇嘛身死后，久迷塞外，日暮途穷，已无生还之望矣。不图中流一壶[①]，复遇猎番。谓非有天幸耶。然非余恻隐之一念，恐亦不能获此意外之奇缘。铜山西崩，洛钟东应，[②]感应之理，捷如影响，亦奇矣哉。

① 珍贵难得的救命稻草。

② 陈渠珍在此用“铜山西崩，洛钟东应”寓意事物是有相互感应、微妙联系的。这种际遇影响了陈渠珍后来从政的思想，他1930年代后著有《军人良心论》，其在弁言中说：“我从西藏归来，闭门读书，再不想出而问世……经子百家立言垂教，一言蔽之，无非‘良心’的问题。所以乡愚妇孺，无不知‘良心’的可贵。”他在此书中以181个自问自答的问题回答了何谓因果，何谓良心，何谓修身，何谓心动的不正，何谓宇宙的中道，实蕴含有丰富的宗教思想。这些思想的生发阐释，与陈渠珍在藏经历以及他返回湖南之路上的种种遭逢定有密切关联。

11 至柴达木

青牛可以代步

余等甚感番人款待玉林之厚，出藏币十元赠之。番人大喜，称谢不已。即招其伙伴，携毳帐[①]牲畜猎品至，就地支帐，具面食牛羊肉款余等。视其猎品，则有猞猁皮、猢狲皮、狐皮，羚羊角甚多。又有挂面、酥油、奶饼、牛羊肉各食品。挂面质白而良，闻购自西宁者。面以牛羊肉蒸煮食之，尤鲜美无伦。惟淡食已久，初食盐味，反觉喉

① 游牧民族居住的毡帐。

涩不能下，仍淡食之，余等餐风寝雪，已四阅月矣。乍获面食，又居帐幕，恍如羽化登仙，不徒视藜藿逾珍馐[①]，抑且认番人为故旧矣。

时众惫甚，乃向番人赁牛乘行。牛为青色，小而多力，与内地黄犊等。余等不谙青海语，以手示口，谈甚久。每牛索银八两，且供给日食。余等欣然从之，先给藏币五十元。盖由此至柴达木，尚有十五日行程也。

穿林渡水纵辔行

次晨出发，番人乘牛前导。余等日乘青牛，夜宿帐幕，饮食供给，亦极丰厚，众心大慰。共渡水二十余道，愈行水愈深。陆无道路，水无津梁，使非番人无由办法。余等足皆冻，一沾生水，即肿痛不能行矣。沿途树木青葱，高达丈许，道路纡曲，不可辨认。时而穿林，时而

① 虽为粗劣的饭菜，但对困苦异常的陈渠珍及其战友而言，这就是绝世的美味佳肴。

渡水，气候虽寒，景物清幽，心神安适，纵辔[①]徐行。行十六日，至柴达木[②]。见无数蒙古堡[③]，散布广原，居民殷繁，俨然内地市村也。

柴达木之形势

柴达木译音为“柴丹”，昔为青海王庭[④]。清初，岳钟琪[⑤]破罗卜藏丹津[⑥]十余万众，即此地也。为内外蒙及新疆入藏要道。盖由哈喇乌苏而北有三道，中东二道至西宁，西道至柴达木。再东进约千里，方至西宁。此路甚迂

① 放开马的缰绳。

② 陈渠珍谓之的柴达木实属错讹，遵其路径，此处应为格尔木。

③ 蒙古包。

④ 今为青海省海西蒙古族藏族自治州直辖镇大柴旦。隋朝属于吐谷浑王国。

⑤ 岳钟琪（1686—1754），文武双全，通晓天文地理。其一生都在边疆尤其是西藏戍边，先后平定罗卜藏丹津叛乱、大小金川叛乱、珠尔墨特那木扎勒叛乱，战功赫赫，69岁卒于军中。

⑥ 罗卜藏丹津为清代青海和硕特蒙古贵族首领，固始汗之孙。1720年，罗卜藏丹津作为和硕特贵族代表，参与清军护送七世达赖喇嘛入藏坐床的行动。清中央政府将功劳全归于察罕丹津，导致罗卜藏丹津非常不

远，且经酱通大沙漠，数千里无人烟，征行至苦。中道瘴疫[①]甚盛，魏唐北伐[②]，皆遇瘴而返。东道则石堡一城，[③]素极天险，故吐蕃恃之，凭陵[④]华夏。徵诸历史，其地艰险如此，以余身所经历，则艰险更有甚焉。

（接上页注）

满。1723年从西藏返回青海后，罗卜藏丹津开始暗中约定准噶尔部举起反清旗帜叛乱，在其煽动下，著名的藏传佛教寺院如塔尔寺、佑宁寺、广惠寺的宗教上层人士纷纷参与叛乱，搅动青海蒙藏部落骚动异常，严重威胁着国家的统一。《年羹尧奏折》上对罗卜藏丹津评价说：“希冀藏王，已非一日”，“意欲独占西藏、青海地方”。清中央政府立命川陕总督年羹尧、四川提督岳钟琪等率军弹压，清军、藏军协力进剿，叛乱平定。《皇朝藩部要略》中称罗卜藏丹津率兵西逃柴达木。《西宁市志·军事志》称：“清军进驻塔尔寺，惩办了唆令罗卜藏丹津叛乱的塔尔寺住持堪布诺门汗。”1755年，罗卜藏丹津在新疆伊犁被擒获押解至京。平定叛乱之后，中央政府随即对青海行政建制作重大改革，采纳年羹尧《青海善后事宜十三条》《禁约青海十二事》，将西宁卫改为西宁府，青海蒙古各族采取编旗设佐领措施，共编二十九旗，派驻“办理青海蒙古番子事务大臣”（又称西宁办事大臣）管理青海一切政务，使青海最终完全置于中央集权控制之下，使西北地区更加稳固。

① 陈渠珍此处特指极度严寒的气候。

② 陈渠珍泛指凝聚着华夏荣辱兴衰的正义征伐。

③ 吐蕃遗址——哈拉库图古城。位于青海省湟源县城西35千米处的日月乡哈拉库图村，地势险要。《丹噶尔厅志》记载此地为1740年由清军守备驻防，城址规模较大，城垣较完整，形制为菱形，是青海境内古城的首例形状。民国后称哈城。此地唐代为青藏大道东路，文成公主即由此经玉树进入西藏。

④ 侵扰之意。

可爱之喇嘛

柴达木至青海（按：指青海湖），尚有五百余里。其中三百余里皆盐淖[①]，须改乘骆驼，遂在此小住。次日遇一喇嘛，相见极亲昵。自言甘肃北大通[②]人而为僧者，来此十年矣。各处番人时延其诵经祷佛，询知余等皆汉人，由西藏回，亟称达赖、班禅之神异，宛然一生佛也。余实一无所知，姑饰词应之。喇嘛尤兴会淋漓，邀余过饮。余携西原同往，至一蒙古堡，即其寄宿处也。献奶茶糖饼已，又宰肥羊款余。止之不可。更解去外衣，手自毛炰胾羹[③]。既而具熟肉面食，味绝美。又出蒜辣一碟。尤生平所嗜，而久未得食者。一餐之后，果腹充肠，感东道之殷勤，遂忘北来之饥苦矣。

① 含盐分的沼泽地。

② 今青海省西宁市大通回族土族自治县。这一区域是青藏高原和黄土高原过渡地带。新中国成立后，这里成为青海省重要的工业区。

③ 此处指喇嘛亲手熬制的大块肉汤。

盐淖地之难行

次日，复休息一日，购备面食，并雇骆驼代步。喇嘛又引一丹噶尔厅[①]商人至，亦汉人久商是地者。云："此君明日将回丹噶尔，可为君等伴侣，不须再觅向导也。"其人姓周，别号瑶青，年四十许，自言素业商，往来青海二十余年矣，前进道路极熟习。余大喜，约明日早餐后起身。

翌日早餐时，喇嘛复来送行，馈以蒜辣一包。余称谢，作别而行。

从此行，四十里即入盐淖，地渐沮洳[②]难行。一望平原旷野，遍生小草，无人烟，无畜牧，无河流。其土壤，视之似甚坚实，踏之则下陷。[③]余尝以枪托插地上，应手而入，深四五寸，水即随之涌出。故行盐淖地，非骆驼则不能行也。

① 今青海省西宁市湟源县。丹噶尔为藏语"东科尔"的蒙译，意为白海螺。1913年，丹噶尔厅改湟源县。黄土高原与青藏高原在这里相会，农耕文明与草原文明在这里相交，唐蕃古道与丝绸南路在这里穿越，众多民族在这里聚居，素有"茶马商都"的美称。清中央政府平定罗卜藏丹津叛乱后，对互市开始严格控制，并将原日月山互市地点移至丹噶尔（今湟源县），很快聚集成为"汉土回民远近番人及蒙古人往来交易之所"。清代嘉庆、道光之际，此地商业尤繁盛，被誉为"小北京"。清《丹噶尔厅志》记载："青海、西藏番货云集，内地各省商客辐辏，每年进口货价至百二十万两之多"，英美商人也先后来此，成为当时西北地区盛极一时的民族贸易重镇。其地还是内地通往西藏、柴达木、新疆的重要门户，有"海藏通衢"之称。

咸水不可食

淖中[1]水咸涩舌，含有毒质，不可饮濯。但每行一二日，必有淡水，或出于淖中，或出于树旁。亦无泉源，无井穴，视之，与淖中咸水无稍异，非惯行是地之番人，不能知也。故旅行之人，必以皮革满盛淡水，系骆驼上，随之行。余见同行番人，宰二羊，去肉存皮，缝其破穴，从喉部盛水使满，亦甚便利也。闻商人言："昔回人大举入寇青海，马陷淖中，不能驰骋，大败而还。且误饮咸水，而痘疫大作，死之略尽。"[2]自后，回人亦不敢再犯青海[3]矣。

（接上页注）

② 此处为泥泞之意。

③ 由于这一区域盐分多、碱性大，土壤结构受到破坏，主要表现为"湿时黏，干时硬"，土表常有白色盐分积淀，通气、透水不良。

① 指盐碱地里。

② 清代同治年间"陕甘回乱"波及青海。

③ 自唐代起，青海就有回民先民，元代日盛，清初鼎盛。他们大多因屯田垦戍、移民实边、避难逃荒而入居。但清同治年间，外民族成批改奉伊斯兰教，杨凌霄著《乙未循回纪略》中记载："西宁八属汉民，尽随其教……格外庇护，得以安业"。由此可见，当时外力作用所产生的宗教信仰不可小觑。

批郤导窾[1]之神技

行五日，过盐淖，皆平原草地，沿途山渐少，路亦纡曲，时见三五蒙古堡，散居山麓道旁。尝一日宿于小喇嘛寺，寺外蒙古堡甚多，俨若村舍。时有陇商多人，在此收买羊皮。番人方操刀解羊，身手轻捷，砉然[2]响然，批郤导窾，约一小时，十余羊尽解矣。此真庖丁[3]之神技也。

番人迁徙之状况

是地居民，皆以游牧为生活。居则支幕，衣则毡裘，食则牛羊，行则骡马。逐水草，饮湩酪[4]，水草既尽，又卷帐他去。居无定址，行无旅舍。其贫富，即以牛马多少定之。富者每一帐幕，必有牛羊骡马千余头。贫者亦有百

① 陈渠珍用此成语意即表达宰羊人极富经验，也就是说宰羊人善于从关键处入手，顺利解决问题。

② 羊皮与骨头分离的声响。

③ 厨师。

④ 马奶酒。

数十头，盖非此不能生活也。

一日，途遇番人与家迁徙，驱牛羊骡马数百而至，男女老幼，皆乘骡马行。粮食衣物，锅帐器皿，则以牛马负之。随人行走，无须驱策。惟时见羊三五游行，随地龁草。驱之则走散，听之则行迟。有妙龄番女数辈，袒半臂，执长鞭，款段随行，呼喝照料。又有獒犬十余头，高三四尺，狞恶可畏，时前时后，监视出群之羊。故羊亦畏之，然犬至则羊归队行，犬去羊复逸群出，亦羊性贪玩如是也。

麋鹿成群

入盐淖后，野牛野骡已绝迹矣。时见麋鹿成群，游行山上，见人即逸去。

余等将至青海时，山岭渐多，频渡溪流。一日入山谷，沿溪而行，有群鹿饮于溪边，见余等至，即奔向山巅去，其行如飞。山高数里，瞬息即达，众持枪射之，不能及也。又行十余里，峰回路转，前有大平原。遥望银河一线，横亘其中。初疑为河水结冰，商人曰："此青盐海[①]也。海宽里许，其长无垠。"商人皆下骑卸装，就海边张幕栖宿。时天尚早，询其不行之故，商人曰："我等须在此取盐，明日方行。"余乃同至河边视之，见冰厚数尺，其坚如石，行至海中，闻冰下海水砰击有声。问盐在何处？商人曰："饭后，君自知之。"遂同回。

晚餐后，商人携革囊[②]一，捆橛杵[③]一束，至海边。初以铁橛掘冰，深数寸，再以铁杵凿之，碎冰四溅，久之成小孔，深二三尺，冰洞穿矣。即有海水一线，喷起数尺。然后覆以革囊，以冰块压其四周，即归。[④]余尚不知其盐在何处也。

---

① 茶卡盐湖。位今青海省海西蒙古族藏族自治州乌兰县茶卡镇，东西长15.8千米，南北宽9.2千米，面积约105平方千米。茶卡盐湖的开采可上溯至秦汉时期，清代乾隆时期始由政府开采。该盐为天然结晶盐，晶大质纯，盐矿厚度约8米，最厚处在15米以上。茶卡是藏语音译，为古代丝绸之路青海道和唐蕃道的要冲。附近出土过东罗马金币。今日，这里被称为中国"天空之镜"。

② 皮口袋。

③ 长条棍状的小树干或庄稼残茎。

④ 这是陈渠珍目击当地盐贩取盐的极其详尽的方法。

一日入山谷，沿溪而行，有群鹿饮于溪边，见余等至，即奔向山巅去，其行如飞。山高数里，瞬息即达，众持枪射之，不能及也

青盐[1]充满革囊　香烟一听

次晨早起，随商人等入海取盐。至则昨日空囊委地，今已卓立冰上矣。推倒视之，囊中青盐充盈，粒粗如豆，莹洁有光，色微青，即吾乡药市所售青盐也。较精盐味尤醇厚，天然产物，付之荒漠，殊可惜也。

事毕起行，日已向午。是日行不远，即宿蒙古堡内，番人招待甚殷勤。又有华服华言商人，闻余等皆汉人，新自西藏来，过谈甚欢洽，云："来此已久，乃贩运西宁布匹、麦面、磁铁器物，至青海各处，易皮革、茸麝者。"颇谙番语。询以前途景况，与周瑶卿所谈均同。馈余香烟一听，云："我素不嗜此，亦友人所赠，特转以赠君。"余喜极，取而吸之，觉头目昏眩不可支，盖不吸此烟，已五阅月矣，故乍吸之，反觉不适也。

① 指从盐湖中直接采出的盐和以盐湖卤水为原料在盐田中晒制而成的盐。

馈余香烟一听，云："我素不嗜此，亦友人所赠，特转以赠君。"

老人流落青海　道听途说之国事谈

又行两日，沿途人烟渐密，山麓渐多，且有商人伴行，谈笑甚欢，心神益觉怡悦。至一处止宿，有人户百余，散居平原中，林木清幽，[1]亦所仅见。一老番人来会，精神矍烁，状貌伟岸。率儿童五六人，自道“湖南湘阴人，年七十余矣。早岁随左恪靖[2]出关，辗转新疆、甘肃，流落不能归，遂家青海。娶番女，生子，子又生孙。”乃知所携儿童皆其孙也。旁一二十许少年，其幼子也。久居塞外，语言生涩，多不可辨。因闻余从西藏归，又同乡井，倾谈甚欢。余询以内地革命事，但知“袁世凯为大元帅，孙文为先锋，国号归命元年。”亦道听途说，且误“民国”为“归命”也。谈次，呼幼子归，取鸡蛋十余枚相赠。余亦赠以藏币四元。复请益，因笑曰：“以此

① 此为都兰。今青海省海西蒙古族藏族自治州都兰县。“都兰”蒙语意为“温暖”。1917年，中央政府在此设置都兰理事公署，隶甘肃省西宁道。

② 左宗棠（1812—1885），晚清重臣，军事家、政治家、著名湘军将领，洋务派首领。经历湘军平定太平天国运动、洋务运动、平叛陕甘同治回乱、收复新疆等重大历史事件。

饰诸儿发，[①]尚少三元。”余如数赠之，大喜而去。

次晨，余将行，又亲携酒肉来，执别依依。余问之曰：“老人何日言归？”乃长叹曰：“乡音久改，鬓毛已衰，来时故旧凋零，不通音讯，已六十年矣。今纵化鹤归去，恐亦人物全非。儿孙在此，相依为命，君问归期，我归无期矣。”相与太息[②]而别。

激昂慷慨之秦声　鲲鲕不可食

别老人后，沿山谷行。途中，商人高唱秦声[③]，激昂慷慨，响彻云霄，即谚所称梆子腔也。余等久闻鴃舌[④]之音，忽听长城之调，不觉心旷神怡。乐能移性，信哉。入山谷行甚久，逾一小沟，宽六七尺，流水潺潺，游鱼甚多，长一二尺，身圆而肥，充满沟中。众下马，以刀刺之，获四五尾，悬之骆驼上，住宿时，众烹食之。因无

---

① 用这笔钱奖赏给我的孙子们。

② 摇头叹息。

③ 秦腔。亦称西安梆子、陕西梆子，是西北地区古老的汉族戏曲剧种之一。

④ 陈渠珍特指难懂的藏语方言。

豆酱葱辣，余与西原皆少尝辄止，仍食羊肉。众大嚼，至夜，皆呕吐，狼藉满地。次晨，行不远，余幸略吐即止，西原竟无恙。岂河豚[①]有毒，不可食，故能繁殖，若是耶。抑鱼食人尸，腥膻不可食耶？后至西宁，遇一医士，询以青海之鱼，何以不能食？医士曰："凡鱼无不可食者，惟鲲鲕[②]有毒，误食常致呕吐。君不闻鱼禁鲲鲕耶？"余始忆及众贪味美，并鲲鲕食之。然余从此不食鱼，亦四年矣。

苍茫无际之青海　环游大海念八日

次日早起，商人曰："今日至青海矣"。众喜极，即行。初行谷地，再入沟行。出沟，经大平原。原尽，前临大海，苍茫无际，商人曰："此青海也。"即止宿海岸。细询青海景况，商人曰："此海回环二千余里，有无数番

① 为暖温带及热带近海底层鱼类，栖息于海洋的中下层，少数种类进入淡水江河中。陈渠珍此处所指的是鲲鲕。

② 鲲意为大鱼；鲕意为小鱼。

族，环海而居。中有二岛，[①]有居民五六百户，岛中产麝香、鹿茸，海中产鱼、虾、发菜，九月海冻，踏冰往还。至五月冰解，舟楫不通，遂绝行人。岛中喇嘛寺[②]甚多，有异僧[③]。凡游青海山岛者，往往裹一岁粮往栖焉。”言已，复同商人至海岸眺望。但见烟霞朦朦，浑无际涯。大过洞庭、鄱阳诸湖。其水皆四面雪山融积而成，潴而不流。时同行番人，亦来观海。余问之曰：“子曾入海岛游览否？”番人曰：“此惟喇嘛尝往来其间，我但知此海甚宽广，乘马环游一周，须二十八日。其大可知矣。迤来海北多爽坝[④]，亦鲜行人矣。”

离别之伤心

次日，沿海岸南行。二日海尽，沿山冈行，地势绵亘。至一处。道左一带小阜，有城垣[⑤]，广约里许，大半

---

① 青海湖位于青海省海北藏族自治州海晏县、刚察县和海南藏族自治州共和县交汇处。实际上共有五个岛，陈渠珍当时所称的最大两个岛应指位于湖东北的海北藏族自治州海晏县沙岛和位于湖偏南的海南藏族自治州共和县鸟岛。

② 陈渠珍所述不准确。虽自汉代起，岛上就有寺院，但规模始终不大。藏传佛教高僧夏嘎巴活佛在此海心山苦修，终成一代高僧。此后，僧众效夏嘎巴活佛修行之道，沿袭至今。

③ 1909年，比利时人林阿德以皮船渡登海心山，当时海心山有寺院一座，僧尼仅10余人。

④ 意指沿途风光旖旎。

⑤ 蒙语为察尔汗城，汉语为白城子。今位于青海省海南藏族自治州

颓圮，房屋遗址犹依稀可见。商人曰："此某协[①]城池也。仿佛为富和协[②]，日久不能复记矣。城内驻兵千人。二十年前，番人叛变，一夜尽杀之。"[③]再行甚远，沿途房舍喇嘛寺甚多，颇有繁盛气象。

是日，宿喇嘛寺外民舍内，食物咸备，番人亦多晓汉语者，非复从前之寂寞矣。遇一番人，颇能汉语，与之谈内地革命事，亦但知重建新朝，而不知易帝为共和也。

次日，复前进，行十余里，不见张敏及蛮娃随行。众亦不知，再行数里，亦不见其来。有言其昨晚至喇嘛寺，与一喇嘛谈甚久。晚亦未归，必留喇嘛寺不来矣。余不胜叹惋，既念其相从万里，别离心伤。然彼辈终为番族，恐亦不惯与汉人居。倘得喇嘛相留，在此栖迟，亦未尝不深幸其得所也。

（接上页注）

共和县境内。此处遗址东西各有城门，西门外设有照壁，今存有"雍正九年立（1731年）"残碑一通。

① 是绿营兵和新军编制单位，相当于今天的旅。绿营一协有4000余人，新军一协有1000余人，但亦有特殊的情况。据《清史稿》（兵志）的资料显示，协的编制人数并不固定，其编制人数有时还要大于协的上一级单位标，有时还要小于下一级单位。

② 陈渠珍所述"富和协"应为"富和营"，但其所属是四川"泰宁协"，驻军于今天的四川省甘孜藏族自治州道孚县。因此陈渠珍的记忆有误。

③ 此处该商人对陈渠珍所述的这场屠杀约在1892年前后，极可能是1895年开始的河湟回乱，史称"乙未之变"。数千名忠于清中央政府的

过日月山[①]

自喇嘛寺前进三十里，即日月山。山高不过三四十丈，横亘道中。山阴略有耕地。商人曰："此地屡次开垦，均因气候太寒，未收成效，即罢。"余上至山顶，遥望内地，则桑麻遍野，鸡犬相闻，屋宇鳞鳞，行人往来如织。余等过青海，即觉气候渐暖，冰雪尽消。然一过日月山，则豁然开朗，别有洞天。居民皆宽袍大袖，戴斗笠，

（接上页注）

汉、满、回、藏军人在马福祥和董福祥的指挥下，依靠从北京带来的先进毛瑟枪和雷明顿霰弹枪等装备，对反叛者展开清剿。1896年8月2日，清中央政府派军再次对叛军残余予以打击，仅在一处就有数千人被杀。由此判断，商人对陈渠珍所述的"番人叛变"指的绝对不是藏族，实乃张冠李戴。

① 内地赴西藏的咽喉。坐落于青海省湟源县西南40千米处，属祁连山脉，海拔最高处4877米。唐代称赤岭，藏语称尼玛达哇，蒙语称纳喇萨喇，均为太阳和月亮之意，意喻信任。日月山在魏晋之后至宋代即为中原王朝的前哨，唐代安史之乱后属吐蕃。日月山垭壑为青藏公路要隘，为纪念文成公主由此入藏，1984年建日亭、月亭、纪念碑，成为中外游客的胜景。

乘黑驴，宛然古衣冠也。番人谓："过了日月山，又是一重天。"[①]信哉。下山行二十里，即宿。

次日黎明，复前进。沿途皆汉人，有屋宇，贸易，耕作。且时见乡塾，闻儿童咿唔读书声，顾而乐之。行两日，至丹噶尔厅，遂择旅店投宿焉。

① 日月山地处黄土高原与青藏高原的叠合区，具有四大特征：一是黄土高原的西界线；二是我国季风区与非季风区的分界线；三是青海省内外流域和农牧区的分界线；四是农耕文明与游牧文明的分界线。

然一过日月山，则豁然开朗，别有洞天。居民皆宽袍大袖，戴斗笠，乘黑驴，宛然古衣冠也

12 丹噶尔厅至兰州

丹噶尔厅 店主款待之殷勤

余由江达出发，为冬月[①]十一日。至丹噶尔厅，已六月二十四日[②]矣。长途征行，已历一百九十三日之久。衣服久未洗濯，又无更换，皆作赭黑色。辫发结块，割去，非因朝代更易剪发也。须长半寸许，非因年老蓄之也。幸塞外奇寒，尚无汗臭。然前者闻酥酪而香，今则觉腥臭不可闻矣。余等奇装异服，市人咸集店中询问。自视殊觉

① 农历十一月。

② 公元1912年8月6日。

形秽，乃洗濯更衣，入市购制服物。是地民俗朴陋。以余等为南方人，又新自藏来，妇女传观，商贾肃敬。子卿返汉，令威归辽，[①]客感沧桑，主观新奇，亦自伤矣。入店市物品，主人咸起立致敬，且出果饼相款，必令饱。

次日晨起，至一布店，店主殷勤招待。导入客室，土炕横陈，上布芦席，请余登炕坐。持长方小木匣一，中为数格，分置水烟袋、鸦片灯、酒壶、酒杯、棉烟、火柴、烟杆、烟芊[②]。首敬酒，再以木匣授余，余略吸水烟，即置匣坑上。店主犹殷勤劝鸦片不已。盖是地无家无烟具，无人不吸鸦片也。[③]

塾师之野蛮

余因购制衣履，羁留一周，旅店多暇，留心风土，乃知是地东西虽属汉人，余皆汉番杂处。[④]风俗狉獉[⑤]。妇女

① 陈渠珍此处欲表达自己的人生虽经过千难万苦，但亦在所不惜，只愿能平安返回故土。

② 烟丝。

③ 陈渠珍的目击实乃一段珍贵的社会场景：清末的青海属甘肃辖区，境内鸦片种植和吸食普遍。丹噶尔厅地处高寒，鸦片无法种植。但丹噶尔厅周边区域的土质却极宜种植罂粟，一时毒卉殷红，每年产烟土达700余万两。青海省图书馆藏1946年出版的《青海禁烟概况》写道："鸦片收成的利益，实胜于种麦，于是人民惟利是图，皆废其人生必需之粮食生产，而争趋于害人弱国的鸦片种植。"陈渠珍行走至此，惊讶地发现吸食鸦片成为当地生活不可或缺的一部分。青海省志编纂委员会1987年出版的《青海历史纪要》记述："文武官吏、标营弁兵、绅、商、工、农各界

尚缠足，裙下莲步，不及三寸，服饰既古，文化尤卑。邻店为一私塾，尝见一生，久读不能成诵，塾师罚之跪。以草圈罩头上，频加砖石，令其跪诵。余见之骇然。

阿芙蓉之误事　公子误死岩下　神明之显示

余所宿店主，年六十余，皓然老叟[①]也。一日，冠服送厅官某归，谓其家人曰："厅官哭甚痛。我等亦为之泣下。"余叩其故。店主曰："厅官某，（忘其姓名），年逾花甲，无妾媵[②]，夫妇齐眉。[③]仅一公子，来时年十五六。官此二载余，公子就学兰州中学，寒假遣仆迎之。归至离城十五里某处，仆有阿芙蓉癖[④]，入店吸烟。公子久待，归心甚急，遂怒马先行。仆随后至，不见小主人，乃策骑至署厅。官夫妇以为偕公子归矣，大喜。唤公子，不见。问仆，仆饰词曰：'入城后，公子即先行

（接上页注）

及衙役、乞丐，无论男女，很多吸烟成瘾。城市胜于乡村，汉民盛于回、藏，相习成风。"

④ 陈渠珍所述的汉人其实为数不少也是汉族、藏族、蒙古族融合而来。1993年6月陕西人民出版社出版的《湟源县志》记载："清初至民国时期有64户、320人原为藏族、蒙古族，清末改习汉俗，成为汉民"。

⑤ 原意为草木丛杂，野兽出没。陈渠珍认为这是粗俗野蛮的风俗习惯，实乃有失偏颇。

① 老人。

② 侍妾。

③ 夫妇相敬如宾。

④ 这是对嗜食鸦片人的代称。鸦片最初传入中国属于麻醉类药品，

矣。’乃遍索不获，始疑仆，仆固诘之，亦无词。仆素忠实，相从甚久，知有他异，乃悬重赏，勒差役缉访，数日无音耗。厅官夫妇日夜哭祷于神，求公子生还。差役遍缉无踪，畏厅官追捕，至离城十里某山寺祷于神前，祈显示。陟山甚倦，倚神案后假寐。无何[①]闻有人来祀神，初不之异，既而闻其哺哺自语，似忏悔。细听之，即杀公子凶犯也。因独力难支，急从侧门出，下至路旁，遇相熟数人，语之故，同上山执之。械诸署严讯之，尽吐其实，乃青海盗也。因初探知富商某，岁暮至西宁收债归，将从山下过，乃约同党数人，伏半山石壁间，垒石以伺之。山下右削壁，左临河，羊肠一线，往来所必经。未几，果见一人乘马疾驰，与富商马毛色相似，乃推石毙之。搜其囊中，书数册而已，他无所获。视其貌，又一翩翩佳公子，非商人也。大骇。曳其尸掩埋石壁间。自知误伤，颇自追

（接上页注）

十八世纪后期，中国吸食鸦片的人群发生质的变化，知识阶层和官僚阶层渐沾染鸦片。到了十九世纪，中国偏远的边疆省份吸食鸦片已不鲜见，青海本地甚至培育出自己的特殊鸦片品种，被称为“高原边土”。

① 不久。

悔，番人信佛，乃祈祷于神寺，亦不虞罗[1]者卧其旁也。厅官既痛爱子惨死，又见清社[2]已终，遂挂冠[3]归里。我等因其清廉仁厚，空城往送。具炮火，直送至郊外，洒泪而别。厅官亦自见其子之出，而不见其子之归，故哭之痛，非徒为斯民[4]而堕泪也。”店主谈已，叹息者再，余亦怅然者久之。余尝细按兹事始末，则默默中亦似有意似无意。以良吏之子，而横遭惨杀，似无天理。乃因其夫妇之精诚感格，胥役[5]之虔诚祈祷而速盗之来，状类自首，又似有神明显示焉。怨毒所积，戕人适以自戕[6]。积善降祥，积恶降殃，天道不大可畏耶！[7]

堞楼[8]森严之西宁 险生误会 西原饱受虚惊

余住丹噶尔厅七日，制备衣物毕，即乘骡车向西宁前进。计程九十里，道路平坦，抵西宁见堞楼森严，市廛鳞

① 搜罗之意。

② 清朝。

③ 辞官之意。

④ 百姓。

⑤ 衙门中的警务人员。

⑥ 害人就是害己。

⑦ 这段话显示了陈渠珍笃信佛教思想中的因果报应。

⑧ 城楼之意。

比，肩摩毂击，[①]往来如织。清时设总兵一，道、府、县各一。青海办事大臣，[②]亦建衙于此，乃边疆一重镇也。车夫导余投逆旅宿焉，闻管弦繁响，歌声杂沓，询之店主，乃一剧团寄宿其中。房舍虽极简陋，然招待颇殷勤，知余为军官，携有枪械，又远从塞外来，更敬礼之。客中忽闻清音[③]，倍增佳兴。

次晨，余方起，忽报客至。颇异之，方出迎，客已昂然入，据炕坐，傲不为礼。又见随从武装兵士多人立门外。询问甚久，始改容谢曰："此地方戒严，君等携武器来，胡不入报官厅耶？"余以昨日到甚迟对。询其人姓颜，为湖南长沙人，现任城防营管带。知余来意，又兼乡谊，始问讯寒暄。忽西宁陈某又至，严诘来历。余对如前，因取枪弹交付之，陈接收讫，颜又为转致来意，陈色始霁[④]。谓余曰："君不言，几误会矣。"约余同至镇

① 形容行人、车辆往来拥挤，陈渠珍意即市井繁荣。

② 1724年置此官吏。

③ 曲艺的一种，流行于四川，用琵琶、二胡等伴奏。

④ 脸色由愠怒而趋缓。

署，谒张镇军。张立大厅接见。余详述援藏、离藏始末，及塞外迷道，部众死亡经过，慷慨纵谈至一小时许。张闻而壮之，乃延入坐。复询问甚详，亦太息曰："余皖人。官期三载，囊橐[①]依然。今时移势异，一家三十余口，欲归不能，时方多难，如君英才，飞腾有日，今南归无资，当为竭力筹之。幸勿为虑，"余称谢辞出，归至逆旅。西原见余久不归，惊惧欲泣，至是，始破涕为笑。既而颜君复来，共话行藏，深为叹息，又约至府衙，晤陈太守，谈藏变经过。陈问："在川曾识陈宧其人否？"余曰："此二庵先生也，我到川时，闻已随锡清帅[②]赴六诏[③]矣。"颜曰："二阉先生，即太守犹子也。"陈复曰："君南归一行七八人，旅费颇不资[④]。顷晤张镇军，极称君才，共商备文推荐于甘督赵公。惟熙此公怜才爱士，倘一觏面[⑤]，必有所借重。君亦不必亟亟南归也。"余亦称谢不已。

---

① 钱财之意。

② 锡良（1853—1917），历清代同治、光绪、宣统三朝。为官三十七年，以正直清廉、勤政务实而著称，是晚清时代政绩颇佳、贡献较大的历史人物。1903年，调任四川总督，积极推行新政。1909年，奉命总督奉天、吉林、黑龙江。辛亥革命爆发后，锡良告病还乡。在卧病的六年中，始终拒绝医治，于1917年病逝。

③ 唐代位于今云南及四川西南的六个部落总称，泛指西南边疆。

④ 指花费颇多。

⑤ 相见之意。

军队之怪象

住西宁三日始行。随从滕学清、赵廷芳则荐之颜管带处。张镇军、陈太守、颜管带等共馈八十金。张又遣其甥孔某，持文同赴兰州。乘骡车行六日始至，寓炭市街[①]客店，店主为太原人。行装甫卸，见店主与店伙喁喁语，颇现仓惶之状。有顷，即有武装兵十余人，牵马入，系马柱上，遍入客房，厉声间："此谁行李，尚不收检？"一一抛掷庭中。店主乃请其一人似头目状，至内室，谈移时，伴之出。犹微闻其语，头目曰："此区区者，幸包涵之。"无何，武装兵皆牵马出。店主始向众客道歉。余愕然不解，固诘之。店主曰："此马军门[②]来省，所带马队，皆撒喇回子[③]，极凶暴。顷已馈银二两，始去。亦藉打店为名，沿街需索而已。每岁必有一二次来。我等甚苦

① 清代至民国时期，西关什字至胜利宾馆一段称兰州炭市街。此街"每逢大雨，排水沟积水，泥泞难行"，但依然是民国初期市区主要繁华街区。今称中山路。1995年11月29日，该路扩建贯通，"昔日狭窄拥挤的小路，变成宽阔平坦的通衢大道"（兰州市地方志编纂委员会、兰州市市政建设志编纂委员会编纂，《兰州市志（市政建设志）》（第七卷），兰州大学出版社，1997年9月，第51-53页。）

② 马安定，时任北洋政府甘肃提督。军门为提督或总兵加提督衔的尊称。

③ 今撒拉族，信仰伊斯兰教。

之。”余闻之，慨叹不已。

拉萨恶耗

次日，孔君来约，赴督署投之，谒赵督[①]。立延见，赵貌和蔼，余陈述经过已。赵亦为叹惋者再，引孟子“天降大任”一章相勖励[②]，复言：“近接川电，达赖已调兵围拉萨。我军万里孤悬，救援不易。倘迁延时日，粮弹两绝，则殆矣。昨中央电川滇甘三省筹备援藏。[③]此事殊不易，君能在此稍待，将有所借重。”余亦力白“愿供驱策”。言毕辞出。

周逊之控告　面数周逊之罪

余由工布回至江达，即不知周逊所在。兴武等遍寻

---

① 赵惟熙（1859—1917），江西南丰人。1900年后，任甘肃省宁夏知府，甘肃省巡警道，代理甘肃布政使。1912年3月，北洋政府任命其署甘肃省都督兼民政长，主持甘肃军政，自此甘肃（包括今青海）纳入了共和体制。1912年10月加陆军上将衔。1929年，南京国民政府从甘肃省所辖的区划内，将原西宁道所属区域及都兰、玉树划出，正式设立青海省。

② 勉励。

③ 1912年7月16日出版的上海《民立报》，刊载四川都督行营西征军总司令尹昌衡（1884—1953）的《西征军令》全文，其中第一句就写道：“西藏为中国属土，屏藩吾蜀，素称恭顺……乘我不备……杀我人民，毁我衙署，劫我士卒，夺我枪械。沿边骚动，警报频来，内地闻耗，眦裂发指……本都督自任西征……天戈所指，还我汉疆。”这位擒杀赵尔丰、声

未获，有云其已出昌都矣。迨余抵兰州未久，闻周逊亦到。余遣人四出寻之，无所见。又数日，晤督署巡捕胡立生君，亦长沙人也，云有同乡周君，控君于督署。余颇讶之，继思此必周逊所为。因同至督署查之。果周逊为长褡事，控为余所主使也。[④]遂入见赵督，备陈颠末。赵曰："乱军之中，人命贱如泥沙，讵能一一埋之耶。"乃嘱旅甘湘人出为调解。翌日，同乡十余人，毕集会馆，周逊亦至。余当众详述罗事经过已，因诘周逊曰："罗公之死，子何所见而指为我所主使耶。吾解衣以衣罗公，推食以食罗公，子所目击也。途次不肯同行，子所主张也。留兵护卫，子所拣选也。杀罗公乃川人赵本立也。死难地，距德摩犹远也。罗公诛哥老会首未成，而藏局已变。罗公犯川人之怒，构此弥天之祸，亦子所尽知，而亦子等促成也。子既误罗公以死，今又陷我以罪，子诚何心而忍出

（接上页注）
名远播的尹昌衡，随即率西征军开赴川边，而后再任川边经略使立功塞外。然而，其在30岁的年华即自我结束了政治生命。尹昌衡的著作《西征纪略》中记述他西征藏区的具体做法："军士不取秋毫，夷人每趋数百里，牛酒迎道中。昌衡皆反其馈，厚赉之，遇小过则慰戒而释之，贫无告者勤恤之，凡僧寺皆谕以佛法而优遇之，不杀一人，不取一介，用刑不过二百杖，故夷人皆呼生佛"。1940年1月，贺觉非因藏事专程到成都拜访时年56岁的尹昌衡，他在《西康纪事诗本事注》中做了一番描述："躯干端正，发音洪亮，凛然有不可侵犯之慨，当年风度，可以想见。尹自责太无含蓄，折得太快，若不胜其遗憾者。叩以当日治边情形，则谓本有条陈，因袁（世凯）怀疑，愤付一炬，今不复省记，对时事亦谓不加闻问，惟与禽鱼为侣。"

此？且子以兵卒入藏，由正目而司书，而推荐于罗公。谁之力也？”余且数且责之。周逊始而色峭然[①]，继而色赧然[②]，后亦强颜为笑曰：“具状督署，亦聊陈出藏经过耳，且至此，旅费已尽，不能归罗公遗骨。藉此以求赵督资助也。”余斥之曰：“子乏旅费，胡不我谋[③]？而竟陷我以杀人之罪耶。”周逊默然，众力劝乃已。

辞赵南归

余痛愤之余，万念俱灰，决计辞赵督南行。赵督赠川资五十金，余乃资遣纪秉钺等回里。余俟其去后，始偕西原乘车取道长安南归。从此朝行暮宿，饱受艰辛。

一日行至邠州[④]，时已八月十四日矣，明日即为中秋节，停车休息一日。余亦略市酒肉，与西原共饮。西原曰：“囊金将尽，去家犹远。如此破费，何以得归？”余

（接上页注）

④ 这种说法不仅仅是周逊之词，代表官方的驻藏大臣联豫在其履职的最后一封奏稿明确做出“陈渠珍因同行不能保护，亦畏罪远逃”的判定，同时“行文西宁大臣，边务大臣，四川总督，云贵总督各省一律查拿陈渠珍”。

① 严肃无表情。

② 满脸通红。

③ 为什么不找我商议？

④ 唐代州名，今陕西省咸阳市彬县。

曰："汝言诚是。但囊金有限，到达长安后，终须致书家中，待款方行，汝其勿虑。"正叙谈间，忽一军官至，自言乔姓："昨阅店中循环簿[1]，知君由丹噶尔厅来。我丹噶尔厅人，特来过访，君住丹时，闻有乔子丹被官府枪杀否？"余问故。乔君曰："我亦革命事败，逃至此地。乔子丹即家兄也，当时被逮捕。我逃至兰州，闻已被杀矣。"余对以住丹不久，亦无所闻，言讫即辞去。

王瑞林之兄　感物伤怀

至晚，复有湘人王君兆庆来会，问余姓名、籍贯甚详。乃告余曰："我即王瑞林同胞兄也。我来此四年矣，屡接来书，云已随君入藏。且以堂兄朴卿之故，颇蒙优遇。迄今书信渺然，频传藏军已被番人围缴枪械，杀戮尤惨，迄无从探询真相。顷晤乔排长，言君有同乡陈某，新

① 旅客登记簿。

自西藏归。疑为君，至今果然矣。”盖其弟瑞林，由川随余入藏，任司书。藏乱，即随余出青海，途中病故，因以实告之，王君已语不成声矣。适余案上有墨盒，乃瑞林物也。盖上镌有瑞林名号，王君视之，不觉泣下沾襟。复谈出藏经过，及此后行止甚久，始别去。移时王君复来，馈以酒食糖饼，谓余曰：“君到长安，待款方行。然长安颇戒严，寓中日夜盘诘，吾乡童观察，有巨宅在城内洪铺街。现人去屋空，仅戚君兰生，为守是宅。我为君作缄介绍，君寄居其中，省事省钱不少也。”余甚感谢之。王君就案头书就一函，交余携去，即辞归。

寄居长安　鬻珊瑚山

次日诘早，乘车前行，七日至长安。径投洪铺街童寓，晤戚君，亦宁乡人也，留余迁入，云：“东厢空房，君自择之。”余乃居其最后一栋。前三进空房十余间，尘封已久，无人居住。余与西原略加扫除，购薪炭米面，躬自炊爨。又写书至家索款。所居室甚幽僻。余日与西原相依为命，跬步不离也。

转瞬又初冬，气候渐寒，添制衣物，囊金将尽。屈指家中汇款，非两月后不能至。长安居大不易。[①]又住二十余日，囊金尽矣。西原曰：“家中汇款需时，何能枵腹[②]以待。无已，曷将珊瑚山售之。此山途中摩压，久已碎断矣。”余亦无计，姑携入市求售。行两日，无问之者，后至一古董店，售银十二两而归。[③]西原喜曰：“得此以待家中款至，不忧冻馁矣！”

董禹麓之可敬　西原卧病

余住此多暇，时与戚君晤谈。知邻居有董禹麓君，

① 陈渠珍意即居住在大城市的生活成本实在太大。

② 空腹。

③ 父母赠与西原的红色珊瑚山，一路艰险携至西安。但陈渠珍夫妇因生活拮据被迫出售，这对崇信藏传佛教的藏族女子西原是一个致命的打击。按照藏传佛教的仪轨，西原丧失珊瑚之后，其命运也会发生变化。果不其然，她突然一卧不起。

湘西永顺人，久游秦中，任某中学校长，又兼督署一等副官。为人慷爽好义，同乡多敬仰之。余次日过访，未遇。晤其同居张慕尹，为麻阳人，与之谈，尤亲洽。未几，禹麓归，延至厅中坐。禹麓沉默，寡言笑，学通中西，质直无文。余甚敬之。自后，时与慕尹过从。禹麓事繁，亦不及再晤矣。

旅居至冬月初旬，家音犹未至，床头金又尽。囊中余望远镜一具，售之得银六两。余颇焦忧，余住宅在最后。每外出，西原必送出偏门，坐守之。余一日归稍迟。西原启门，余见其面赤色，惊问之。对曰："自君去后，即周身发热，头痛不止。又恐君即归，故坐此守候也。"是夜，西原卧床不能起。次日，又不食。问所嗜。对以："颇思牛奶。"余入市购鲜牛奶归，与之饮，亦略吸而罢，不肯再饮。余急延医诊治，医生曰：

“此阴寒内伏，宜清解之。”一剂未终，周身忽现天花，余大骇。盖曩[①]在成都，即闻番女居内地久，无不发痘死，百无一生者。[②]乃走询医生，医生曰：“此不足虑。”另主一方，余终疑之。从此药饵无效，病日加剧。

西原竟一瞑不视　董禹麓之慷慨　厝葬雁塔寺

一日早醒，泣告余曰：“吾命不久矣。”余惊问故，对曰：“昨晚梦至家中，老母食我以杯糖[③]，饮我以白呛[④]，番俗梦此必死。”言已复泣。余多方慰之，终不释。

是日晚，天花忽陷，现紫黑色。余知不可救，暗中饮泣而已。至夜，漏四下，西原忽呼余醒。硬咽言曰：“万里从君，相期终始，不图病入膏肓，中道永诀。然君幸获济，我死亦瞑目矣。今家书旦晚可至，愿君归途珍重，幸

① 以前。

② 天花是一种死亡率最高的烈性传染病，陈渠珍所言有些绝对。1780年，六世班禅洛桑巴丹益希在北京黄寺因患天花治疗无效而圆寂，享年42岁。

③ 黄糖。

④ 青稞酒。

勿以我为念。”言讫，长吁者再，遂一瞑不视。时冬月□日也。

余抚尸号哭，几经昏绝。强起检视囊中，仅存票钱一千五百文矣。陈尸榻上，何以为殓，不禁伤心大哭，继念穷途如此，典卖已空，草草装殓，费亦不少。此间熟识者惟董禹麓君颇慷慨，姑往告之。时东方渐白，即开门出，见天犹未晓。此去殊孟浪[①]，又转身回。见西原瞑然长睡，痛彻肺腑，又大哭。移时，天已明，急趋禹麓家。挝门甚久，一人出开门，即禹麓也。见余仓皇至，邀入坐。问来何早？余嗫嚅久之，始以实告。禹麓惊问曰："君余资几何？"余犹饰词告之曰："止存钱五串耳。"禹麓蹙然[②]曰："是此，将奈何？"略一沉思，即起身入内。有顷，携银一包授余，曰："此约有二三十金，可持归为丧葬费。"又呼其内戚罗渊波，为余襄理丧事。余亦

① 实在有些鲁莽。

② 皱起眉头。

不及言谢，偕渊波匆匆回。渊波途次告余曰：“禹麓实一钱莫名。兹所赠者，乃其族弟某贩羊寄存之物也。”余唯唯，亦不知如何言谢。既而渊波为入市购衣棺，又雇女仆为沐浴更衣。称其银，得三十七两。亦见禹麓之慷慨高风也。复延僧讽经[①]。午后，装殓毕，即厝葬[②]于城外雁塔寺[③]，余既伤死者，复悲身世，抚棺号泣，痛不欲生。渊波百端劝慰，始含泪归。入室觉伊人不见，室冷帏空[④]，天胡不吊，厄我至此。余又不禁仰天长号，泪尽声嘶也。余述至此，肝肠寸断矣，余书亦从此辍笔矣。

---

① 请藏传佛教僧侣诵经为西原超荐。僧侣主要反复诵读《中阴闻教得度》，前身已弃，后身未得，尚未投生之时为中阴。通过诵读，让亡者知道他们正处于死亡过程的哪一个阶段，最终使其早日轮回。

② 棺椁停放待葬。

③ 今位于陕西省西安市大慈恩寺内，又名“慈恩寺塔”。大雁塔作为现存最早、规模最大的唐代四方楼阁式砖塔，是佛塔这种古印度佛寺的建筑形式随佛教传入中原地区，并融入华夏文化的典型物证。

④ 床空无人。

余述至此，肝肠寸断矣，余书亦从此辍笔矣

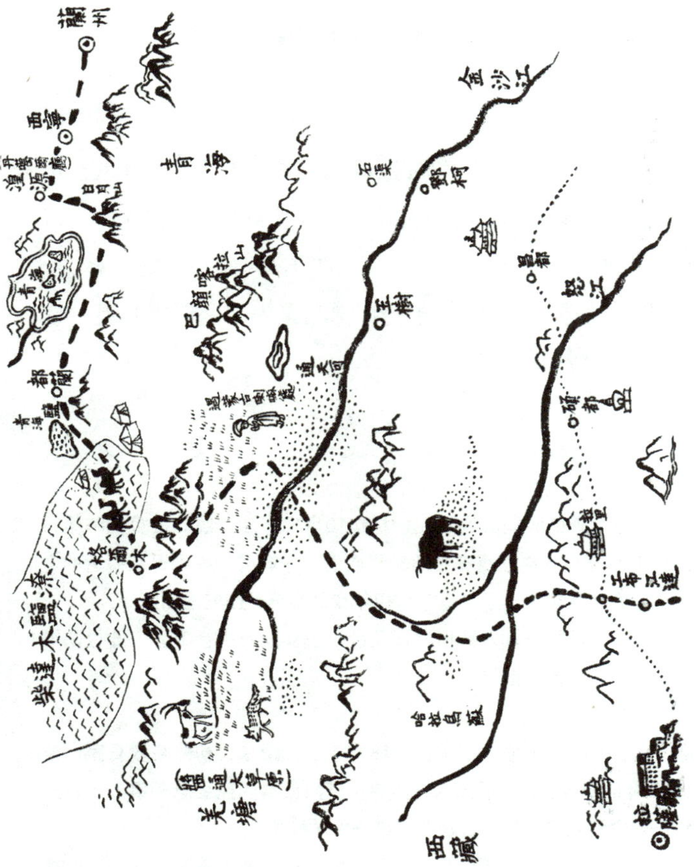

陈渠珍出藏路线图

西原墓志铭

西原殁后三十七日，[①]接先母邵太夫人弃养[②]之电讯。予哀痛之余，匆匆回里。西原灵榇，亦无力扶归。越十年，[③]董禹麓[④]君为归其骨于保靖军次。[⑤]又四年，[⑥]始与亡姬琼林[⑦]合葬于凤凰城西陈氏之阡。[⑧]予乃挥涕濡毫为文，以志其墓。爰录之于后，聊寄悲思云。

---

① 西原病逝的时间大约是在1912年10月10日后，照此推算，陈渠珍在西原病逝后至少独自在西安生活37天以上，才有可能接到母亲病逝的电报，这也就意味着陈渠珍至少是在1912年12月底离开西安返回湖南。

② 父母逝世的婉词。意指父母逝世，子女没有机会奉养。此处陈渠珍明述是其母亲邵氏病逝。

③ 1922年。

④ 又名玉楼、雨楼，字明铭。1867年生，清末民初体育教育家。早年毕业于湖北自强学堂，后加入同盟会，任陕西省同盟会总干事。1917至1925年任西安私立成德中学、陕西省第一中学校长。

⑤ 保靖位于云贵高原东侧，武陵山脉中段，地处湖南省西部，湘西土家族苗族自治州中部，与永顺县、古丈县、吉首市、花垣县、龙山县、重庆市秀山县接壤。此处指董禹麓专门护送西原灵榇到凤凰，为此临时在保靖军队中住宿。

⑥ 1926年。

⑦ 陈渠珍的另一位爱姬琼林，病逝时17岁。

⑧ 此处指墓地的土堆。

亡姬西原、琼林合葬墓志

姬西原，西藏人也。藏俗无姓氏，称以其名[①]。姬生于凯浪，来归于德摩，[②]殡于陕西西安，埋骨于湖南凤凰。其卒在归后三年，[③]其葬在卒后十四年，[④]其病以积瘁不治。其从葬曰琼林龙氏，亦吾姬，实正命于保靖，卒之时日不同，而葬则与西原同一茔域。藏俗尚骑射，西原能驰怒马，俯拔卓地尺竿之球。又尝去百步射，不失鹄。[⑤]清宣统二年，[⑥]从军入藏，西原来侍，闺处有礼意。越年，予以偏师战八浪登，战纳衣当噶。两赖西原之力，脱予于险。其后，武昌革命军

---

① 藏族人名主要有两类：一类是有间隔号；一类是无间隔号。有间隔号其前面相当于汉语姓名中的“姓”字，如阿沛·阿旺晋美；无间隔号的藏族人名，是藏族中大多数普通人的名字，也就是没有相当于汉族姓名中的“姓”的部分。四个音节的藏族人名，在藏族书面语及口语称呼中均常取第一、第三两个音节作为该人名字简称。如：次仁诺布，简称次诺；索南达杰，简称索达。藏族人名的内涵十分丰富，但表示良好祝愿和给予颂扬、赞美及表示宗教的依附与虔诚为最。

② 今德木。辛亥革命后置德木宗，1959年与则拉宗、贡穆宗合并置林芝县。治所在今西藏自治区林芝市巴宜区。

③ 陈渠珍所说的归意即一起生活了三载时光。自1910年成婚，1911年北走，1912年在西安去世，前后正好三年。

④ 1926年。

⑤ 天鹅。

⑥ 公元1910年2月10日至1911年1月29日。

起，予谋以兵遥应之，卒不利。遂于十一月十一日，[①]率从士一百一十五人，携二月粮，入青海，失道戈壁中，弥望黄沙猎猎，盛风雪豺虎，士皆气惨慑，谓必死。西原独持壮语相慰藉。其后粮尽，杀马粹装，寻火亦绝。乃猎野牛野羊生啖之。士沾寒，死亡日众。西原独肩襆被[②]温予。一日间行失从，夜卧沙碛中，饥惫濒殆。[③]西原搜橐[④]中余脯以进，予擘啖之，则泣曰："妾忍死万里从君，君而殍，妾孑孑安所归。且世固不可无君。"卒不食。予亦为之呜咽哽噎，泣数行下。明年六月二十四日[⑤]达兰州。从士死亡殆尽，生还者仅七人而已。九月行次长安，西原以积劳病发，卒年十九。临命犹执予手，泣曰："君获济，妾死无憾矣。"呜呼！西原茹万苦百艰，敢犯壮夫健男窘步戟肘之奇险，从容以护予者，而予曾不获携归家园，同享一日之安宁。予述至此，予

---

① 公元1911年12月30日。

② 原指裹束衣被，此处陈渠珍意即西原相对其他士兵来讲是非常耐寒的。

③ 倒毙之意。

④ 口袋。

⑤ 公元1912年8月6日。

肝肠碎断矣，复何言哉！复何言哉！穷途无力扶归，权厝于长安城外雁塔寺。其后十年，挚友董禹麓，为归其骨于保靖军次。又四年，始与琼林合葬于凤凰城西陈氏之阡。琼林卒年十七，娩嫕[①]医不年，所乳子[②]亦化去。女子赋命之穷薄也，何两人同悲哉！予既卒窆[③]二姬，乃最书一二署桓表[④]以塞宿悲；抑自悼其颠毛[⑤]种种。虱[⑥]此抢攘[⑦]之局，茫不审税驾何所。今吾西原、琼林，閟然[⑧]娱宁[⑨]于幽宫，[⑩]虽可悲亦可憙。[⑪]

---

① 柔顺之意。

② 陈渠珍哺乳期的儿子。

③ 将棺木葬入墓穴。

④ 桓表为古称，今为华表，指竖立在陵墓等建筑物前面做装饰用的巨大石柱。

⑤ 头发之意。

⑥ 此处为置身之意。

⑦ 纷乱的时局。

⑧ 隐藏在、躲避在。

⑨ 宁静、安静之意。

⑩ 原意为深宫，此处为西方极乐世界。

⑪ 原意为同喜，此处为喜悦之意。

附录

序一

清光绪之末，英俄争霸于亚洲，南北分进，[①]尤以英人凭藉身毒，将越须弥山[②]，窥我西藏之计为烈。侵哲孟雄[③]，辟大吉岭[④]，已骎骎[⑤]长驱直入我前后藏之宝库矣。

---

① 1882年，中俄《伊犁条约》《喀什葛尔界约》签订；1896年，《中俄密约》签订，俄国势力深入中国东北；1898年，英国强租九龙半岛……19世纪末、20世纪初是英国政经发展的鼎盛期，在其殖民统治范围内，印度是其在南亚次大陆稳定的经济利益输入地。英国的战略家们根据印度地理环境特点向政府建议：务必将西藏作为抵御中国威胁的缓冲地。

② 此处指喜马拉雅山脉。

③ 今印度锡金邦。位于喜马拉雅山脉东段南坡，其北面与中国西藏交界。7世纪，哲孟雄是吐蕃（今青藏高原）的一部分。9世纪，哲孟雄发展成独立部落，但其境内寺院仍隶属西藏各大寺。乃堆拉山口位于中国西藏日喀则市与印度锡金邦的交界处，海拔4500米左右，是世界上最高的公路贸易通道。山口距锡金邦首府甘托克54千米，距西藏亚东52千米，距拉萨429千米，是连接中印陆路贸易最短的通道。2006年7月6日，乃堆拉山口边贸通道正式开放，中印两国恢复中断40多年的边境贸易。

革命军兴，有志之士，咸欲犯流沙[①]，逾雪山，以与吐蕃民族相周旋。而坚其尊夏攘夷[②]之志，其用心亦良苦矣。陈君玉鳌[③]，振奇[④]之杰也。曾毕业长沙军校，任湖南新军第一标队官，加入同盟会，从事于民族革命。旋入川，为西藏之行，规划藏事，当道礼重，适清祚初覆，[⑤]局势混沌，归途中梗，进退维谷。绕道北上，率所部一百十五人，自西藏江达，行荒原瀚海[⑥]万余里，凡七阅月，始至西安，生还者仅七人，君其一也。

呜呼，壮哉！右所录《艽野尘梦》，为君事后追忆之作，

（接上页注）

④ 被藏传佛教教徒称为“金刚之洲”。位于喜马拉雅山麓，今属印度西孟加拉邦。

⑤ 作者意指速度很快。

① 作者意指是边疆地区。

② 本意为“尊勤君王，攘斥外夷”，今已演变为政治术语，意即面对外族入侵，结成民族统一战线。

③ 陈渠珍名字的号。

④ 此处为啧啧称赞、不可思议之意。

⑤ 清朝解体。

⑥ 指位于今天西藏自治区那曲市的羌塘草原。羌塘草原平均海拔在4500米以上，位于昆仑山脉、唐古拉山脉和冈底斯山脉之间。羌塘草原出拉萨沿青藏公路向北走99千米，过羊八井地热电站，就可看见念青唐古拉山，它的北面，就是万里羌塘。每年最热闹的恰青赛马会就在此草原举行。

所述行役之艰，遭逢之惨，令人不忍卒读。余维大地山河，自开辟至今，所通之道路，所垦之田亩，所建之宫室，皆人类与自然相竞争以成之者也。惟其险者，已为前人所辟易，而后之人，仅就其夷者以宴乐而苟安。于是中原沃土，遂成为群饕[①]争食之场。而四裔边陲[②]，则视为无足轻重，相率规避，而不之顾。彼外人[③]者，则往往挟其新锐之气，垂涎域外，日事探检，得寸进尺，未尝告劳[④]，故国势之削弱阽危[⑤]，其所由来者渐矣！荒远略、营近利，此清之所以亡也。

环顾天下，如君之赴险趋危，眷恋国土，虽九死而不悔者，能有几人哉？昔张骞使西域，从行者百余人，归途仅存其

---

① 国内各路军阀。

② 祖国的边疆省区。

③ 外国侵略者。

④ 向别人诉说自己的苦衷。

⑤ 到了最危险的边缘。

二，然经时逾十三年；君行仅七阅月，而同人之难，不减张骞。余又知君之中心惨怛[①]，过于乘槎[②]万里者多矣。君智深勇沉，而性情恳挚，卓然有古人之风。世变方亟，尤赖边材矍铄[③]，此翁倘亦据鞍顾盼，请从伏波[④]游乎。

余虽衰老，亦愿执鞭[⑤]以随，其后藏事又其缓焉者也。

丁丑季春月[⑥]愚弟[⑦]曹典球[⑧]拜识

---

① 悲伤、忧伤之意。

② 本意指乘坐竹、木筏。序言作者意即奉国命出使他国之人。

③ 依靠那批实战经验丰富且对边疆有研究的老年人。

④ 意指建功立业。

⑤ 意指做一名从军的役卒。

⑥ 1937年3月至5月之间。

⑦ 此为序言作者的自谦之词。曹典球比陈渠珍的实际年龄大5岁。

⑧ 曹典球（1877—1960），字籽谷，号猛庵，湖南省长沙县黄花镇人。曾任湖南大学校长。1934年起代理湖南省政府主席，1936年被免职。新中国成立后，担任湖南省军政委员会顾问、省政协常委、省文史馆副馆长等职。值得一提的是，1930年10月，毛泽东夫人杨开慧被捕，同时被捕的还有毛泽东8岁的长子毛岸英，时任湖南大学校长的曹典球为此多方营救。此后他将杨开慧弟弟杨开智安排在湖南大学图书馆工作。1950年，杨开智携毛岸英从京返湘，特意拜访曹典球先生，以谢救命恩情。1959年6月27日，毛泽东回到长沙，专门接见已83岁高龄的曹典球并设宴款待。

序二

纪行[1]之作，莫先于李习之《南来录》[2]、欧阳公《于役志》[3]。自是以往，踵袭[4]者夥[5]。大率粗记邮程，靡关宏旨，且多骚人迁客，或远道星轺[6]，舟车闲暇，寄情楮墨[7]者之所为。若夫军务旁午[8]，随时随地，纪事周翔，盾鼻[9]余瀋[10]，

① 记述旅行见闻。

② 李翱（774—836），字习之，今河南开封人。序言作者将《来南录》误记为《南来录》，这是一部唐朝作品，文风平易清畅，提倡文、理、义三者兼重，对后世颇有影响。《来南录》是李翱自东都洛阳赴岭南幕府途中所作，逐日记载自正月始行至六月至广州的行程，为今存最早的日记体作品。

③ 欧阳修（1007—1072），字永叔，今江西吉安人。《于役志》是宋代第一部官员赴任或离职的日记体游记，按日叙事，记载旅程中的交游宴饮、对沿途名胜古迹和社情风俗的观感以及对名胜典故的考证。这一叙述方式成为此后官员旅行日记的基本体例，并不断得到丰富。

④ 沿此路径之意。

⑤ 非常多之意。

⑥ 此处为路途之意。

⑦ 纸墨诗文与书画。

⑧ 此处为事务繁多、军务十分忙碌之意。

⑨ 原意为在军用盾牌上把手磨墨。此处意指在军队里从事文书工作。

⑩ 原意为遗留的墨汁。此处意指著述。

采藻[①]斐然，足备史氏之摭取者，盖不数数睹焉。吾宗玉鍪师长[②]，儒而侠者也。自长沙军校竟业后，于湘、于川、于西藏屡绾[③]兵符，名勣[④]茂著。而迩年[⑤]驻麾湘西綦久，靖乱戢暴，威慑德绥[⑥]，桑梓[⑦]尤受赐不訾[⑧]。嗜书史，虽戎马苍黄不废翰札[⑨]。适来省门出眎[⑩]所著《艽野尘梦》属序。《艽野尘梦》者，盖取"我征徂西，至于艽野"诗意，追述其廿年前西征时经历行实，汇辑而成。观其由川入藏，深入工布、波密，屯军余二稔[⑪]。辛亥国变，乃遵哈喇乌苏河[⑫]，度酱通沙漠[⑬]，循冈天削山[⑭]，北出通天河盐淖[⑮]，取道青海，跻陇阪[⑯]而归。

① 意指文章写得极有价值。

② 陈渠珍于1927年初在湖南凤凰就任国民革命军第十九独立师师长、1931年起就任陆军新编第34师师长，1935年就任陆军新编第34师按丙种师编制师长。此处序言作者称其为师长是指其当时为陆军新编第34师按丙种师编制师长。

③ 此处指掌握、统摄之意。

④ 此处指宦海仕途成绩显赫之意。

⑤ 近些年之意。

⑥ 用恩德来安抚。

⑦ 故乡之意。

⑧ 数不胜数之意。

⑨ 书信之意。

⑩ "眎"通示。此处意即显示给人看之意。

⑪ 两年之意。

⑫ 蒙语哈喇乌苏，汉译为怒江，流经今西藏自治区那曲市。

⑬ 实为羌塘草原。

⑭ 昆仑山。

⑮ 今位于青海省海西蒙古族藏族自治州，察尔汗盐池地跨格尔木市和都兰县。

⑯ 陇山。绵延于陕西、甘肃交界处。

足迹所踔，目耳所听觏[①]，凡山川之阬塞[②]，户口之强弱，原隰[③]之瘠肥，矿产之盈朒[④]，宗教之派别，生计之昌敝，政治之良窳[⑤]，回藏野番之种族棼杂[⑥]，风雪雨雷节气寒燠[⑦]之错迕[⑧]，男女饮食服御之异趋，语言文字之钩辀诘屈[⑨]，奇禽怪兽、古木嘉卉之色色形形不可辨识，幽而鬼神之情状，明而氓萌[⑩]之情伪，以及其它有系于国若民，与兵家害利者，辄博稽而缕载之，於戏！何其都也。

后有从事于是邦者，得其书而妙用之，裨补宁浅鲜哉！向所谓足备史氏之摭取者，殆无逾于此。抑闻君偕其姬人西原，自藏启行，时从人百十有五，及至西宁，存者七。比较班超使西域，丧其官属三十六人，危苦殆有过之。当其迷道戈壁，徒步万里，阅时七月。初则绝盐，既而绝粮，终且岌岌乎几水火并绝。昕夕驰驱于风饕雪虐、沙飞石走、狼嗥虎啸之中，渴则敲

---

① 遇见之意。

② 意即显著的地貌特征。

③ 意即平原和低洼地带。

④ 意即清楚知悉矿产的蕴藏量。

⑤ 意即好坏优劣。

⑥ 意即杂乱无序。

⑦ 意即冷暖。

⑧ 意即交错。

⑨ 意即似天书一般难以理解。

⑩ 意即百姓群众。

冰而饮，饥则猎野兽而生啖。侍者殒[①]亡枕藉，荒凉惨慄，自诡决无生理。然终不少懈，鼓勇益进，竟安全入玉门。[②]于以知天下辽阔，峻极难臻之境，苟非惑且惧，而选耎[③]自沮，未有不能造其极者。而君生平备尝险阻，往往艰贞壁立，千折不挠，独决于一往。披览兹编，窃惊叹其坚毅之操，诚不可及已。虽然，此犹已陈之迹耳。方今海疆未靖，[④]正志士枕戈击楫之时，坚毅如君，其树立伟伟，可惊可叹，将不一再而遂止也，爰缀言[⑤]于其简，耑[⑥]以为之券。

清赐进士出身度支部 主事军饷司司长出使俄国参赞

长沙陈继训[⑦] 撰

① “殒”通殁。意即死亡。

② 意即回到内地。

③ “选耎”通选软，意即懦弱。

④ 日本侵略者于1931年入侵中国的东北。

⑤ 自谦之词，意即说了一些多余的话。

⑥ 此处为专此之意。

⑦ 陈继训（1878-1962），湖南长沙人，中国历史上最后的科举进士之一。其26岁成为进士后，授产部主事。1907年成为驻俄使馆参赞，1908年担任度支部军饷司司长。1911年辛亥革命后，其解甲归里，以诗文自娱。民国时期，他在给他人撰写传记、墓表等文字中，刻意标明其前朝为官的履历，以此传递自己的政治表达。

序三

曩[①]予与玉公师长[②]聚首长沙，彼此年方弱冠。玉公西蜀之行，予初尼[③]之，盖以友朋聚处，难合易离，矧[④]以瞿塘滟滪[⑤]长江天险。人生贵适志耳，远涉风涛胡为。而玉公志在万里，曾不为余言动。既而自武昌溯夷陵[⑥]，上三峡，入夔门[⑦]，历千余里竟达锦城[⑧]。人歌蜀道难，公直坦然处之。盖其毅力坚定，勇气富于侪辈，故能慷慨长往，而不疑不惧也。公之入川也，初任陆军六十五标队官，隶协统钟颖部。时英人谋藏急，清廷方遣混成一协援藏。公上西征计划书，于藏事规

① 过去、从前之意。

② 指陈渠珍。

③ 阻止之意。

④ 况且之意。

⑤ 曾位于四川省奉节县白帝城东5千米长江瞿塘峡峡口。滟滪为江心突起的巨石，俗称燕窝石，古名犹豫石。新中国成立后，此石因航运障碍，于1958年被炸除，奉节于1997年行政划归直辖市重庆，因此巨石现存重庆三峡博物馆。

⑥ 今位于湖北省宜昌市东南。

⑦ 长江瞿塘峡西门。三峡西端入口处，两岸断崖壁立，形同门户。新中国发行的第五套人民币10元面值背面图案即夔门。

⑧ 今四川省成都市。

划颇详。钟颖大赞赏，促之入藏。于是，初进兵昌都，继收复工布，终于波密之苦战。其中以腊左一役为险，以石门八浪登之战为烈。当是时，公已晋职管带[①]，声威啧啧，遍于藏之南北部矣。讵武昌军兴，汉家光复，[②]蜀中险远，军府新辟，江湖游侠，日事纷扰，兵烽炽于锦江，杀机深于玉垒，川局始紊，[③]康藏介在西陲，遂亦闻风响附，残杀相寻。公见藏事不可为，乃率百余人由江达取道青海归。方其仆仆于酱通大漠、通天河间，冰雪满地，尘沙蔽天，四顾苍茫，道路莫辨。数千里人踪罕逢，烟火灭没，日向往于冈天削而不可得。粮秣既尽，则猎取野兽以为食。夜宿冰天雪地中，风号于上，狼伺于侧。前路既渺茫无涯，从士复死亡日众。至是生还之望几绝，穷途险状，一身备尝。凡公所遇，可谓极人世之至艰危矣。卒能奋一往直前之精神，置死生祸福于度外，遂由柴达木而青海，而达西宁矣。

① 清末军制，统辖一营兵力的长官称管带。

② 意即推翻清王朝。

③ 1911年12月8日，成都兵变，军政府都督蒲殿俊逃遁，成都城内一片混乱。尹昌衡率部连夜平定叛乱，遂被成都军政各界会议推为大汉四川军政府都督。原川督赵尔丰交权后，仍率部驻成都并暗中复辟，威胁四川军政府。1911年12月22日凌晨，尹昌衡指挥所部擒获赵尔丰，公审大会后将其斩首。1912年，成、渝两军政府合并，成立四川都督府，尹昌衡任都督。同年7月，领兵西征，仅用3个月即平定康藏叛乱，改任川边经略使。此后被袁世凯骗至北京，以亏空公款罪，处以9年徒刑。1916年袁世凯死后出狱，从此远离政治。

公自江达启行，为辛亥仲冬。[①]抵西宁日，为壬子孟秋。[②]异域归来，国易共和。[③]于是由西宁经兰州入长安，循关中以归。迄今二十又五年。

回首前尘，有如梦寐，公恐其久而忘也。去秋来长沙，乃追忆往事，编著成书，命曰“艽野尘梦”。人生本幻境，其猝然而遇，适然而合，皆若莫之致而致。考公此役，始经蜀道，可谓难矣，继入康藏，为尤难。始在波密，可谓险矣，继过酱通，为尤险。行万里路，历时八阅月，劳筋骨，饿体肤，夷然不以动其心，坚忍耐劳，历尽诸艰，卒以获济。自是以后治军湘西，驰驱二十年，终不能舍一苦字。别有所持守，曾湘乡谓扎硬寨、打死仗者，庶几近之。而西原氏始终相从，于荒凉旷邈[④]之乡，患难与共，尤可考见天地生人，凡有血气，莫不各有真挚之天性，情之所发，初不以汉番而或异也。

---

① 仲冬为农历十一月。辛亥仲冬为1911年12月20日至1912年1月18日。

② 孟秋为农历七月。壬子孟秋为1912年8月13日至9月10日。

③ 中华民国成立。

④ 荒凉远离家乡之地。

公之辍笔于此，其殆惓[①]怀于西方旧雨，为人世稀有之因缘，昙花一现，遽归泡影，得无情感于衷，为艽野一梦之终结欤。虽然廿载以还，悠悠身世，沉沉长夜，公之梦又奚若[②]也。是书中多可惊可喜可哀可乐之事。

观其万里投荒，险阻艰难，山穷水尽之余，终有柳暗花明一日，则知天下无不可处之境，果能持以毅力，出以淡然，尽有无入而不自得之乐。即取边疆之故事胜迹，喇嘛之教旨宏规，番族之人情风俗，蛮方之山水异物，偕二三友朋于清夜良辰，资为茶前酒后之谈助，亦津津有余味焉。忆予与公别于长沙，在清光绪丙午[③]之年。岁月不居，已越三十一载，昔日少年，垂垂老矣。兹叙公书，盖不胜今昔沧桑之慨云。

中华民国二十六年清明日[④]同邑[⑤]滕文昭叙[⑥] 长沙

---

① “殆”通怠；“惓”通倦。殆惓意即懈怠疲惫之意。

② 如何、怎样、若何之意。

③ 1906年1月25日至1907年2月12日均为光绪丙午之年。

④ 1937年4月5日。

⑤ 同乡之意。

⑥ 滕文昭（1880-1940），字剑龙，湖南凤凰人。长沙时务学堂毕业。辛亥革命后开始担任凤凰模范国民学校校长一职至1926年。1926年后担任湖南省教育会评议会委员、凤凰劝学所所长、教育局局长等职。抗战爆发后，他多次上书当局，提出全民族抗日主张，但当局采取“先安内后攘外”政策，令其心情抑郁，突发脑溢血逝世。

请君为我倾耳听

——十谈陈渠珍及其《艽野尘梦》

第一谈　因缘西藏

转瞬十年过，如梦如烟，风痕雨点。

2006年4月10日，拉萨。

刚刚结识数日的西藏自治区社会科学院文献信息管理处副处长韦素芬送我一本她珍藏的《康藏青高原历险记——艽野尘梦》（重庆出版社1982年9月出版，陈渠珍著、任乃强校注），薄如我手掌般大小的册子。

多年后细思，这恰是我拥有的第一本涉藏书籍——《康藏青高原历险记——艽野尘梦》，离陈渠珍去世整整30年。

住处从拉萨仙足岛搬到嘎玛贡桑安居院后，我静静地倚在宝瓶山下院中的躺椅，开卷默读，眼泪长流不止，读到书的最后，竟哽咽声哭。西藏自治区公安厅的友人张厚永恰来家小坐，以为我遭遇了什么苦痛，我用手指指说，是这本书的因缘。

因缘使我很长时间都沉浸在这本书中，很长时间我都在想象着一位藏族女子和他的汉族军官丈夫面临的一个又一个凶险，想象着那个藏族少年险些被吃掉的揪心命运……

2007年拉萨雪顿节长假，我再一次翻开此书，又是泪流满面，又是止不住的伤感。从那之后，我再没捧起过这本书，实在承受不了这种无法释怀的悲情。

五年之后。

2012年，我如愿考上了中央民族大学藏学研究院攻读博士学位，师从著名的藏学专家喜饶尼玛教授，从事近代藏族历史和边疆藏区的社会管理及活佛转世制度研究。

当我按照导师的指点后再读《艽野尘梦》时，我从中第一次读出了作为藏学专业的博士研究生应该读出陈渠珍文字间蕴涵的深意，读出了陈渠珍人生喜怒哀乐背后的家与国、个人与社会的恰当摆位。

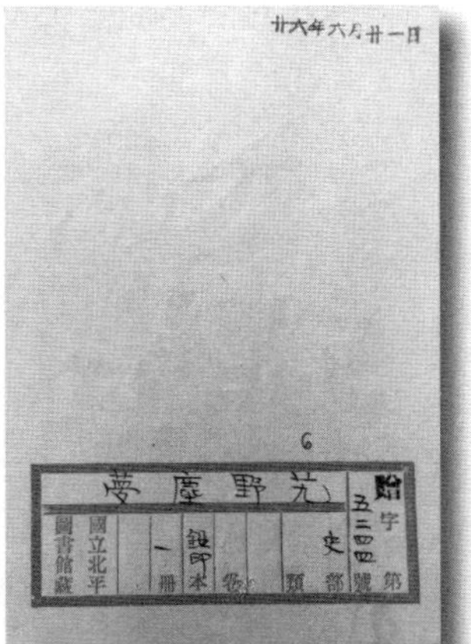

而后，我有幸到位于北京文津街国家图书馆古籍馆普通古籍阅览室成功调出了线装本《艽野尘梦》——代码“地8009272”，读到两条重要的信息：一是该书的来源在最后一页清楚地写明是1937年6月11日著者赠送；二是在书的插页中有“国立北平图书馆藏”铅印本一册的字样，加盖入库时间是1937年6月21日。由此得知陈渠珍在第一时间送当时的“国家图书

馆”——国立北平图书馆一册其自印的书籍。近80年后我与此书相逢，其保存依然完好如初。而这本书和我相遇是在2016年，已有近31年没有被调阅过。映入眼帘的蓝色封套几乎被岁月的阳光炙晒成白色，那充满民国简约范式的苹果绿封面，典雅庄重。轻轻右翻第二页，一张椭圆形的陈渠珍照片跳进了我的眼中。

这让我一下子想起了黄永玉，想起了他在《这些忧郁的碎屑》（1998年三联书店出版）中开列的陈渠珍形象：“壮实、魁梧，浓眉大眼，留着厚厚的八字胡。”

两相对照，毫厘无失。

第二谈　行军西藏

1911年，大清宣统三年，岁次辛亥。

这一年的12月30日，自西藏北去一支百余人的队伍，徒步万里羌塘，目标湖南凤凰。

雪原之路，赤面朝天，108名兵勇倒毙高原，任风雪弥漫，无马革裹尸；任岁月消损，融汇入大地。

让我们记住陈渠珍率队离藏北归的出发时间：1911年12月30日。出发点名：115人。

让我们记住陈渠珍率队到达青海湟源的时间：1912年8月6日。到达点名：7人。

他回望入藏千日，西征与兵变，东归与生还，似一场梦。清末民初一系列重大事件由此粉墨登场：改土归流、川军入藏、十三世达赖喇嘛出走印度、波密兵变、“驱逐汉军事件”……

这次书写令陈渠珍成为研究近代藏区历史中无法忽略的时代当事人。作为清末驻藏大臣赵尔丰的手下军人，他在从戎之日，就戍边西康、西藏，收复工布江达，进击波密峡谷，立志扬鞭策马，戍边为国。只是辛亥首义，兵变失控，作为新式武备学堂出身的管带，他天然同情革命，却无奈面对一个中央王朝的终结，不得不做出人生的选择：忠义难全，情义过路……

《艽野尘梦》绝不仅是一份精彩绝伦的旅行游记，实乃一部清末民初青藏高原人文地理的详尽考察报告和人性深描。

第三谈　永爱西原

陈渠珍笔下对人性的描写，实乃近距离多角度的观察之路，他看到了远超藏北风雪严苛的少数战友们极度丑陋而扭曲的人性，那一幕幕弱肉强食的森林法则，令其毛骨悚然、不寒而栗，而软化这些丑陋与严苛的却是西原——陈渠珍的藏族妻子。

就这样，八千里北归之路，一位落魄的汉族军官，一位藏族富家小姐，依偎前行，生死不弃。

这一年，死去的还有“泰坦尼克号”上的1500多位乘客，他们的悲情故事有无数人在书写。可西原的故事，只有一个深爱他的男人陈渠珍在描刻。

凤凰沱江，清波粼粼。

陈渠珍不止一次想起他魂牵梦萦的西原，想起远去的环佩叮当，战马嘶鸣……

他回想起部属每天都有人再也站不起来，坐着的躯体任风雪肆虐，终化成羌塘心土……陈渠珍的内心怎会如此强大？答案是来自妻子西原的精神力撑。西原鼓励与安慰丈夫："死亡虽众，我辈犹存是天终不我绝也。"

西原是陈渠珍在清末驻扎工布江达县认识的林芝贡觉村藏军军官加瓜彭措的侄女，一幕幕婚后的场景渐次浮现：

"有石坎，高丈许。西原先余纵身跳下，以手接余，余随之下。而对山枪声忽起，向石坎猛射，弹落如雨。继余而下者，死伤七人。"（第五章《进击波密》）

在这场枪林弹雨中，西原的纵身一跳让我知道什么叫女性的勇敢。但她随即用双手迎抱跳下的丈夫，究竟蕴涵着西原怎样的爱情？

西原从跟着陈渠珍进入藏北草原之后，没有吃过任何粮食的她将自己仅有的一小片干牛肉强行塞进丈夫的嘴中，她却悄然"取所弃野羊肠……"，吃下了羊肠中的残留粪便。

心底善良的西原，当得知因饥饿而心性大变的少数军人想要杀害带来的藏族少年以充食物，西原并没有做出简单的阻止，她竭尽全力千方百计去填补这些人的口中之食，只为保住弱者的生命。一位藏族女子，同样饥饿难忍，但她毅然决然拿起机枪独自猎来野狼。我常想，这些八尺男儿狼吞虎咽吞食一个女人捕猎来的新鲜肉食时，西原内心会有怎样的感受？她可是一位只有19岁的从未出过远门的藏族女子。

在极端恶劣的自然环境和人事环境中，人性的本能使她苦苦恪守文明的底线。她在大漠中奔跑打猎，使陷入绝境的队伍呈现出一次又一次绝望中的新希望。

当深明大义的西原得知自己来日无多之时，却说出“万里从君，相斯始终”的刻在心尖的情话。

一身抱病的妻子西原突患天花，预感自己再也没有气力陪伴丈夫回到湖南家乡，她梦见母亲给她送上一杯糖水，饮用之后，呛水不止。她告诉丈夫陈渠珍，藏俗梦此，必死无疑。

当夜，西原的天花突现黑色，在战场上南奔北突的陈渠珍束手无策，只能跑到窗外无人之处嚎哭。凌晨，藏族女侠西原留下了她的最后遗言：“我万里跟随夫君，告诉自己一生一世和你白头偕老，只是我半途而退，不能陪夫君，只愿夫君归途珍重。”

当陈渠珍全书最后一段陈述：

“入室觉伊人不见，室冷帏空，天胡不吊，厄我至此。余又不禁仰天长号，泪尽声嘶也。余述至此，肝肠寸断矣，余书亦从此辍笔矣。”（第十二章《丹噶尔厅至兰州》）

至此掩卷，我的眼泪止不住流下，犹感陈渠珍失去西原的苦痛。他与西原的两年爱情是陈渠珍生命中痛彻肺腑的曾经。他们的爱情在最该用力的六琴弦上戛然崩断。

面对阖然辞世的妻子，这位七尺湖南军人几度昏厥。丧葬需要钱，一定要给妻子一个体面的葬礼。可是身上只有一点点钱，西安友朋闻讯接济了这位曾经在藏立下赫赫战功的军人，勉强拼凑的简陋棺椁最终安葬于西安的雁塔寺。

第四谈 西原七哭

作为藏族女子，西原不仅是豪爽大气的“女汉子”，更具备一个女性天生所具有的温柔和善良。我找到了西原在《艽野尘梦》中的先后七“哭”。这些哭泣没有一次是为她自己，全都是为陈渠珍。前三次哭都是在波密兵变中时刻担心丈夫安危不由自主地哭；第四次和第五次是因为决定与陈渠珍一起离藏东归，为与亲人可能是永远的诀别而哭；第六次是在过通天河时，面对两日断炊，面对陈渠珍最好的战友多日未归，面对倔强的丈夫不肯吃她仅有的最后一小块救命肉时，她放声大哭；第七次哭是在到达内地，每当丈夫出外，她就因为害怕而哭泣。那个勇敢的女子怎不见了？不，她还是她，只是这时候，与其说是对丈夫的担忧，不如说是对丈夫每时每刻深深的依恋。

西原在书中出现的频率并不多，但每至关键时刻，西原总能出现在丈夫身旁，而陈渠珍也同样流露出对西原刻骨铭心的爱。幸运的是，陈渠珍在《艽野尘梦》中以点滴入微式的记录，写下这位女性在男人圈中展示出来的人格和敢勇。

岁月蹉跎。

陈渠珍的女儿陈元吉回忆道：“当《艽野尘梦》书写到最后一段，父亲放声大哭。性格刚强的父亲从来没有在别人面前哭过。”

这就是陈渠珍与西原的爱情，其间蕴含着深刻的民族团结范式——互信之后的共信。

第五谈　归葬西原

暂存在西安大雁塔旁的西原棺椁并没有被陈渠珍所遗忘，他在成为“湘西王”后，亲自嘱托好友董禹麓自西安将西原灵柩送回湘西。当遗体到达凤凰时，陈渠珍率队迎于湘西首府保靖城十里之外，军队排枪齐发致哀。为其守灵的陈渠珍还亲撰西原的墓志铭。

2016年7月27日，我在国家图书馆调阅了1940年代的《康导月刊》，方知西原的墓志铭并没在刊物中连载。1942年1月25日，《康导月刊》第三卷第十、十一期合刊出版，任乃强在连载完毕后写下了这样一段文字：

“陈君原著，有祭西原文，及西原归骨湘西后，陈君手撰墓志，并极哀感可读，报社录稿者遗之。校时本拟增入。因事匆匆赴雅，但携钞稿自随，忘取原书，及是校讫，竟无凭以补录。亦一憾事。1942年1月22日。”

第六谈　返湘新生

1913年正月，历经九死一生、孑然一身的陈渠珍返回故乡湘西，此刻这里正迎来辛亥鼎革后的全新长官田应诏。陈渠珍依靠自己的才华成为高级幕僚，为其创办军官训练团——湘西“黄埔军校”。日后其在湘西拥有稳固的军事地位，与他那时候建立的良好师生情谊有着一定的因果。

湘西自古多匪患。

1921年后的陈渠珍首开剿匪、抚匪之路，降服一个又一个土匪的陈渠珍，不知其背后经历多少不为人知的艰辛，终成名副其实的“湘西王”，以致影响民国湖南政局长达近三十载。

1922年，20岁的沈从文来到了“湘西王”的军帐下，成为一名文书。耳濡目染恩师的文教修学，触发其内心无声而剧烈的精神追求。在沈从文为数不多的涉此文字中，仰慕陈渠珍的文字溢于言表。

那一年，陈渠珍40岁。

“陈渠珍的书房有大量的明清典籍字画，四五个大楠木橱柜，十几箱书籍，由此而萌生的治学心绪使我大为欣喜，这样的际遇从此奠定了我的文化基础与底蕴。”

“军官的文稿，草字极不容易认识，我就从他那手稿上，望文会义的认识了不少新字。但使我感动的、影响到一生工作的，却是当时他那种稀有的精神和人格。天未亮时起身，半夜里还不睡觉。凡事任什么他明白，任什么他懂。他自奉常常同个下级军官一样……什么是好的他就去学习，去理解。处置一切他总敏捷稳重。”

——沈从文《从文自传　学历史的地方》

当沈从文准备前往北京读书，并将想法报告陈渠珍时，他迅速写下“手令”，在批给他三个月薪水的同时，说了下面这段叮咛的话语：“你到那儿去看看，能进什么学校，一年两年可以毕业，这里给你寄钱来。情形不合，你想回来，这里仍然有你吃饭的地方。”

沈从文没有回来。

再回来已是15年后。1937年的沈从文，早已不是陈渠珍身边的小书记员了，他成长为中国知识界鼎鼎有名的学者。

作为陈渠珍的昔日文书，沈从文返回到偏远的湘西，为湘西做抗战动员。试想，这些活动如果没有陈渠珍的默许和支持，怎会有如此畅通的舞台？于是沈从文在长沙写下《莫错过这千载难逢的报国机会——给湘西[①]几个在乡军人》，希望湘西军人在抗战的时代洪流中舍身报国。

“救国是每位国民的应有之义，湘西百姓血液中本有不畏强暴、英雄本色、仗义济人的豪放，且以得人敬重为荣，只有团结一致，动身抗日才是最好的用途。”

张治中在《张治中回忆录》中，敏锐地感受到陈渠珍的苦楚：“他在湘西二十三年的历史以及其中不少的曲折艰难和委屈，归结到‘怨由从集’，但他一再讲起良心，这里面自然是含蓄了一种精神上的苦楚。”

① 本文中出现的湘西，实有作一解释的必要。湘西一词在1912年后方有，是因为设置了中华民国湘西镇守使一职。百姓口中的湘西是指地理意义上的雪峰山以西，俗称“上湖南”，包括今天的湘西土家族苗族自治州、张家界、怀化，还有常德市、邵阳市的一部分，所辖区域几乎小半个今日湖南版图。至于湘西一词在1930年代突然流行开来，与官方的使用频率和沈从文笔下的书写湘西有着极大的关联。新中国成立之前，在政治上统治湘西的始终是地方武装。近代化的清末军队从没进驻过湘西。民国肇建后，同样没有任何军阀势力敢染指湘西。湘西偏安一隅，自成军事体制。我们今天熟知的湖南省湘西土家族苗族自治州只是当时湘西的一小部分。

第七谈　一生军心

陈渠珍并非军旅作家，但他寥寥数笔就将自己在藏亲历的一个个真实片段尽诸笔端，读来仿若其境身临，其旁随在，实乃是一部极其珍贵的清末民初军政备忘录和审势治边录。

陈渠珍对民间百姓口中的“赵屠户”——赵尔丰的白描，细腻的特写着实令我咋舌。当霜雪盈头、精神矍铄与边关大将组合在一起时，扑面而来的是一种正气的凛然。它会不会是一部中国近现代军事文学的开山之作？我想，这就是历史的表述和表述的历史之差异吧。

卫戍边关、固守一方的陈渠珍，他自觉地将自己的命运调校到疆土底线思维，无论是出征西藏还是安民湘西，他身上所具有的最大心愿就是与当地百姓实现互信，甚至用婚姻凝聚藏汉情谊。他在国家视野的动态书写中，用自己的生命丈量出一位军人的忠诚，一位军人对安定的渴望。我想这就是这本书得以常读常新至今的跃动要素。

翻开陈渠珍的《军人良心论》，陈渠珍进行了自我的动员，使自己从官方视野中的“匪”之身份，转变为抗日御侮的国家力量。陈渠珍的另一大贡献是将封闭的湘西百姓带入到国家与民族共和旗帜之下，从而在精神的世界吹响了湘西抗战的集结号。

我真切地看到了陈渠珍的努力——和谐感通，相偕以行。

他看到民族主义如果不能与民生主义迅速结合就会出现失控和极其狭隘的逆流，无论何时，均会如此。

今日读来，切肤之感。

我们不能苛求陈渠珍，他的传统治军思想在今天能够借鉴有益部分的同时，我不由得站在马后炮的角度说上一句，他以封建式的军阀方式实现自己的武略，始终认为湘西是湘西人的湘西，实乃是时代的悲剧和历史的遗憾。

第八谈　摆正家国

1930年代的前五年，担任湘西屯边使和独立第十九师师长的陈渠珍的势力达到顶峰，他的影响其实不止是在湘西，湖北、四川、贵州边区30余县都有其队伍，加上受其节制的部分川军和黔军，其总兵力达到3万人，成为名副其实独霸一方的地方军阀。

陈渠珍倾心湘西自治，竭力效仿阎锡山在山西的自治方法，倡导湘西十县联合，聘请梁漱溟起草地方自治条例，着重在教育上勇猛精进，对湘西教育的现代化起了重要的启蒙作用。

除此而外，陈渠珍要求种植鸦片，可以征收极高赋税，这成为陈渠珍统治湘西最主要的财源，为湘西军队提供了充足的血液。这种思路与他1912年在青海湟源所见，当地抽走大量鸦片税收，实属借鉴。

遗憾的是，陈渠珍最终没有洞见大时代来临的气象，而是关起门来以所谓的独立自主建设湘西。他甚至发行湘西纸币，抵制国家货币进入湘西，这种经济上的独立王国加上军事上的保靖安民，令掌控湘西军政大权的陈渠珍误以为这样辖区百姓就能过上太平日子，就能缔造湘西这个大家庭，就能最终逃脱被蒋介石直接掌控的命运。

陈渠珍的女儿陈元吉说：“父亲对国民党反动派的专制暴政不满意，却又惧于其强大势力，不敢公开反对，只是明争暗斗，表面上还要服从统治当局的大政措施。因此，他被迫参与‘剿共’”。任乃强先生1941年称返回湖南凤凰家乡的陈渠珍“其后仍任军职，至师长，据湘西数年，曾屡次与红军作战”。为此，我专门前往台北“国史馆”查询涉陈渠珍的相关密档，其中1934年10月13日，“陈渠珍电蒋介石，查萧克窜黔，图与贺龙结合近日图越乌江，经我军痛击未遂。”1934年10月20日，“陈渠珍电蒋介石，据探报，萧克、贺龙两匪相合刻向松桃、铜仁窜攻，已令周围防堵，并令驻军相机进剿”。我还到台北“国史馆”新店馆，查询到阎锡山史料缩微档案中亦有与陈渠珍的相关电报，其中一份是下属“电陈渠珍，职部与萧克、贺龙在新村冷水一带激战，今将其老巢占领”。此后不久，同样在阎锡山史料缩微档案中有一份“南京煦电陈渠珍五百个手榴弹”的电报。除此而外，台北“国史馆”所存涉陈渠珍相关档案前后近300笔。任乃强先生称陈渠珍“而后醒悟，卸军职，办纺织厂于南川。”他所述的“而后”，我在台北“国史馆”细细爬梳，应在1935年7月12日到27日之间，涉及陈渠珍的电报共有十通，全部涉及与贺龙部队的交战，其中在“蒋中正总统文物”中赫然开列“贺龙围犯龙山守城之陈渠珍师刘团良……据俘匪供称该股伪十八师师长苏杰已重伤毙命”。我立即核对中共党史材料，写道：“7月28日，在湖南龙山指挥作战时牺牲，时年24岁。”可见情报的准确。此后，陈渠珍与南京国民政府之间的电报骤减。主政湖南的何键向蒋介石报告，“说陈‘剿匪’不力，并有‘通共’嫌疑。其目的显然在为他解决陈渠珍制造借口，并取得蒋的同情和支持”[1]。吊诡的是，早在此半年前的1935年1月11日，蒋介石就电晏道刚“相机处置陈渠珍通匪”，可见陈渠珍与贺龙有私人联络并非虚言。在这之后15天，“已限期令陈渠珍部移驻……并整编完竣”。陈元吉说自己的父亲最终被蒋介石以“通共”“拥匪自重”罪名勒令改编，解除兵权。

但陈渠珍的影响力在湘西几乎无人匹敌，他始终把自己的沥血之作——《军人良心论》作为教材，告诫每一位湘西军人：“有良心的人拿枪才是军人，没有良心的人拿枪便是土匪。”沈从文这样评价他的上司：“内部团结得如一片坚硬的铁，一束不可分离的丝。”

湘西军人的互助精神，湘西军人的集体荣誉感，这些理念的生发我认为一定来自陈渠珍在风雪西藏之路上的渴望。抗战爆发后，这些从来没有走出大山的湘西军人带着陈渠珍倡导的军人良心教育开赴全民族的抗日最前线，迸发出强大的正能量。

但对陈渠珍而言，尘封24年后的这场书写，恰在1936年。这一时期，“割据”湘西二十多年的陈渠珍的部队被整编即将开赴抗日战场，他第一次结束了他在湘西割据一方的时局。闲赋长沙后，他对西原的强烈追忆实乃是其对自己部属永远能够“万里从君，相期始终”的期望。这份对忠诚的持久渴盼，使其笔下流淌出的是一部真善美与假恶丑的社会舞台辨析之作。

鲜为人知的是，这支开赴苏、浙、赣一带参加抗战的陈渠

① 王尚质：《何键解决陈渠珍经过纪略》，中国人民政治协商会议湖南省委员会文史资料研究委员会编：《湖南文史资料（第七辑）》（内部发行），1964年12月，第152页。

珍部队，他们所拥有的仅仅是在湘西凤凰小兵工厂制造的步枪、轻重机枪和迫击炮，却在“一·二八”淞沪抗战中毫不吝惜自己的生命，以血肉之躯阻挡日军的疯狂。陈渠珍的这支队伍，大部分来自湘西土家族、苗族、回族、汉族。其改编为国民党陆军一二八师后血战嘉善，成为抗日战争中一座敢于牺牲的热血丰碑。

这些勇敢的湖南军人，不能不说是陈渠珍治军思想的具体实践。

由于蒋介石的冷落，再加上他受到湖南最高地方官薛岳的排挤，1938年，时任第三战区前敌指挥的薛岳“以‘抗战不力’的罪名，将第一二八师解决……部队被编散”[①]。此际重庆已成为战时国家中心，湘西作为大西南门户的作用凸显，蒋介石怎么可能允许陈渠珍发展壮大？于是，从1939年到1944年，陈渠珍被迫过上了离湘到川造机纺织的生活，直到薛岳于1945年9月离开湖南，他方返回凤凰。

回到凤凰的陈渠珍过着清贫的生活，他甚至自己造棉纺棉，亲自售卖牛毛混纺的冬帽，并从事田间劳动。此时他已63岁。

作为这一时期西藏大历史书写人之一的陈渠珍，他以《艽野尘梦》的微观誉言，将已逝去二十余年的静态事件转化成一个个人物出场的动态故事。这种生动细致的描述，为我们重新理解和阐释这段涉藏历史提供了全新的讲述，使我对轮番上场的历史小人物的命运有了更加直观的多维认知。

---

① 王尚质：《何键解决陈渠珍经过纪略》，中国人民政治协商会议湖南省委员会文史资料研究委员会编：《湖南文史资料（第七辑）》（内部发行），1964年12月，第154页。

第九谈　政声人去

人去江湖远，寂寥天地间。

在这个气候诡异暴雨如注的2016丙申之夏，阅读《陈渠珍遗著》，我脑海中竟浮现清末翰林熊希龄的身影，但陈渠珍身上展示给我的更有纯粹的传统士人风骨，他的文字中混杂着宋明理学和老庄之道，更有佛教思想的阐发，这些都在他的笔下留存深刻的斧凿。我知道，他更愿以一己之力，坚持不懈地践行在西藏、在湘西的大同之梦、美美与共之梦。

我无意美化陈渠珍，他的形象在一些人眼中是剥削湘西百姓的土匪、军阀、刽子手，在另外一些人眼中则是为湘西前途操劳的地方官。我无意加入关于陈渠珍是与非的争论，但我的观点是：他是一位不是军阀的军阀，更是一位饱读史书的文人质气的军人。

以下是黄永玉对陈渠珍印象最为深刻的一件事：

1950年，陈渠珍携夫人们坐轿子去高村(在麻阳)搭船，前往沅陵，当时湘西行署所在地，那是他一生在凤凰的最后一天。那一天，全凤凰的老百姓都到回龙阁去送他。当时大家都不说话，也没有口号，就是目送他，他也不停向左右招手。

从西藏返回湘西，从辛亥首义的1912年到大江大海的1949年，这38年时间，他对自身的传奇只字未写。

2014年，我到访阎锡山在台北阳明山上的故居“种能洞”，下山途中我想到陈渠珍，想到这个几乎与阎锡山政经路径相似的湘西王，更想到那一时期湘西百姓在他治下的乐业，想到他去世时的一贫如洗。他会在乎生活的落差吗？

黄永玉亲书陈渠珍的墓志铭：

“国内军阀混战时期，由于先生的精心维护……湘西百姓得以享受30余年安宁太平日子。抗日战争初期，上万湘西优秀子弟浴血献身……都是先生几十年一手培养的骨肉勇士……先生生活简朴，博学渊雅，见解宏阔，无愧人称山水精英。”

有什么比这种荣誉更能让历史永记？

第十谈　余音缭绕

1949年，陈渠珍率部和平起义，他发出《凤凰和平解放的代电》后，即与人民解放军进行政权交接，为解放军挺进大西南扫除了最后的障碍。

1950年6月，陈渠珍到北京参加中国人民政治协商会议第二次会议和中央民族事务委员会会议，并与毛泽东主席、周恩来总理和故交贺龙见面。当周恩来总理向毛泽东主席介绍陈渠珍时，毛泽东主席紧握他的手说，久闻！久闻！

此后，毛泽东向他赠送了榨油机、抽水机等几十件农具。陈渠珍有一个最大的本领就是曾自行设计并制造出了新兴农机设备，该设备在其日记中有图纸的记录。毛泽东定是希望他能再为农业开发做出努力。

值得一提的是，开国元勋贺龙还有一个身份，昔日陈渠珍的军中部下。

当贺龙在离天安门不远的北京饭店会见陈渠珍时，他说：“我几次劝你出来，你就是舍不得丢掉你的坛坛罐罐，如果你当时能够出来，不知咱湘西要出多少共产党干部。”

此后，陈渠珍任民革中央团结委员，极力争取一些土匪缴械投降。

1951年，新生的共和国开始在全国范围内进行镇压反革命，毛泽东在1951年1月8日回复中南局并湖南省委的请示电报时亲加批注："对他（陈渠珍）的处理应取慎重态度，不要轻率处理致使我们陷入被动。"

这一切，陈渠珍至死都不知情。

吴竞成在1920年代对陈渠珍曾有此命算：

"此命打不死，杀不死，骂不死，穷不死，饿不死，跑不死，累不死，苦不死，气不死"。

1952年2月，新中国成立第15个月，湖南解放仅10个月。曾担任过大清援藏军官、国民党湘西巡防军统领、率部于1949年起义并担任过新中国湖南省人民政府委员、全国政协委员的陈渠珍因喉癌，安然辞世于长沙家中，终年70岁。

其传奇的人生历经清代、中华民国、中华人民共和国三朝。

这一年，距陈渠珍离藏整整40年。

2016年4月末的北京平谷，我和挚友明勇夫妇、姚宇航兄又一次来到杨家台水库，此时已是桃花落地，缤纷落英，瞬间浮现李白的"桃花流水杳然去，别有天地非人间"。身在蓟东山谷，想起他的《山中问答》，也算是一种跨越千年的情景再现吧！

西藏林芝，西原家乡鲁朗，桃花正盛。

韩敬山

（作者为中央民族大学哲学与宗教学学院博士后）

后记

经世致用益吾智 亦使吾辈可攀岩

——《艽野尘梦》校注后记

丙申年。

从蜩始鸣到土润溽暑。

整整月余。

我将自己埋在故纸堆中，每天在书海中奔跑十余小时，今天终于来到了后记这一站。

在校注这部书稿的过程中，我的兴奋与冲动、怯懦与退隐始终缠绕心间。藏学前辈任乃强于1940年代在《康导月刊》上连载三年的《校注艽野尘梦》（以下简称：任氏版本）曾让后学项背望之。今天，之所以敢咬着牙再出发，是因为心底始终坚守一个梦想——藏学知识绝不仅仅是藏学界自己智慧的跑马场，它应随着时代的脚步，生发成各界朋友手中的书香伴侣，幅幅映画出青藏高原千百年来的波云诡谲，使正见的知识传播流布。幸运的是，我的博士生导师——时任中央民族大学副校长的喜饶尼玛教授始终为我的梦想点赞、护航。

格物致知、正心诚意。

于是我找出了1982年重庆出版社出版的《艽野尘梦》，找到了

1936年陈渠珍自印并赠送给当时“国立北平图书馆”的线装本《艽野尘梦》（以下简称：陈氏版本），找到了1940年代任乃强连续三年在《康导月刊》上的刊载文字。更让我欣喜的是，我的博士后合作导师——中央民族大学哲学与宗教学学院院长刘成有教授帮我找到了当下已经售罄、我又遍寻不见的2008年湖南人民出版社出版的《陈渠珍遗著》（以下简称：遗著版本），我已经没有理由不做好这件事了。我想，这四大权威版本足以让《艽野尘梦》的原文精确度更上一层楼，校注精确到用尽己力。

校对开始之后，吃惊感与日俱增。无论是1940年代发表在《康导月刊》上的《校注艽野尘梦》，还是其1982年首次以简体字校注出版的《康藏青高原历险记——艽野尘梦》，两著对照陈氏版本，任氏版本竟有400余不准确之处。转念一想，其实有些讹误并不能称之为错误，乃是任先生出于善心，为使读者更准确理解作者的意思而更改其深奥的字词，这些更改后的妙词我并没有再次改回，而是将改正的重点放到一些真正的错写、误写、漏写词汇或段落，重新依照线装孤本并参照《陈渠珍遗著》一一更订，使其成为最接近陈渠珍原意的版本。我的好友——公安部铁道警察学院马克思主义教研部的刘海波博士鼓励我说书出版之后，可以余音再绕，写上一篇相关版本的校注勘误文章，使谬误不至荡漾出更大的涟漪圈，这是一种寂寞的功绩。

在校注过程中，我认真地找出《康导月刊》刊载的《艽野尘梦》全文，许多朋友都知道这部著作在此月刊上连载三年。在没有看到刊物前，我以为每个月刊登上一章都绰绰有余，哪至于要刊载三年时光。当我在国家图书馆成功调阅出这份70余年前的刊物后，我还是大吃一惊。事实上依据陈氏版本校注出版的任氏版本仅仅用了四期即刊载完毕。

我想在此列明一些修订的部分，使各位读者能够明了一二，我以第四章“收复工布”为例：

第一，我将陈渠珍著中前后所用地名不一致的地方一致化。如其在前面写为“阿冗噶伽”，后面写作“窝冗噶伽”，这类笔误我并没有专此注释，只是前后做了行文上的统一。

第二，在集纳了各个版本力求精准的基础上，我在必要时将陈渠珍所述加上引号，意即使读者能更加明晰当时的语境。我这样做的唯一目的，就是尽最大努力减少读者在阅读此书时遇到的障碍，并且自设一个宏大的愿景，希望读者通过阅读此书，最大限度知悉在清末民初这短短的千日时光里，西藏到底发生了什么。通过陈渠珍的讲述，让读者感知那块土地上百年前发生过的风云。

第三，任乃强先生的点校，我认可的部分在此不作更改。试举例：

陈渠珍原文是：

予驻牙披后，即将厦札远遁，番人无反抗意，请示招抚，以安人心。呈报入藏，旋报可。

任乃强改动为：

余驻牙披后，即以“厦札远遁，番人无反抗意，请示招抚，以安人心”呈报入藏。旋报可。

陈渠珍原文是：

“余习知藏南野番殊犷悍，此米何以得来？”

任乃强改动为：

“余习知藏南野番殊犷悍。问：‘此米何以得来？’”

陈渠珍原文是“红蓝宝石成花纹”，任乃强改为“红蓝宝石嵌成花纹”。也就是说，任乃强增加一个“嵌”字，妙不可言，于是保留任乃强版本。

陈渠珍的原文是“昼长人倦，第巴时相过从”，任乃强改动为“昼长人倦，赖有第巴时相过从”。任乃强增加“赖有”二字，这一字起到架桥效果，使读者产生心有灵犀。

任乃强先生的上述改动非常清晰准确，因此保留。

除了赞同任氏版本通篇的“予”字改为“余”外，类似上述这样以标点符号增加语言感染性和现场性的字词，任乃强先生是我学习的榜样。需要特别说明的是，我们不能苛求七十余年前的印刷时代，任氏版本中的许多错误也许是排字环节的错误，并不能归于先生身上。他对这本书的播迁功劳远远大于他在本书中近400处原文引用甚至漏句而产生的讹误。全书中印象最深刻的是任乃强先生还为陈渠珍增添了一段文字，其目的使读者更加明了前因后果，实乃再创造。这个添加我都在本书中予以保留并注明。

许多人会问，您到底用了哪个版本？我明确说道，以陈渠珍自印线装本为基，以任乃强校注为思，融合各个专业版本的精华，我仅仅在文字上做细微的更替，这样既可以保持原貌，又可以令读者免受冷僻晦涩文字的煎熬，这就是校注这本书的目的。

第四，对任乃强所更改的部分大多数恢复原书面貌。

陈渠珍用“极目荒寒”，任乃强改“极目荒凉”。我明白任先生所要表达的用意，但为了尊重原文，全部改回。

陈渠珍用“小溪回环”，任乃强改“小溪迴环”。我认为改回陈渠珍原文为妥。

陈渠珍用“高桩碟”，任乃强用“高椿碟”。“桩”是瓷器界专业术语，矮桩、高桩均为专有名词，因此改回陈渠珍的词汇为妥。

第五，按照现代文字使用规范，对一些文字做了必不可少的微调。如陈渠珍原文是“曾携甘珠尔经一部”，任乃强照誊，但考虑读者对西藏知识或缺，因此我冒昧将其技术性改为

“曾携《甘珠尔经》一部”使其更清楚，而不令人产生“甘珠尔”是否是人名的疑问。

第六，对一些标点断句重新做了修订。

陈渠珍原文是：

“佛顶圆光中嵌金光圆润之蚌珠”

任乃强断句为：

“佛顶圆光中，嵌金光圆润之蚌珠”。由于陈渠珍自印线装本全书并无断句，由此查阅湖湘文库编辑出版委员会出版的《陈渠珍遗著》，其版本断句为：

“佛顶圆光，中嵌金光圆润之蚌珠”

我个人认为遗著的断句更符合陈渠珍本意。

陈渠珍原文是：

“其记帐法，用符号，取巨竹剖开，刺符号于其中缝，刺毕，各执其一……”

任乃强改动为：

“其记帐法，用符号，取巨竹剖开，刺符号于其中，缝刺毕，各执其一……”

可以看出任乃强对此断句疏忽，使读者不能清晰了解陈渠珍要表达的原意，更使我们失去对这一习俗的准确了解。

第七，改动稍大的话语重新调整回原文。

陈渠珍原文是：

“余又恐左右窃取，仍交第巴封存之。其后，波密事起，予进兵半载，旋全藏兵变，余仓卒出江达，亦不能绕道窝冗噶伽矣。”

任乃强改动为：

“余又恐左右窃取，令藏归原处，待日后议处。后余仓卒出江达，亦不能绕道窝冗噶伽矣。”

任乃强对此句改动稍大，我不认可任乃强用“藏归原处”，相反认可陈渠珍用“交第巴封存之”符合当时逻辑。因为第巴将这些珍宝放置何处，陈渠珍不想知道，他也希望其左右人员也不知道，否则归原处保存，一定会出现陈渠珍担心的问题，也就是他身边人员对此的贪念。

陈渠珍原文是：

第巴曰：“自脚木宗至此，一带大山，山后行六七日至洛渝，俗呼为野番是也。野番分生熟两种。熟番地纵横千余里，再进则为生番地矣……”

任乃强改动为：

第巴曰：“自脚木宗至此，一带皆大山。山后行六七日至洛渝，再进，则为生番地矣……”

任乃强主要漏掉陈渠珍对生番、熟番的解释话语，在此版本中我恢复原貌。

陈渠珍原文是：

“波密地势，万山丛沓，绝少出产，民贫苦而性强悍。其酋长白马青滃，横征暴敛，民不聊生。其出而行劫，亦势使然也。”

任乃强改动为：

“波密地势，万山丛沓，绝少出产，民贫苦而性强悍，其然也。”

任乃强在此漏掉了陈渠珍对白马青滃的定性式评价，类似这样的文字，我在此校注本中悉数补回。

上述改动，基于为读者考虑，我并没有加以注释标明，以减少对读者阅读时产生的信息干扰。

兹不一一列举赘言。在校注书稿时，我找到了一封陈渠珍与《艽野尘梦》有关的信件。那是在1943年6月15日，他在贵州给《康导月刊》的著名编辑王光璧回信一封，主要讲述四事：

一是事隔念载，半多遗忘，仓猝成帙，挂漏甚多；

二是猥承不弃，欲以列诸康导丛书；

三是自抗战以来，西藏建设日新而岁不同；

四是离藏三十余载，时事变易，隔膜殊多，嘱撰文字竟无从着手。

由此可知，《康导月刊》一方面希望将其《艽野尘梦》结集收入康导丛书，一方面希望陈渠珍能够再写未尽的西藏传奇，被陈渠珍婉言谢绝。

陈渠珍以自己离藏三十余年，许多事情变化甚大为由婉拒了编辑的诚心约稿。但回到历史现场，此时的西藏地方政府正在进行所谓“独立”的闹嚷，甚至成立所谓的“外交局”，而“驼峰航线”正在西藏的上空频繁往来，西藏地缘作用凸显重要。这一时期，国家亟需了解西藏的人才献计献策。但只因陈渠珍在书写《艽野尘梦》的最后一句话用了肝肠寸断，从此辍笔，并未应允，实属遗憾。但我想这部著作与其说是他个人的在藏回忆录，倒不如说这是一部在灾难环境下对人性善良渴望的呼吁录。

书写至此，辛苦自不待言，但因为热爱，所以执着。这本书能够呈到您的面前，首先感谢结识已八载的广东旅游出版社副总编辑江丽芝女士，我的两本涉藏著作——《找寻拉萨的前世今生》和《金顶下的拉萨——一座文化城堡的历史脉迹》都是在她的精心编校下得以面世。这一次，她又一次将橄榄枝抛给了我，我将其看成是对我的无上信任。感谢这本书的责任编辑殷如筠女士，我们的合作非常愉快，她非常尊重我的意见，我同样也会站在她的角度理解她的思考，于是我们在快乐的互信氛围中愉快地完成了这个任务。

值得一提的是，2014年中央民族大学公派我赴台湾“中国文化大学”访学，其间认识了博士候选人黄学文先生。在我返回北京后，他为本书的写作还专门亲赴台北“国史馆”帮查陈渠珍相关密档，用微信的方式传递着凝固的历史。

我要感谢铁道警察学院马克思主义教研部的刘海波博士和中央民族大学历史文化学院的白浩琨博士，他们二位不厌苦辛，常常忙至深夜，帮我逐字逐句校正不准确的注释。可以说没有他们二位的坦诚帮助，这本书就不会有今日的水准。

感谢国家图书馆梁钜霄先生，是他导引我如何能够查阅到《艽野尘梦》的线装版。当此书跨越八十载光阴摆在我的面前时，那种欣喜仿与作者相知如悟。

感谢比我年龄小的师姐，现为中国藏学研究中心历史研究所的邱熠华，她认真地阅读了我的校注，并提出宝贵的修订意见，使本书更为精准少误，在此深表谢忱。

感谢我的师弟中央民族大学历史文化学院的冯翔小兄，他虽远在云南，却依然细心帮我查询到西藏拉萨色拉寺产金灯的文献。

感谢我在西藏的硕士同学——中国移动西藏公司的赵晓阳，他为了帮我找到西原的雕塑几经查找，并请阿旺拍摄藤桥的照片供出版社选用，同学之谊，令我感动。

最后，我想在此郑重专表，诚挚感谢广东旅游出版社刘志松社长，从书的策划到最终出版，没有他的首肯、青睐、推动、决策，这本书就不会有今天的成熟。

这一切其实都是一个字——缘。

有缘再续。我很惜缘，突然一念闪过，这是不是陈渠珍给藏族妻子起名“西原”的原因？

春发气，百草生；正得秋，万宝成。

韩敬山

丙申年立秋于北京朝阳常营

一帆归客 一字知音

——《艽野尘梦》校注再后记

2019年3月，这部校注书稿已出版两年，又一次接到广东旅游出版社刘志松社长电话，告知即将第五次印刷，并将采用全新的设计以迎读者的期待。感谢之余，我忙不迭地请求，这次付印前，一定要将书稿中的种种差错重新订正，使这部书稿及校注经得起挑剔，得以完美再世。

苦雨晴何喜，喜于未雨时。

两载岁月，涉此书事的氛围，可以说是“丽句轻珠玉，清谈胜管弦”。书写至此，有六位先生我要在此致谢。

第一位是中央民族大学喜饶尼玛教授。他除了赞叹这部书精美的装帧，还详细审阅了全部校注，不仅指出文字中十余处错误和瑕疵，还一一为我指明修订的原因。我向他表示谢意。

第二位是中央民族大学博士候选人冯翔兄。他找出非专业读者难以发现的四处问题，促使我必须重新审视，在吸纳其意见的基础上全部重新改写。我向他表示谢意。

第三位是陈照民兄。他是我2017年西方圣诞节那天乘坐西伯利亚航空公司的班机，前往俄罗斯伊尔库茨克认识的邻座。来自湖南的他，快速帮我打听到了身居湖南衡阳的甘建华老师的手机号码。我向他表示谢意。

第四位是青海省海西蒙古族藏族自治州乌兰县公安局的马伟

峰兄。热爱文学的他，发现《柴达木的前尘往事》一文中，对我校注的书稿做了点评，于是将《巴音河》2017年第2期特大散文专号快递给我。收到刊物后，我特别希望能联系到这位名叫甘建华的作者（他也是这期刊物的特邀主编），请其对这部校注再提意见。我向他表示谢意。

第五位是甘建华先生，如果没有与陈照民兄飞机上的偶遇，如果不是其竭尽所能地帮助查找，我与甘先生的联系不会如此顺利。这位研究柴达木文史与区域文化地理的专家，除在刊物上指出我校注中的两处错误，亦告我校注中的标点还应返回历史的语境和生活现场予以思考。通话后仅3小时，他就将其断句的第十一章“至柴达木”发来供我参考。在感动中通读此章，我吸纳了其真知灼见般的16处标点断句。我向他表示谢意。

第六位是国家文物局的王汉卫兄。身为中国人民大学历史学在读的博士，他在繁忙的工作学习之余为这部校注书倾尽了大量的心血，从2018年11月16日到11月27日，他每日逐字逐句、连续不断地在京城的深夜与清晨找出我校注的38处错误，令我心涌感动，一一予以订正。忘不了他在看完全书的当晚，发来微信“了此文字债”五字，我即回复五字以谢：“处处皆心力”。我向他表示感谢。

书写至此，始终再感谢的依然是广东旅游出版社的陈楚璇、陈晓芬、林伊晴三位先生，没有她们对书稿精益求精的执著，就不会有完美闪耀在您的眼前。

韩敬山

2019年3月5日于国家图书馆

校注作者简介：

韩敬山，满族，中央民族大学藏学研究院博士，研究方向为近现代藏族历史和藏区社会治理。现为中央民族大学哲学与宗教学学院博士后，主要从事藏传佛教格鲁派转世制度研究。2019年5月起担任台湾“中央研究院”近代史研究所访问学人。

插画作者简介：

张伯陶，中央美术学院版画系毕业，现就读于广州美术学院版画系研究生班，从事插图艺术及书籍装帧研究。